Für Frieda und Heiner

W0226535

INHALT

Als Fahrraddieb in Rom 7
Der Mord an der Oma Bregulla 17
»Balla dich einen« 28
In Düsseldorf auf Schalke 35
»Unsa Fredy« 37
Der Finne mit dem schweren Koffer 41
Heiligabend mit dem Rabczak und der Pilleente 54
Mit dem Hackert nach Leningrad 61
Einen Mann für Miriam 69
Onkel Ottos Tod 92
Schwere Jahre für Heidi 108
Die Nachtigallen im Stielmuspark 117
Otteks Auftrag 123
Johannes, Handlanger und Pastor 144

Als Fahrraddieb in Rom

Ich begleitete eine deutsche Reisegruppe in die Ewige Stadt. Das Vatikanmuseum, Sankt Peter und das kräftige Mittagessen lagen hinter mir. Meine ermüdeten Damen und Herren ruhten im Hotel und gaben mir einige Stunden Freiheit.

Wenn ich schon in Rom war, konnte ich nicht schlafen. Ich stillte meinen Durst, wusch mein Gesicht mit einer eisgekühlten knallroten Melone und suchte dann eine Basilika in Trastevere auf. Dort war es immer kühl, und vor dem strengen Mosaik des Weltenschöpfers in der Apsis fand ich immer Andacht.

Bis in die Kirche hinein drang der Lärm von draußen nicht. Ich setzte mich in eine Kirchenbank, breitete meine Arme über die Lehnen aus, schob mir die Schuhe von den Füßen und sah auf das goldene und bunte Mosaik. Es war eine Basilika im byzantinischen Stil.

Von draußen war der Straßenlärm nur noch so beruhigend wie die Brandung des Meeres zu hören. Ich stellte mir vor, in Ostia zu sein.

Gerade war ich dabei, meine Augen ein wenig zu schließen, da wurde die quietschende Kirchentür aufgezogen und schlug dann viel zu schnell und krachend wieder zu.

... kerl! wollte ich schon schimpfen. Ich wartete darauf, daß der andere auch noch mit einer ganzen Gruppe hereinkam und sich bald räuspern und über belanglose Sachen unterhalten würde.

Doch nach dem Krach Ruhe. Ich dachte schon, der Kerl wäre doch draußen geblieben. Aber dann kamen zögernde, lange Jünglingsschritte in den Kirchenraum hinein. Ich hörte die Schnallen von Sandalen rasseln. Er blieb stehen, aber dann bewegte er sich wieder zögernd vorwärts.

Ich hörte ihn hinter mir schnaufen. Ich roch ihn, Schweiß und Staub.

Dann schob er sich an mir vorbei, und ich sah, daß er ein junger Mann war. Ein langer, blonder Landsmann von mir, deutscher ging es nicht. Und dann auch noch Radfahrer. In seiner Faust hielt er die Luftpumpe wie eine Waffe.

Natürlich trug er Lederhosen, ganz kurze und enge. Mit Dreck verkrustet und stellenweise blank gescheuert. Lange, aber muskulöse Beine mit grell gebleichten Borsten. Die Socken waren sicher seit Deutschland nicht mehr gewaschen worden. Die Sandalen dienten hauptsächlich zum Radfahren, die Sohlen waren kaum abgelaufen.

Die ursprünglichen Farben des karierten Hemdes waren fast nicht mehr auszumachen. Eine Staubkruste hatte es in eine Art Ledergewand verwandelt. Einige Knöpfe fehlten. Im rotverbrannten Gesicht keimte ein schüchterner Bart, die Haare waren auch grell gebleicht, doch ein gerader Scheitel war mit Wasser durchgezogen worden.

Zögernd und verloren schob sich der Knabe durch die Basilika auf die Apsis zu. Ungläubig und verständnislos sah er auf das ihm fremde Mosaik.

Erst wollte ich nicht, aber dann siegte doch der Reiseleiter in mir, oder auch der verhinderte Lehrer. Ich stand auf, folgte ihm und sprach ihn an: »Kennen Sie dieses berühmte Mosaik?« fragte ich ihn höflich.

Trotzdem fuhr er erschrocken herum und starrte mir mißtrauisch ins Gesicht.

»Ich verstehe kein Italienisch«, stolperte es aus ihm heraus.

»Aber ich habe doch Deutsch gesprochen. Ich bin Deutscher«, versuchte ich ihn zu beruhigen.

Doch so richtig glaubte er es mir noch nicht. Er musterte mich von oben bis unten.

»Südtiroler?«

»Können Sie es denn nicht hören?« fragte ich ihn schon etwas ärgerlich »echter Kohlenpott.«

Er entspannte sich ein wenig.

»Ich kenne mich hier etwas aus«, bot ich mich an.

»Na ja.« Er ließ mich mit einem Seitenblick gewähren.

Ich erzählte ihm also die Geschichte der Basilika, auch etwas über die Zeit, in der sie gebaut worden war. Ging mit ihm nach vorn zum Mosaik, versuchte ihm zu erklären, warum es mir so gut gefiel und auch Andacht in mir bewirkte. Das letzte verstand er kaum, hatte ich den Eindruck.

Während unseres Beisammenseins fand ich auch heraus, daß er fast nichts von Rom gesehen hatte. Er war mit dem Rad von Böblingen bis in die Ewige Stadt gekommen, kannte hier aber eigentlich nur die Jugendherberge und den Petersdom. Übermorgen wollte er schon wieder weiter. Ich überlegte schon, ob ich ihn mit meiner Reisegruppe durch die Stadt führen sollte, doch dann hatte er plötzlich keine Zeit mehr, bedankte sich flüchtig und eilte zu seinem Rad hinaus.

Ich setzte mich wieder in eine Kirchenbank, breitete meine Arme aus und versuchte den verhinderten Kirchenschlaf nachzuholen.

Doch dann quietschte die Tür wieder, wurde schneller, fast deutsch aufgezogen und knallte ärgerlich ins Schloß. Wütende Schritte kamen auf mich zu. Ich fuhr herum. Der Knabe. Böse sah er aus. Wütend fuchtelte er mit seiner Fahrradpumpe herum.

Schon quer durch die Kirche rief er mir zu: »Mein Rad ist gestohlen worden!«

Es ärgerte mich, daß ich ihn nicht gewarnt hatte. Trastevere war nicht nur eine berüchtigte Stelle für Diebe, sondern hier sollte es sogar Schulen und eine Akademie für Diebe geben. Vittorio de Sica hat ja einen Film darüber gemacht.

Ich stand auf, drückte ihm mit meiner Miene mein Mitgefühl aus.

Doch sein Gesicht blieb böse.

»Tut mir leid«, mehr fiel mir leider auch nicht ein.

»Es ist weg!« schrie er fast, mit einer ausholenden Geste beider Arme, als ob er die ganze Menschheit und auch diese Kirche für schuldig erklären wollte.

»Vielleicht erinnern Sie sich nicht mehr . . .« suchte ich noch nach einem Strohhalm, doch er fuhr mir in den Satz: »Das Rad ist weg. Es ist weg!«

Ich überlegte, wie ich ihm helfen konnte. »Erstmal eine Ortsbesichtigung«, schlug ich vor.

Doch davon hielt er nichts. Als wir aus der Basilika herauskamen, zeigte er auf die Stelle, wo sein Rad gestanden hatte.

»Ich muß die Polizei holen«, befand er.

»Ich werde helfen, sie zu suchen«, bot ich mich an.

Er sah mich sehr erstaunt an, als ob er das von mir nicht erwartet hätte. Der Blick war schon fast beleidigend. Ich wollte ihm gerade erklären, daß es in Trastevere fast aussichtslos war, nach einem gestohlenen Fahrrad zu suchen, doch ich verbiß mir diese Anmerkung.

Er sah einen weißgekleideten Polizisten in einer Kreuzung auf einem Podest stehen. Auf den wollte er, quer durch den Verkehr, wie ein Selbstmörder zueilen.

Ich hielt ihn zurück: »Das ist ein Verkehrspolizist, den kümmern keine geklauten Räder. Wir müssen die Carabinieri suchen.«

Das war die Wahrheit, und jeder weiß, daß es in Italien verschiedene Sorten von Polizei gibt, die nichts, noch nicht einmal die Uniform, miteinander zu tun haben. Doch der sah mich an, als ob ich ihn total belogen hätte.

»Ich will die Polizei!« wurde er richtig böse und fast beleidigend, als ob ich dafür verantwortlich sei, ihm die Polizei zu finden. Ich wollte ihm schon einen Vortrag darüber halten, wie man sich im Ausland bescheiden zu benehmen habe, doch ich ließ es.

In einem Café gegenüber entdeckte ich zwei Polizisten. Die übliche Stelle, wo man italienische Männer suchen mußte.

»Ich hol sie mal rüber«, gab ich klein bei. Dabei wollte ich ihm doch einen Gefallen tun.

Aber er spannte seine ziemlich schmalen Schultern wie ein Puter auf und verkündigte kategorisch: »Ich komme mit!« Er traute mir absolut nicht.

Ziemlich mürrisch wagte ich mein Leben, eine römische Straße ohne Ampeln zu überqueren, weil der Polizist sowieso nicht den Verkehr für mich Fußgänger anhalten würde.

Ich wußte, daß man keinen Mann, und noch weniger einen Polizisten, bei seinem Espresso stören darf. Trotzdem dienerte ich mich an sie heran und bat mit einem »Permesso«, sie ansprechen zu dürfen. Ich hätte sie fast schon gefragt, ob sie im Dienst seien, aber da ich ihren Ärger darüber schon voraussehen konnte, tat ich es lieber nicht.

Mein Italienisch ist nicht so schlecht. Aber trotzdem kann man natürlich heraushören, daß ich aus dem Ruhrgebiet komme. Sie sahen erstaunt hoch, versuchten, mich nach Sizilien einzuordnen, oder auf eine noch abgelegenere Insel, sahen mich aber auch wie einen Hochstapler an, der mit etwas umging, zu dem er keine Berechtigung hatte. Aber dann lächelten sie doch, als ich einige Trastevere-Brocken einfließen ließ.

Ich erzählte ihnen, daß man diesem jungen Mann neben mir das Rad gestohlen habe. Sie betrachteten sehr mißmutig die langen, nackten Beine dieses radfahrenden Teutonen.

Der bemerkte es und fuhr mich an: »Was erzählen Sie denen da? Das stimmt doch alles nicht.«

»Das stimmt alles!« Noch wurde ich nicht ruppig, aber bald.

Die Polizisten wurden nun noch mißtrauischer und wollten genau wissen, warum der mich anschuldigte. Ich sagte es ihnen. Ich dachte schon daran, meine Dolmetschertätigkeit einzustellen. Undankbar waren beide Parteien.

Also noch einmal Tatbestand für die Polizei: »Dem ist ein Rad geklaut worden.«

»Abhanden gekommen«, wurde ich berichtigt.

Übersetzung zu dem Teutonen hinüber, aber nur so von der Seite her.

»Geklaut!« fuhr der Knabe mich an. Meine Geduld war ziemlich zu Ende, ich konnte gerade noch so »Götz von Berlichingen« unterdrücken. Auf der anderen Seite aber bin ich sehr neugierig, und ich fing an, mich für diesen aussichtslosen Fall der Radsuche zu interessieren. Tut mir leid, daß ich hier auch von einer gewissen Schadenfreude berichten muß. Ich hoffte nur, daß er nicht Geld und Paß am Rad gelassen hatte.

Die Polizisten sahen mich ob dieser Anschuldigung sehr überrascht an, spielten Theater wie in den Caracallathermen, taten so, als ob ein Raddiebstahl weder in Rom noch im ganzen »bella Italia« passieren könnte.

Dann aber tranken sie erst einmal in Ruhe ihren Kaffee aus und vergaßen beim Aufstehen ganz und gar, daß der auch zu bezahlen war. Trotzdem warf der Wirt ihnen ein verstehendes und auf Zukunft dankbares »mille grazie« hinterher.

Wieder fuhr der Teutone mich an: »Haben die Polizisten einen Verdacht geäußert?« wollte er wissen.

»Natürlich nicht«, raunzte ich ihn an.

»Aber ich habe einen«, verblüffte mich der teutonische Radfahrer noch mehr.

Den Polizisten gefiel es gar nicht, daß wir uns auf Deutsch unterhielten.

»Was soll das?« fragte der Redseligere ruppig.

»Der hat einen Verdacht«, übersetzte ich wahrheitsgemäß, wenn auch zweifelnd.

Die Polizisten sahen sich unschlüssig und amüsiert an. Ich verstand sie. Ich schloß mich ihrem Grinsen an.

»Und wen?« fragte mich der eine mit geheucheltem Interesse im Gesicht.

Ich übersetzte brav und wartete auch gespannt auf die Antwort meines Landsmannes.

»Sie!« antwortete der. Das klang so unmißverständlich, daß es die Italiener trotz der fremden Sprache verstehen konnten.

Ich dachte, ich hätte mich verhört. Dann fingen die Polizisten auch an zu zweifeln und vergewisserten sich noch einmal: »Was hat er gesagt, wer ist der Dieb?«

Der Teutone verstand sie. Schoß mit seinen Finger auf mich zu und schrie fast: »Der!«

»Ich«, übersetzte ich.

Die Polizisten waren genauso sprachlos wie ich. So etwas war ihnen sicher noch nicht vorgekommen. Sie fingen an, ungläubig ihre Köpfe zu bewegen.

Ich erklärte es ihnen noch einmal. »Der meint, ich hätte ihm das Rad geklaut.«

Ich überlegte, ob ich ihnen sagen sollte, daß diese Anklage absurd sei, da ich zu diesem Zeitpunkt mit ihm in der Basilika gewesen war. Doch da mischte sich wieder der Ankläger ein; in einem unverschämten Ton bellte er mich an: »Haben Sie das übersetzt?«

»Jawoll!« bellte ich zurück. »Sehen Sie das nicht an den überraschten Polizisten?«

›Jawoll‹ hatten die Polizisten verstanden. Das kannten sie von den blöden Filmen, in denen alle Deutschen als Naziidioten und Militaristen dargestellt wurden. Sie grinsten amüsiert, zwischendurch. Aber dann standen die beiden plötzlich auf, nahmen Dienstpositur ein und stemmten ihre Fäuste in die Hüften.

»Und wie kommen Sie darauf?« fragte ich den Teutonen, aber übersetzte die Frage auch für die Polizei.

Doch die schienen daran gar nicht so interessiert zu sein, fand ich zu meinem Erschrecken.

»Satz für Satz übersetzen«, befahl mir dieser unverschämte Teutone.

Ich übersetzte, die Polizisten nickten. Jetzt fand ich die ganze Sache langsam nicht nur unmöglich, sondern auch gefährlich. Ich hatte mich viel zu tief hineinreiten lassen; jetzt konnte ich nicht mehr heraus.

Der Deutsche: »Sie haben mich in der Kirche festgehalten, geredet und geredet. Das ist eine Touristenfalle.«

Ich übersetzte. Ich dachte, die Polizisten würden ihn auslachen, doch ich hatte sie überschätzt, ihre Gesichter wurden ganz ernst und dienstlich.

»Und dann?« wollten sie weiter wissen.

»Dann war das Rad weg, als ich rauskam. Ihre Kumpanen hatten es mir geklaut.«

»Du Idiot!« fuhr ich ihn an.

Das verstanden die Polizisten auch ohne Übersetzung.

Einer belehrte mich streng: »Das ist eine Beleidigung, dafür kann ich Sie festnehmen und einsperren lassen.«

Ich hörte, wie ein Polizist zum anderen sagte: »So ist es jetzt in Rom. Die Ausländer schicken ihre eigenen Diebesbanden hierher und unsere haben bald keine Arbeit mehr. Sie werden noch streiken.«

Da mußte ich lachen, ich konnte nicht mehr an mich halten.

»Ausweis, Paß!« forderten die Polizisten.

Nicht von ihm, sondern von mir, dem Unbeteiligten, dem zuverlässigen Makler.

»Mamma mia«, bemerkte ich, doch das wollten sie gar nicht hören.

»Wo ist der Paß?«

Natürlich hatte ich den nicht bei mir. Kein großes Geld, keine Reiseschecks, von wegen des »guten« Rufes der italienischen Taschendiebe. Aber ich unterdrückte diese Bemerkung.

»Ich habe ihn nicht bei mir«, gab ich kleinlaut zu.

»Aha!« entfuhr es beiden, fast schon mit Erleichterung, nun endlich zum Täter gekommen zu sein. Es sah auf einmal böse für mich aus.

»Und wo ist der liebe Paß?« fragte mich der Neunmalgescheite freundlich wie eine Kindergartentante.

»Auf dem Bahnhof«, antwortete ich wahrheitsgemäß.

Dröhnendes Gelächter der Polizei; dann im Chor, wie in einer tragischen Opera: »Das glaubst du wohl selber nicht.«

Der Kluge meinte, meine Erklärung schon vorweg zu nehmen, indem er erzählte: »Und wenn wir dann mit dir am Bahnhof ankommen, erklärst du uns: ›Gerade ist der Zug mit meinem Paß nach Deutschland abgefahren.‹«

Er lachte am lautesten über seinen eigenen Witz, ich fand den gar nicht komisch.

Um mich noch mehr zu demütigen, befahlen sie mir auch noch, diesem Sch . . . teutonen alles zu übersetzen, doch ich faßte mich sehr kurz und ließ die Witze aus.

Ich versuchte ihnen alles zu erklären. Die Gruppe schlief im Hotel, ich im Bus, um meine Tagesgelder für Bücher zu sparen, und für ein eventuelles späteres Studium. Ich deutete vorsichtig an, daß Sachen im Bus nicht sicher seien, darum hätte ich sie im Bahnhof in einem Schließfach deponiert, das dauernd bewacht wurde. Doch sie hörten gar nicht zu. Der Kerl, dem ich es auch noch übersetzen mußte, teilte ihr Mißtrauen, und sie nickten sich nun schon gegenseitige Solidarität zu.

Der Oberpolizist übernahm die Autorität und gab bekannt: »Wir erklären dich hiermit als festgenommen, jeder Fluchtversuch ist zwecklos. Wir schießen.« Sein Kollege zog schon die Pistole aus seiner Tasche und entsicherte sie sogar.

Mittlerweile standen wir nicht mehr allein auf der Straße. Eine Traube von Menschen drängte sich immer dichter an uns heran. Festgenommene Ausländer waren damals in Rom noch etwas Seltenes. Spekulationen erreichten mein Ohr. Ich war inzwischen in einen Kindesverführer verwandelt worden, die Volkswut begann zu kochen, und eine hysterische Frau forderte schon die Kastration und die Todesstrafe.

Angeblich, um mich zu schützen, legte der zweite Polizist mir auch noch Handschellen an. Das, fand ich, ging doch entschieden zu weit.

Der Oberpolizist eilte zum Café zurück und telefonierte von dort aus. Nun stießen auch noch vom Café her die Herumlungernden zu der Menschenmasse, die mich immer wilder werdend umgab. Der Teutone hätte sich jetzt ganz gut davonstehlen können, doch der wollte sein Rad wiederhaben und mich im Gefängnis sehen.

Es dauerte nur Minuten, da hörte ich schon die schrille Sirene eines Polizeiautos. Der Polizist auf der Kreuzung stoppte allen Verkehr, und bei uns auf dem Bürgersteig kam ein mit Polizisten beladener, offener Geländewagen zum Stehen. Drei Polizisten drohten mit Maschinenpistolen Richtung Himmel.

Ich wurde in die Mitte genommen, und schon rasten wir wieder durch den stockenden Nachmittagsverkehr zum Bahnhof hoch. Den Polizisten machte es Spaß, so durch die Stadt zu fegen. Sie lachten, wenn wir ohne Publikum waren, doch sobald sich wieder gaffende Völker stauten, setzten sie eine Miene auf, als ob sie Rußlands Meisterspion gefangen hätten.

Langsam wich der Zorn in mir. Das Ganze kam mir immer mehr wie eine Oper vor, und ich spielte mit. Ich sah trotzig und frech vor mich hin, wie ich es von Spionagefilmen gelernt hatte.

Wir fuhren zum Bahnhof, parkten aber nicht draußen vor dem Gebäude, sondern fuhren über Stufen und durch die aus den Zügen strömenden Menschenmassen in das Gebäude hinein, zu den Schließfächern. Natürlich kam alles sofort hinterhergelaufen. Der halbe Bahnhof stand herum, als ich mein Schließfach öffnete. Ich hielt die Luft an. Da waren meine Sachen. Ich griff in die Seitentasche des Beutels, wo der Paß immer war, aber da war er nicht.

Natürlich hatten das die Polizisten schon vorher gedacht. Sie glaubten auch nicht, daß es meine Tasche war.

Ja, wo war denn mein Paß?

Es fiel mir ein. Beim Busfahrer. Der hatte ihn in seine Tasche gesteckt. Dort, meinte er, wäre er sicherer. Aber den Busfahrer würde ich erst morgen früh wieder sehen. Der hatte irgendwelche Verwandten irgendwo in der Umgebung von Rom besucht, hinter Velletri.

Rückfahrt zum Präsidium. Die Polizisten hatten nun gar keinen Spaß mehr an ihrer Fahrt. Sie sahen mich böse an. Ich hörte auch was von Mafia und deren neuem Zweig aus New York. Ich versuchte auf meine blonden Haare hinzuweisen, doch meine italienischen Sprachkenntnisse schoben dieses Beweisstück wieder weg.

»So sprechen die Italiener aus Nuova York«, flüsterte der eine Polizist seinem Kollegen zu.

Zurück zum Polizeipräsidium. Ich wurde sofort zu einem kleinen Herrn geführt, der sich in einem viel zu großen Büro wie ein Hahn benahm. Er warf uns sofort wieder hinaus, weil gerade ein Schneider bei ihm war, der ihm einen neuen Anzug anmaß. Schlechtester Laune war er, als ich wieder hineingeführt wurde, weil der Schneider, so schrie er einer Freundin am Telefon zu, einen unverschämten Preis für den Stoff und die Mache gefordert hatte.

Der hörte gar nicht zu. Schrie mich nur an, wobei er sich immer wieder auf die Zehenspitzen stellte. Der wollte ein Geständnis haben, und sonst nichts.

Doch daraus wurde nichts.

Dann kam ich doch noch mit meiner Geschichte dazwischen.

Erst noch ablehnend und mürrisch, hörte er schließlich doch zu und begann sich sogar zu entspannen und dann noch zu amüsieren.

Plötzlich rief er: »Mamma mia, das ist ja ganz was Neues. Worauf die alles in Trastevere kommen. Was zahlen sie dir denn dafür, daß du Touristen in die Kirche hineinlockst?«

Ich sah ihn wohl fassungslos an. Er lachte noch mehr.

»Paß mal auf«, sagte er zu mir und schickte die beiden Polizisten mit einer Handbewegung hinaus. »Ich möchte keinen Ärger mit euch Barbaren haben. Und wegen eines Rades ein solcher Aufstand. Ich will hier nicht meinen Abend mit Verhören verderben.

Geh jetzt zurück nach Trastevere, sag deinen Kumpanen, sie sollen das Rad herausrücken, und dann ist alles vergessen.«

Ich versuchte das Mißverständnis zu erklären, doch er wollte nichts davon wissen.

Er drohte mir sogar: »Also, wenn du das nicht willst, setze ich dich zunächst einmal hinter Schloß und Riegel.«

Das wollte ich auch nicht.

Wir fuhren dann los. Der Teutone und ich. Vorne im Wagen wieder zwei Polizisten, aber mit diskreteren Waffen. Sie fuhren uns nach Trastevere hinein, zu der Basilika. Meine Tasche hielten sie als Pfand zurück und befahlen mir: »Hol jetzt das Rad zurück, wir warten hier.«

Was sollte ich tun? Ich sah mich um. Auf einem Stuhl vor ihrer Osteria saß eine Wirtin und spielte mit ihrem kleinen Enkelkind. Frauen haben meistens mehr Mitleid als Männer und verstehen schneller eine unlogische Situation. Sie war so eine richtige, wunderbare Mammi.

Sie verstand mich sofort und auch, wo Hilfe zu holen war. »Uno momento«, wurde ich vertröstet. Ich wußte, daß der in »bella Italia« sehr lang sein konnte.

Die Polizisten ließen sich auch viel Zeit und lasen eine Abendzeitung, deren Blätter sie immer wieder austauschten.

Nach einer längeren Weile kehrte die Frau mit einem sehr dunklen Italiener, der wie ein Römer auf einer Münze aussah, zurück. Auch ihm erzählte ich meine Geschichte. Zwischendurch zweifelte er daran, doch die Mamma nahm immer wieder Partei und verbürgte sich für mich.

Gemeinsam konnten wir ihn überzeugen. Wobei die Mamma mit Händen und Worten immer mehr so tat, als ob sie das Ganze beobachtet und selbst dabeigewesen wäre.

Der Mann konnte nichts versprechen, doch er zog sich zurück, nachdem sie ihn auch noch zu einem Abendessen eingeladen hatte. Später erfuhr ich, daß ich vor einer berühmten Osteria saß und daß die Mamma wegen ihrer Kochkünste überall bekannt war.

Es ging dann viel schneller, als ich es erwartet hatte. Dann kam ein Junge angelaufen, rief von weitem: »Das Rad ist da!«, und verschwand wieder.

Das Rad stand an der Stelle, wo es gestohlen worden war, und alles war wieder aufgepackt worden, wenn auch nicht ganz genau so, wie es der radfahrende Teutone vorher festgezurrt hatte.

Die Polizisten fragten, ob es sein Rad sei.

Er nickte. Der Knabe schwang sich schnell auf sein Rad und im Davontrampeln rief er mir zu: »Du warst das, das weiß ich jetzt ganz genau. Aber dein Gewissen hat dich überführt.«

Auf jeden Fall saß ich bei der Mamma, mit einem Haufen Leute an meinem Tisch, denen ich immer wieder meine Geschichte erzählen mußte. Als ich dann sehr viel später das gute Essen und den vielen San Marino bezahlen wollte, hatte das schon ein anderer getan.

Der Mord an der Oma Bregulla

Ich bin ein freischaffender Reiseleiter, darum kann ich mir meine Erdentage so einteilen, wie ich es mag und wie ich Geld brauche.

Da ich auf meine Figur und Kondition Wert lege, fange ich den Morgen, wenn eben möglich, mit Jogging an. Auch darüber könnte ich berichten, mit wem und wo ich »gejoggt« bin, doch wir wollen uns nun auf jenen traurigen Morgen beschränken, als der Mord an der Oma Bregulla bekannt wurde.

Ich hatte zu Hause geschlafen, in meiner elterlichen Wohnung mitten in der Kolonie* Emscheraue, die nach der Zeche** Emscherkrone benannt worden war, und natürlich auch nach dem schwarzen Flüßchen, das einbetoniert und ohne Lebewesen

* Mietskasernen mit Außentoilette und mit Stall und Garten hinterm Haus; Eigentum der Zeche.

** Zeche = Kohlengrube

an unseren Zechenhäusern vorbeistinkt. Aber es stört uns nicht mehr, wir sind damit auf die Welt gekommen.

Wenn ich zu Hause laufe, geht es erst aus der Kolonie hinaus, an den Baracken vorbei, in denen während der beiden Weltkriege russische Gefangene, die in der Zeche arbeiteten, untergebracht waren. Nun wohnen dort die Ausgebombten der Kolonie und ihre Nachkommen. Dann um die Zeche herum, bis zur Kolonie Tante Tine* und an der Emscher entlang wieder zurück.

Den Baracken sah man nicht mehr an, daß sie einmal graue Verschläge hinter Stacheldraht gewesen waren. Die Bewohner hatten sie in bunten Farben angestrichen. Einige hatten sogar eine Art Tapete auf das Holz geklebt, die nach Ziegelbau oder Fachwerkhaus aussah. Kleine Gärten zierten die Umgebung.

In den Baracken wohnte auch die Oma Bregulla. Ihr Mann war leider schon vor vielen Jahren an Steinstaub** verstorben. Die Kinder waren schon längst groß und aus dem Haus. Nur das Adolfchen war bei der Mutter geblieben. Das heißt, der tauchte dort nur auf, wenn er Geld und etwas zu Essen haben wollte. Ein Gauner war das, und arbeitsscheu auch noch. Er hatte es nie länger als ein paar Wochen auf einer Arbeitsstelle ausgehalten. Wenn das Arbeitsamt ihn zwang, einen Handwerker zwecks Arbeitsaufnahme aufzusuchen, zeigte er dem zwei linke Hände vor und versprach lächelnd: »Meister, wirst kein Spaß an mich haben. Und auch keine Flöhe machen***.«

Der Meister war dann froh, wenn Adolfchen ging.

Witwentröster wurde Adolf auch genannt, weil immer wieder einsame Frauen auf ihn hereinfielen. Doch die Oma Bregulla liebte ihren jüngsten Sohn noch immer wie ein Kind, obwohl er schon über vierzig Jahre alt war.

Wir alle liebten nicht den Adolf, sondern die Oma Bregulla. Wenn sie nicht in ihrem Garten Unkraut jätete oder im Haus die Rahmen ihrer Bibelsprüche und Heilandsbilder abstaubte, die Kirche und ihren Ostpreußischen Gebetsverein besuchte, lag sie auf einem Kissen im Fenster und sah dem Leben zu, das sich auf der Straße zwischen Zeche und Kolonie abspielte.

* Kolonie, nach der Zeche Katharina genannt

** Steinstaublunge, führt im späten Stadium zum Tod durch Ersticken.

*** Geld verdienen

Wenn wir als Kinder mal gerne ein Klümken* schleckern wollten oder Durst auf Oma Bregullas selbst aufgesetzten Stachelbeersaft hatten, spielten wir uns mit unserem Fußball zu ihr hoch.

Wir konnten sicher sein, daß sie uns nicht wegjagte, wie es die meisten Erwachsenen taten, sondern uns heranwinkte und das zusteckte, was wir gerne haben wollten. Dabei flüsterte sie uns zu: »Nischt zu Hause sagen, weil das so süß ist, wegen die Zähne . . .«

Solange wie ich mich erinnern konnte, war die Oma Bregulla schon immer eine Oma gewesen, ohne Zähne und mit dem klitzekleinen Dutt oben auf ihren grauen, dünnen Haaren. Sie trug nur schwarz, weil sie noch immer um ihren Mann trauerte, der schon vor Jahrzehnten von ihr genommen worden war.

Wir wußten auch, daß der Invalide Jablonowski, ein Witwer, sie jeden Morgen besuchte. Der half ihr bei den schwereren Arbeiten, wie ein Kavalier, obwohl die Oma Bregulla immer wieder beteuerte: »Kann ich doch selbst machen, Bruder Jablonowski.« Sie nannte ihn so, weil sie ihn hatte überreden können, mit in ihren Ostpreußischen Gebetsverein zu gehen. Ohne die Oma Bregulla wäre er nie da hingeraten. Keiner aus unserer Kolonie hatte nämlich viel mit der Kirche zu tun, bis auf die Oma Bregulla und mich. Sonst saßen in dem Betsaal, wo bei uns die evangelische Kirche stattfand, nur die Konfirmanden, wir beide, wenn ich da war, und die Schwester Hedwig.

Als ich an jenem Morgen von meinem »Joggen« um die Steinhalde herumkam, sah ich den Onkel Jablonowski vor der Baracke von der Oma Bregulla stehen. Das wunderte mich, denn sonst war er schon längst drinnen. Beide alten Leute waren Frühaufsteher.

Ich sah schon von weitem, daß der Onkel Jablonowski ganz aufgeregt war. Der hustete und röchelte mehr als sonst. Seine fortgeschrittene Steinstaublunge peinigte ihn.

Er winkte mir sofort, als er mich sah. Ich kam gar nicht dazu, ihm eine Frage zu stellen. Er japste sofort aufgeregt los: »Die Oma Bregulla ist noch nicht auf.«

»Sie wird sich verschlafen haben«, meinte ich, auf das Naheliegendste gekommen zu sein.

* Bonbons

»Nee, nee«, protestierte er, »die verschläft sich nie. Niemals. Die ist immer schon vor die Vögels wach.«

Ich zuckte mit den Schultern. Ich wollte weiter. Der Kaffee von der Mutter wartete.

Er zeigte mit zitterndem Finger auf die Tür: »Die ist nicht abgeschlossen. Ich hab sie schon aufgemacht, aber mich nicht reingetraut . . . Wenn da was passiert ist. Und dann die Aufregung, und mein Herz ist auch nicht mehr gut . . .«

»Ist schon nichts passiert«, versuchte ich ihn zu beruhigen, obwohl ich auch nicht mehr ganz so ruhig und sicher war.

Ich stieg die Außentreppe hoch, klopfte laut an die Tür, wartete. Keine Antwort.

»Oma Bregulla?« rief ich. Und noch einmal. Nichts.

Ich öffnete die Tür, aber mit dem Ärmel über meiner Hand, wegen der eventuellen Fingerabdrücke. Man kann nie wissen. Ich habe schon zu viele Kriminalromane gelesen.

Dann betrat ich die Küche, in der auch das Sofa stand und der Fernseher. Alles unberührt, keine Unordnung, also kein Einbruch. Die Tür zum Schlafzimmer war geschlossen. Anklopfen, fragen, warten. Keine Antwort.

Wieder öffnete ich mit dem Ärmel. Die Klinke gab nach. Ich wartete noch, ehe ich meinen Kopf durch den Spalt steckte. Zunächst sah ich auf das leere Bett ihres verstorbenen Gatten mit dem hochgeklopftem Oberbett und den Paradekissen. Ich sah das Bild mit dem Hirten und seinen Schafen, vor einem rosaroten Sonnenuntergang über dem Bett. Und dann die Oma Bregulla. Ihr Bett war voller Blut. Ihre Augen starrten tot gegen die niedrige Decke.

»Oma Bregulla!« rief ich.

Doch ich sah, daß ihr nicht mehr zu helfen war. Man hatte die gute, alte Frau ermordet, ihr auf grauenhafte Weise den Hals durchgeschnitten.

Ich rannte hinaus, befahl dem Invaliden, draußen zu warten, keinen ins Haus zu lassen. Lief zur Zeche und rief von dort die Polizei an.

Als ich zurückkam, standen schon Dutzende von Frauen und Jugendlichen vor der Tür. Die Polizei kam auch und verhörte mich schnell, schob mich dann aber ab. Kommentare von mir brauchten sie nicht, sie hatten keine hohe Meinung von uns in der Kolonie, und ich muß zugeben, daß einige von uns ihnen den Dienst nicht leichter machten.

In der Kolonie gab es nur eine Meinung über den mutmaßlichen Mörder: »Das kann nur der Awett gewesen sein.« Dem Awett trauten sie alles zu. Der kam aus der Familie Glischinski, war einer von sieben Kindern, von denen keiner die Schule bis zur letzten Klasse besucht hatte. Wenn was in der Kolonie gestohlen wurde, hieß es sofort: »Einer von denen.« Und leider stimmte es meistens auch.

Awett überfiel auch Leute, war als Schläger gefürchtet und saß länger im Knast, als er sich draußen aufhielt.

Er wurde auch verhört und dann verhaftet, weil er kein Alibi hatte und plötzlich Geld. Beim intensiven Suchen hatte die Polizei nämlich herausgefunden, daß das versteckte Geld der Oma (von dem Versteck wußte der Invalide Jablonowski) verschwunden war.

Da der Awett sich nicht richtig ausdrücken konnte, kaum einen verständlichen Satz herausbekam, hatte er einfach aufgegeben und sich festsetzen lassen. Aber ich war sicher, daß er es nicht getan hatte. Beweisen warum, konnte ich auch nicht. Ich hatte einfach das Gefühl: Der war es nicht. So was Übles konnte ich ihm nicht zutrauen. Und schon gar nicht an der Oma Bregulla, die ihn nie weggejagt hatte, wie viele andere Frauen, die ihren Kindern verboten, mit diesem schlechten Kerl zu spielen.

Dann die Beerdigung von der Oma Bregulla. Die ganze Kolonie war da, auch die Männer, die freimachen konnten. So viele Männer hatte ich bisher nur in der Waschkaue* und beim Szepan am Tresen gesehen. Und alle waren traurig und trugen was aus Schwarz, mindestens den Schlips, den sie sich um ihre breiten Nacken gewürgt hatten. Die Nachbarn mit ihren Kohlenhauerschaufeln trugen den Sarg. Vom Ostpreußischen Gebetsverein bliesen vier Posaunen. Der Mergelein als Leiter vorneweg, mit seinem Buckel und den Plattfüßen, die anderen laut und falsch hinterher. Aber feierlich war es doch.

Hauptleidtragender war natürlich das Adolfchen, den keiner von uns leiden konnte. Ganz in Schwarz der. »Sogar untere Fingernägel«, flüsterte die freche Frau Karjetta.

Der Anzug, der um ihn herumflatterte und in dem er versank, hatte bestimmt einmal dem Mann der Witwe gehört, mit der er gerade verkehrte. Die hatte ihm wohl auch den Schlips gebun-

* Großer Duschraum

den, unter den Bartstoppeln, die sich um seinen Adamsapfel krümmten. Mit Pomade hatte er nicht gespart. Er schluchzte, schlimmer als alle Frauen zusammen, doch Tränen kamen nicht aus seinen rot verschnapsten Augen heraus, obwohl er sich sehr bemühte. Alle seine Geschwister und ihre Angehörigen hielten sich von ihm fern. Aber der erste Platz hinter dem Sarg war ihm nicht streitig zu machen. Er war immer bei der Oma gewesen und warf seinen Geschwistern – nicht in ihrem Beisein, sondern bei anderen Leuten – vor, die hätten sich nie um ihre Mutter gekümmert.

Am Grab krümmte er sich wie eine Schlange zusammen und wollte in die Grube springen. Die Geschwister hätten ihn gelassen, doch der Friedhofswärter griff ein. Das war gegen die Vorschrift.

Er mußte die Oma Bregulla vermissen, das sahen wir alle ein, denn sie hatte ihn immer verteidigt, wenn wir Kolonisten ihn angriffen: »Richtig arbeiten müßte der.«

»Aber der ist so zärtlich besaitet, mein Jüngster, mein Adolfchen«, seufzte die Oma Bregulla dann verständnisvoll.

»Vor Kohle*«, schimpften wir.

»Ach, der hat es schon im Kreuz, wenn er aus dem Keller einen Eimer hochholt«, seufzte das zu gutmütige Omachen. Nun lag sie da allein im Sarg, mit der schrecklichen Wunde am Hals. Welcher Unhold hatte das getan?

Nach der Beerdigung wurden wir alle von den Nachkommen in Szepans Kneipe zu Kaffee und Schnaps eingeladen. Ich muß einfügen, daß es sich hier nicht um den berühmten Schalker Fritz Szepan handelt, sondern um den ehemaligen, auch berühmten Mittelstürmer unserer Mannschaft SuS Emscheraue, dem wir diesen Namen verliehen hatten.

Die Nachkommen der Oma zogen sich ins Gesellschaftszimmer bei Szepan zurück. Wir verstanden das. Die wollten mit ihrem Schmerz allein sein. Bei uns wurde es an der Theke auch schon langsam laut, denn Jupp Senge begann von seinen Kriegserlebnissen zu erzählen, die wir schon alle auswendig kannten. Auch Hannes schrie herum und wußte alles besser über die Bandscheibe und Schalkes Tschanksen**.

* Beim Kohlenabbau in der Grube
** Chancen

Aber ruhig war es im Gesellschaftszimmer nur am Anfang, dann fingen sie auch dort an, die Möbel zu verrücken. Obwohl kein Geld von der Oma Bregulla mehr vorhanden war, schlugen sie sich darum und um das Sofa und die Kommode.

Bei uns an der Theke zogen sich die Frauen diskret zurück, was den Männern ganz recht war, denn nun konnten sie in aller Ruhe weiterfeiern und sich über die Widersprüche in Jupps Märchen totlachen.

Ich war noch immer mit Oma Bregullas Mörder beschäftigt. Ich kam auf keinen. Dem Adolfchen traute ich schon Vieles zu, aber so etwas Übles doch nicht.

Aber das Geld hatte einer gefunden, der sich im Haus auskannte.

Der Jablonowski mußte als Täter auch verworfen werden. Den hatte der Mord so mitgenommen, daß er ins Krankenhaus mußte und dort am Sauerstoff lag.

Ich ging dann doch zur Polizei, obwohl ich die Arroganz auf unserem Revier kannte. Wenn man da hinkam, hatte man noch nicht einmal den Mund geöffnet, dann wußten sie schon, was wir wollten, und fuhren uns überlegen übers Maul. Besonders mich konnten sie nicht leiden, weil ich manchmal dort herummeckerte.

Entsprechend empfingen sie mich jetzt.

Als ich auch noch behauptete, daß der Awett unschuldig sei, bekamen sie einen Lachkrampf, und der Chef fuhr mich an: »Kümmern Sie sich um die alten Omas bei den Ausflügen ins Sauerland, wir klären die Mordfälle auf.«

Das war eine Beleidigung, die mich tief traf. Ich fuhr schon lange nicht mehr auf Kaffeefahrten ins Sauerland und nach Holland, mit halbem Hähnchen und Pommes, damit hatte ich mal angefangen.

Einer, der meinte, mich noch näher zu kennen, und mich darum auch duzte, versuchte noch einen klugen Witz zu machen: »Im Fernsehen läuft jetzt eine Serie, da kannste den Täter suchen und kriegst noch hundert Mark dafür. Da kannste dich dran beteiligen.«

Dann versuchte ich es mit dem Untersuchungsrichter. Auch der gelernte Jurist mußte zeigen, wieviel mehr er wußte als ich. Aber ich konnte ihn überreden, mich zum Awett zu lassen. Ich gab an, was auch stimmte, daß ich ein ordinierter Laienprediger der Evangelischen Kirche von Westfalen sei. Ich zeigte ihm den Wisch vor und gab an, beim Awett seelsorgerlich tätig werden zu wollen. Da ihm die entsprechenden Paragraphen dagegen nicht sofort einfielen und er unbedingt nach Hause wollte, gab er mir die Erlaubnis. Ich beglückwünschte mich, daß ich diesen Laienprediger gemacht hatte. Nun half er mir sehr. Denn in Deutschland gelten auch noch die Schmalspurtheologen und -beamten etwas.

An der Gefängnispforte wurde meine Demut noch einmal auf die Probe gestellt. Einer von den Schlauen dort hielt mich sogar für einen blonden Türken und fragte: »Wo du jetzt wollen gehen hin?«

Ich antwortete: »Zu dir, um richtig Deutsch zu lernen.«

Sie machten es mir nicht leicht, zum Awett zu kommen, aber nachdem sie noch einmal Rücksprache mit dem Untersuchungsrichter genommen hatten, mußten sie mich durchlassen.

Awett war trauriger als sonst. Weil ihm der Schnaps und der Tabak fehlte, um sich aufzuputschen. Ich wußte, aus dem war nicht viel herauszuholen, denn jedes gesprochene Wort war ein Problem für ihn.

Ich sagte es ihm sofort: »Alfred, ich bin davon fest überzeugt, daß du nicht der Täter bist. So was kannst du der Oma Bregulla nicht antun. Mal über die lachen oder in ihren Klümkesbeutel packen, oder so einen Schein mitgehen lassen . . . aber sie so bestialisch umbringen, das kannst du nicht.«

Awett sah mich erstaunt an. Das hatte er nicht erwartet. Plötzlich standen ihm Tränen in den Augen. Er sah das Bild vor sich, daß er sich von Oma Bregullas Tod machte, wie im Krimi beim Schimanski.

Dann nickte er. Ein Wort bekam er nicht heraus. Ich wußte, daß er die Wahrheit sagte, die ganze Wahrheit.

»Awett, ich will rauskriegen, wer die Oma Bregulla so furchtbar ermordet hat. Ich muß es rauskriegen. Dieses Schwein ist noch frei, aber dich wollen sie für ein Leben lang festsetzen, als Unschuldigen.«

Awett nickte. Jetzt bekam er auch einen Satz heraus: »Kalle, ich war datt nich.«

Ich klopfte ihm auf die Schulter. Er sah, daß ich überzeugt war.

»Du bist doch so ein Frommer«, brachte er leise heraus, »du weißt datt ja, Gott straft Krücker* und Mörder. Ich bin keiner.«

»Aber wer könnte das sein?« fragte ich ihn.

Er wußte es nicht.

»Keine Ahnung?«

Er hatte keine.

Dann suchten wir beide nach einem Alibi für den Awett, aber wir kamen damit nicht weiter als das, was die Polizei festgestellt hatte: In jener Nacht das übliche. Vorher Schlafen bis in die Puppen. Bei wem, wußte er auch nicht mehr so genau. Dann nach Hause, zu der Mama, Essen. Vorhaltungen hören, aber immerhin essen. Noch mal pennen bis an den Abend ran.

Dann ein Zug durch die Gemeinde. Es war erst zwei Tage her seit der Auszahlung des Arbeitslosengeldes, doch als er endlich bei der Trompetensofie in der Stadt eintorkelte, konnte er schon feststellen, daß es für den nächsten Tag nicht mehr reichte.

Aus Wut darüber versoff er dann noch das Geld, was er in seine Hosentasche geknüllt hatte.

Er behauptete, so betrunken gewesen zu sein, daß er sich an nichts mehr erinnern konnte. Auch nicht an Zeugen. Seinen Saufkumpanen erging es nicht anders. Die waren froh, nicht in den Verdacht geraten zu sein, und redeten sich vor der unerwünschten Polizei mit dem üblichen »ich weiß überhaupt nix« heraus.

Ich zerkramte meinen Kopf und suchte und suchte nach eventuellen Tätern. Aber keine Spur. Ich fragte auch die Leute aus der Nachbarschaft der Oma Bregulla ab, doch das hatte die Polizei schon vor mir sehr gründlich getan.

Ich dachte: Denk doch mal an Leute, auf die überhaupt kein Verdacht fällt. An Filme, wo dann doch einer zum Täter wurde, an den man vorher gar nicht denken konnte.

Oder vielleicht kannte das Adolfchen noch Leute, die bei der Oma verkehrten und hinter ihrem Geld her waren. Oder er? Aber den tat ich sehr schnell ab. Dieser Feigling hätte eine so grausame Tat nie über sich gebracht. Wenn schon, dann hätte er die Oma vergiftet.

Aber trotzdem suchte ich ihn auf. Es war nicht leicht, seinen derzeitigen Wohnsitz zu finden, da ihn die Witwen immer nach

* Lügner

einer gewissen Zeit hinauswarfen, wenn er sie nämlich erheblich um ihre Rente erleichtert hatte. Doch zuerst fielen immer wieder Frauen auf ihn herein. Unverständlich, bei diesem Typ. Allerdings einschmeicheln konnte er sich. Und im Umgang mit Prostituierten hatte er sich bestimmt gewisse Fertigkeiten angeeignet.

Bei uns in der Kolonie hielt er sich nicht auf. Ich fragte nebenan, in Tante Tine nach ihm. »Jau« kam die Antwort von der ersten Frau, die sich gerade aus einer Quasselrunde vor Aldi gelöst hatte, »der ist hier, der Witwentröster, bei der Waltraud.« Und sie erklärte mir, ziemlich umständlich und um die Ecke herum, wo die Waltraud wohnte.

Als ich in den Hinterhof einer Reihe von Mietblöcken einbog, fielen mir Kinder auf, die hinten an den Ställen spielten. Das war normal, an so einem Frühlingstag wie dem damaligen, doch womit sie spielten, das fiel aus dem Rahmen.

Die Jungen warfen den Mädchen abgezogene und mit der Innenseite nach außen gekehrte Karnickelfelle ins Gesicht. Die Mädchen ekelten sich davor, rannten weg, doch die Jungen ihnen hinterher.

Einige Invaliden standen an die Hauswand gelehnt, die von der Sonne bestrahlt wurde.

»Eine Sauerei ist das!« schimpfte einer und befahl den Kindern: »Hört auf damit. Dann stinkt ihr nachher, wenn ihr raufkommt.«

Doch die spielten natürlich weiter mit diesen Karnickelfellen, entfernten sich aber von den Männern.

Ich wollte schon vorbeigehen, nachdem ich sie gegrüßt hatte, als ich gerade noch hören konnte, wie einer der Invaliden zum anderen sagte: »Weißte, wat datt Adolfchen zu der Tante Bandilla inne Bude gesagt hat? Ich hab mich jetzt ne Platte gekauft. Und da is mein Lieblingslied drauf: Der schönste Platz, datt is die Rasenbank am Grabe meiner Mutta. Da hat die Bandillasche sogar geweint.«

Ich grinste, die anderen Kumpels auch. Dann fragte ich so nebenbei, nur so, weil ich gerne Kaninchenfleisch esse und früher als Junge auch welche gezüchtet hatte: »Wer schlachtet denn hier die vielen Karnickel, daß schon die Blagen mit den Fellen spielen?«

»Adolfchen«, wurde ich informiert, »der hat gesagt, seine Mutta ißt die so gerne.«

»Aber komisch war datt schon«, sagte einer der Invaliden, »früher hat der nie welche geschlachtet.«

»Alte Leute kriegen manchmal Appetit auf watt Besonderes«, belehrte ihn ein anderer. »Auch meine Frau, wenn sie die Kinder kriegte. Da wollte sie auf einmal nur Gurken essen und dann auf einmal überhaupt keine mehr.«

»Aber so auf einmal kam das«, bestand der Zweifler auf seiner Beobachtung. »Und wie der die Karnickel geschlachtet hat. War gar nicht schön. Ich hab datt ja auch gemacht, aber nicht so. Ohne Betäubung hat der die einfach den Hals durchgeschnitten. Einfach so durch. Datt war so, als ob der watt trainieren wollte ...«

Ich ahnte etwas Schlimmes, etwas sehr, sehr Schlimmes. Aber ich versuchte es wegzuwischen. Das konnte doch nicht sein. Der konnte doch nicht seine Mutter ermorden. Das war doch unmöglich, nicht dieser Feigling. Aber ich hatte ihm auch nicht zugetraut, daß er so übel mit Karnickeln umgehen konnte.

Ein makabres Bild, wie die Kinder mit den Karnickelfellen spielten. Die Jungen aggressiv und böse, die Mädchen sich ekelnd, oder spielten sie das nur so?

Ich stieg zum Adolfchen hoch. Ich war zu aufgeregt, um mir zu überlegen, wie ich vorgehen sollte; ich konnte keinen klaren Gedanken fassen. Am besten, ich überrumpelte ihn einfach. Noch ganz in Gedanken befangen, hatte ich schon die Tür zu der Wohnung geöffnet, in der das Adolfchen nun mit der Witwe lebte. Ich hatte nicht angeklopft.

Adolfchen lag auf dem Sofa und schmauchte eine Zigarre mit Bauchbinde. Auf dem Tisch stand ein Glas mit süßlichem Wermut, der bis zu mir herüberstank. Hatte doch die Oma Bregulla immer angegeben: »Unser Adolfchen, das raucht und trinkt nicht ...«

Er las einen Groschenroman. Aus dem Radio tröpfelten Schnulzen. Die Witwe war an der Spüle dabei, seine langen Unterhosen und Schweißhemden zu waschen.

»Du Muttermörder du!« schrie ich ihn an. Das war nicht geplant. Das brach einfach so aus mir heraus, wie ein Schrei im Traum, wenn ich mich vor dem Verfolger nicht mehr retten konnte.

Der Adolf fuhr hoch. Schnell verschwand das Glas vom Tisch, und auch die Zigarre.

Kreidebleich war er geworden. Die Frau auch. Die stand da wie erstarrt.

»Du hast das trainiert, du übler Kerl. An den Karnickeln. Die Kinder spielen noch mit den Fellen herum, und die Invaliden haben es mir erzählt.«

Da sah ich, wie er nach einer Waffe suchte. Er sprang auf, so schnell, wie ich es ihm nicht zugetraut hätte, er war an der Tischschublade und griff das Brotmesser heraus.

»Jetzt bist du dran!« drohte er mir.

Die Frau versuchte zu fliehen.

»Und du bleibst auch hier!« befahl er.

In dem Augenblick, während er zu der Frau hinübersah, riß ich ihm das Messer aus der Hand.

Die Frau rief dann nach Hilfe. Einer bestellte die Polizei.

»Kannst du dir so was vorstellen?« fragte mich ein Invalide.

»Nee«, antwortete ich.

»Balla dich einen«

Bei uns in der Kolonie Emscheraue hielten die Männer nichts von der Kirche. An Gott glaubten sie alle; das hatte aber mit der Kirche nichts zu tun. Die Kirche war hauptsächlich was für die Leute in der Stadt und für die Beamten. Die Kinder wurden noch getauft und in den Konfirmandenunterricht gescheucht, die Frauen zogen auch zur Frauenhilfe, wenn es dort starken Kaffee und feste Plätze gab, und wenn der Mann gestorben war – aber die Männer, die hatten nichts damit zu tun.

Ich fiel kräftig aus dem Rahmen. Was alle verwunderte, auch meine Eltern. Wobei meine Mutter aber meinte: »Es ist nicht schlecht für den Jungen. Auf jeden Fall wird da nicht gesoffen, und da treiben sich auch nicht diese lockeren Mädchen mit den bemalten Schnuten herum.«

Also ließen sie mich gewähren, obwohl sie mich nicht verstanden. Doch ich lebte davon, von der frohen Botschaft, von diesem Zimmermann aus Nazareth. Am Heiligabend kam die Mutter dann auch mit, und wenn sie »O du fröhliche . . .« sang, wurden ihr die Augen naß.

Die meisten Kolonisten waren trotzdem in der Kirche geblieben und ließen sich die Kirchensteuer vom Lohn abhalten – doch einige traten aus und zahlten lieber an den Fußball- und den Brieftaubenverein.

Mein Onkel Siwitt drückte das so aus: »Jetzt is datt ja nich wichtig. Doch wenn ich ma in datt Loch rein muß, dann is datt bessa, datt da einer im Altar, nee, ich meine Talar, steht und die alten, schönen Sachen sagt. Datt is bessa als so einer vonne Freidenker, die da watt vonne Sonne und die Freiheit reden, wovon sich die heulende Witwe und die Blagen auch nix kaufen können. Ne, bei mir anne Kuhle muß einer mit dem Talar ran. Darum bin ich auch noch in die Kirche. Is besser für die Guste, wenn se ma Witwe is.«

Einmal konnte ich meine Mutter auch überreden, zur Frauenhilfe mit der Frau Pastor zu gehen. Aber nur einmal. Als sie nach Hause kam, fragte ich sie: »Na, wie war das?«

»Datt« durfte ich nicht sagen, das war nicht vornehm genug für einen, der auf die höhere Schule gegangen war und das Abitur hatte.

»Der Kaffee war gut«, mußte sie feststellen, »und der Bienenstich auch. Nicht vom alten Suppkopp Beckmann, sondern von dem Birken, wo der teurer ist. Aber dann fing die Frau Pastor an, und die meinte, wir wären so wie unsere Enkelkinder. So ein Glöckchen hatte die, und wenn das läutete, mußten wir alle die Hände falten, und die Frau Pastor flüsterte für uns ein Gebet, als ob wir alle noch in der Puppenstube sitzen würden.

Und dann kam auch ihre Geschichte, die sie aus so einem Buch vorlas, datt wie die Bibel aussah. So waren auch die Geschichten. Da kamen nur der Herr Pastor und die Frau Pastor drin vor. Da gehe ich nicht mehr hin.«

Schluß, aus, nichts zu machen. Ich gab es auf. Gegen die Frau Pastor kam ich nicht an. Die hatte mir gesagt: »Mein Mann, der ist ein richtiger Pastor, der hat das ja auch studiert.«

»Amen«, antwortete ich. ›Friede seiner Asche‹ verkniff ich mir.

Also, unsere Kolonie hatte mit der Kirche überhaupt nichts zu tun. Doch wenn der Tod kam, dann war es ganz was anderes. Dann mußte der im Talar ran.

So war das denn auch mit dem Perron. Der war einer von denen, die aus der Kirche ausgetreten waren: »Ist doch alles Scheiße«, sagte der.

Und dann auf einmal der Unfall untertage. Unterm Sargdekkel, einem heruntergestürzten Felsbrocken. Sofort tot. Ein Trost war das auch, aber nicht der richtige.

Der Tod vom Perron tat uns allen leid. Der wurde vermißt, und nicht nur am Tresen, sondern auch bei unserem Fußballverein, wo er hinten, mit seinen Säbelbeinen, alles weggemäht hatte. Der hatte auch immer geholfen, wenn er konnte. Sicher, manchmal hatte er sich einen oder mehrere zuviel an der Theke genehmigt, aber im Prinzip war er ein ganz normaler Mensch gewesen.

Als sie an die Beerdigung dachten, fiel allen sofort die Irma, seine Witwe, und die kleinen Kinder ein. Der durfte nicht wie ein Hund verscharrt werden, der Perron, mit dem »Quatschkopp vonne Freidenker« oder vom Feuerbestattungsverein.

Ich war gerade nach Hause gekommen und hatte von der Mutter erfahren, was passiert war, da wurde an unsere Tür geklopft. Herein kamen der Naz Ratayczak und die anderen Kumpels vom Perron. Nee, nee, den Kaffee oder das Bier von der Mutter wollten sie nicht. Sie wollten mit mir sprechen: »Wegen die Irma, und die Kinder vom Perron.«

Ich nickte verstehend.

»Kommste rüber zum Szepan?« fragten sie mich. »Da ist mehr Ruhe für sowatt.«

Ich nickte, obwohl ich das nicht so ganz einsah, wenn ich an die Kolonnen vor dem Tresen dachte. Aber sie sahen auch die langen Ohren meiner Mutter und die neugierigen Augen hinter der Brille. Ich zog mit.

Die Einleitung in drei Kapitel kannte ich schon.

Erst einmal eine Steinpilzkur, also Steinhäger mit Pils. Dann Schalke, wie das am letzten Spieltag war und am nächsten sein würde. Mußte man sich Zeit nehmen, um das alles in Ruhe zu betrachten.

Dann kam noch eine Kur, und dann noch eine. Ob ich was zu essen haben wollte? fragten sie.

Natürlich konnte ich nicht nein sagen, sonst hätten alle in der Kolonie geflüstert: »Der fühlt sich wie watt Besseres, obwohl sein Vater ein Kumpel war wie wir alle und seine Mutter auch sonne Witwe is. Der verkehrt wohl nur im Parkhotel.«

Natürlich hatte ich Hunger, obwohl ich keinen hatte.

Pommes mit Mayo, rot-weiß, also mit Mayonaise und

Ketchup, obwohl ich das gar nicht mochte, doch weil der Naz das extra von der Pommesbude, nicht so ganz nahe nebenan holte, mußte ich es essen. Tat ich auch, und es schmeckte, mit diesen prima Kumpels. Für den Perron.

Dann konnten wir so langsam zur Sache kommen. Erst einmal, wie das alles passiert war, mit dem Perron.

Dann, daß die Rente noch klein war, weil noch nicht genügend Jahre drin waren, und die Irmi mit ihren Kindern. Verstand ich alles und nickte mitleidig dazu.

Sie sahen mich zunächst mißtrauisch an, doch dann tauschten sie Blicke und kamen zum Wesentlichen: »Kalle, der Perron muß richtig unter die Erde, der ist einer von uns, den können wir nicht im Stich lassen. Wie in dem Lied ›Ich hatt einen Kameraden . . .‹«

Ich spannte sie nicht weiter auf die Folter; ich wußte, was sie wollten.

»O. k.«, sagte ich, »ich mach das.« Obwohl ich noch gar nicht genau wußte, wie.

»Also wir haben schon alles versucht«, wurde ich weiterhin bekniet, »der Atze war bei dem Evangelischen, weil der ja Kirchensteuern bezahlt. Den Atze hätte der Pattek* schon unter die Erde gebracht, wegen die Kirchensteuern, aber nicht den Perron.

Meine Wenigkeit, ich selbst, bin zu dem Katholischen gegangen, weil wir ja schon immer dahin gehören, weil wir aus Oberschlesien kommen, aber der wollte noch weniger, weil der Perron mal evangelisch gewesen war.

Jetzt bist du unsere einzige Glücksnummer.«

Wie konnte ich die Kumpels und die Irmi und die Kinder und die ganze Kolonie enttäuschen?

Ich ging noch einmal zu unserem evangelischen Pastor, der mich jeden Sonntag, wenn ich zu Hause war, unter seiner Kanzel sah.

Doch der verstand uns überhaupt nicht, der kam aus einer anderen Welt. Oben aus Minden-Ravensberg, mit dem Lutherrock.

Ich besuchte die Irmi. War schwer, mit all ihren Kindern. Mit Anlauf die Treppe hoch und in die Wohnung hinein. Es roch nach Wirsing. Die Augen der Irmi und der Kinder waren rot geweint. Ich nahm sie erst einmal alle in meine Arme und drückte sie an mich.

* Pastor

Dann hörte ich zu, wie das alles gekommen war. Keiner war darauf vorbereitet gewesen. Die Irmi hatte einen guten Mann und die Kinder einen treusorgenden Vater verloren. Vielleicht banale Worte, aber so war es gewesen.

Eigentlich konnte man das von dem Perron gar nicht erwarten, wenn man den an der Theke und mit seinen Kumpels erlebte, immer eine große Klappe mit groben Worten und eine Faust, die jäh und hart zuschlagen konnte.

Irmi hatte Angst wegen der Beerdigung: »Die Leute werden drüber reden, wenn der nicht richtig in das Grab reinkommt. Und das ist auch nichts, so ohne Pastor.«

Ich versprach ihr, mein Bestes zu tun.

»Und im Talar?« fragte sie mich.

Ich zieh das Ding nicht gerne an, muß ich zugeben. Es steht mir auch nicht zu, ich bin keine Amtsperson, sondern nur ein Zubringer.

»Bitte«, bat die Irmi.

Ich wußte, daß es keinen Sinn hatte, ihr das als eine Bedeutungslosigkeit auszureden, ihr zu erklären, daß dieser Talar eigentlich gar keine kirchliche Kleidung gewesen war, sondern der Anzug der Lehrer im Mittelalter. Ich mußte mir einen Talar besorgen.

Doch von unserem Pastor bekam ich den nicht. Der war überhaupt dagegen, daß ich predigte, und das auch noch durfte. In seiner Kirche kam ich nie auf die Kanzel, die sei Studierten und ordentlich Ordinierten vorbehalten, behauptete der Pfarrherr. Doch der Superus, also der Superintendent, fiel mir ein, mit dem konnte man reden, was ich auch tat.

Der verstand sofort alles. Das war auch sein Problem, daß er alle seine Pfarrer zu gut verstand und immer nachgab. Der konnte keinem böse sein, auch wenn die allen möglichen Blödsinn von der Kanzel heruntertröpfeln ließen und nie zur Sache kamen, zum Glauben, zur Hoffnung und zur Liebe.

So ein bißchen trottelig war unser Superintendent schon, wie er durch sein Arbeitszimmer segelte und nichts fand. Aber dann packte er mir, fürsorglich wie eine Oma, den Talar, seinen eigenen, in Packpapier ein. Sogar sein Barett gab er mir mit: »Hier, Bruder Kalle«, redete er mich an, meinen Hausnamen hatte er wieder einmal vergessen »auf dem Friedhof zieht es immer, da ist es besser, daß Sie sich das Barett aufsetzen, aber nicht vergessen.«

Auf dem Rückweg kam ich an unserem Betsaal vorbei. Da waren die Tanten von der Frauenhilfe gerade dabei, ihren Kaffeeklatsch abzuspülen. Die Frau vom Pastor war schon weg. Das war gut. Ich ging zu den Frauen rein, kriegte noch Kaffee und Kuchen ab, machte meine üblichen Witzchen, so daß sie lachten, verteilte ein paar Schreiber mit Reklame von Reisebüros drauf und fragte dann: »Hört mal, könnt ihr nicht beim Perron am Grab singen?«

Offiziell konnten sie das nur, wenn die Frau Pastor ja sagte und dirigierte. Aber sie sagten, sie würden es privat tun.

So kam dann der traurige Morgen heran. Ich zog mir den schwarzen Anzug an, der mir langsam zu klein wurde.

Die vom Fußballverein dachten daran, am Grab Perrons Lieblingslied »So ein Tag, so wunderschön wie heute« zu singen, doch ich hatte es ihnen als unpassend ausreden können.

Der Superus hatte mir seine Agenda mitgegeben, in der alles für eine Beerdigung drin stand. Ich las die noch einmal ganz langsam durch.

Der Perron hatte an Gott geglaubt, das hatte mir die Irmi bestätigt. Auch wenn er aus der Kirche ausgetreten war.

Viel zu früh, wie immer, erschien ich auf dem Friedhof. Ich wunderte mich, die halbe Kolonie wartete dort schon. Die Träger, seine besten Kumpels, standen an der Leichenhalle und zogen an ihren Zigaretten, die sie in ihren hohlen Fäusten versteckt hielten. Ein Flachmann hatte auch schon die Runde gemacht, und ich roch den billigen Korn aus Tante Bandillas Bude.

»Kameraden«, mahnte ich »jetzt nüchtern bleiben. Wir müssen den Perron gut unter die Erde bringen.«

Verstanden sie. Obwohl ich nichts gegen die Zigaretten gesagt hatte, wurden die sofort ausgetreten.

Der Friedhofswärter war auch schon da. Mich beachtete er mit keinem Blick. Bei ihm galten nur richtige Pastoren was, Amtspersonen. Solche wie ich waren für ihn alle Freidenker, von denen er nichts hielt, weil sie keine vom Amt waren. Obwohl er selber nie in die Kirche ging, wollte er an den Gräbern keine anderen als die Zuständigen sehen.

Für mich öffnete er noch nicht einmal die Sakristei zum Umziehen. Ich mußte mir in dem viel zu kleinen Klo den Talar überziehen und das Beffchen umbinden.

Als ich mich so im Spiegel sah, erkannte ich mich kaum wieder. Ich hätte das Ding am liebsten sofort wieder ausgezogen, aber ich behielt es an, um der Irmi und der Kinder willen.

Als ich herauskam, sahen mich alle an, als ob ich aus einer anderen Welt käme.

Sogar der Friedhofswärter verhaspelte sich und nannte mich Herr Pastor. Nun war ich auch eine Amtsperson, doch ich wollte das schnell hinter mich bringen.

Trotzdem ging ich langsam und würdig zum Altar. Drinnen und draußen drängte sich die Kolonie. Berge von Kränzen.

Zum ersten Mal in meinem Leben hielt ich die Liturgie. Sie trug mich sofort, als ich die Eingangsworte sprach. Ich war hier nicht Kalle, sondern der Bote Gottes. Auch die aus Emscheraue ließen mich nicht allein. Erst sagten nur die von der Frauenhilfe die Worte, die sie sagen mußten. Dann auch die Männer.

Die Frauen sangen. Das tat uns allen gut.

Dann mußte ich predigen. Ich ging nicht ans Pult, sondern zu der Irmi und den Kindern. Zu denen redete ich zunächst, setzte unser Gespräch, das in der Wohnung begonnen hatte, hier fort. Ich erzählte ihr und den Kindern von Jesus, der uns alle verstand.

Dann ging ich zum Pult, weil ich auch mit den anderen reden mußte.

Vom Tod sprach ich, der jetzt den Perron weggeholt hatte, aber mit dem wir alle rechnen mußten. Ich ließ sie mit ihrer Angst, mit ihrem Unbehagen nicht allein.

Ich sprach von dem Tod und Auferstehen des Zimmermannes aus Nazareth, wodurch wir alle gerettet waren.

Wir waren wie eine Familie, in der kalten Beerdigungshalle. Das spürten alle. Gott war mit uns.

Dann brachten wir den Perron zu seinem Grab. Wir sangen: »So nimm denn meine Hände und führe mich . . .«

Wir weinten alle. Die Spielzeugschüppe am Grab brauchten wir nicht. Wir, die Kumpels, packten die Erde mit unseren Fäusten und warfen sie hinunter.

Als ich den Talar ausgezogen hatte und aus der Leichenhalle herauskam, wartete der Naz auf mich. Er schob mir einen Hunderter in die Tasche und erklärte: »Haste gut getan, für unsere Seelen. Balla dich einen . . .«*

* »Trink dir einen«

In Düsseldorf auf Schalke

Wenn ich in der Stadt mit der längsten Theke mal länger zu tun hatte, brachte mich der Chef eines renommierten Reisebüros immer fürstlich unter. Einmal trat er mir sogar seine Tribünenkarte im Rheinstadion ab, weil er leider verhindert war, für seinen Verein Fortuna zu klatschen.

Ich nahm auf der teuren Tribüne Platz zwischen Pelzmänteln, Journalisten und Fußballphilosophen. Aber auch einige Invaliden leisteten sich diesen Luxus. Fortuna war ihr Leben, dafür waren sie bereit zu zahlen.

Ich hatte mich kaum gesetzt, da kam schon ein Nachbar auf mich zu und warnte: »Gehen Sie von dem Platz runter, der Besitzer kommt gleich.«

Ich konnte ihn beruhigen, daß der nicht kam, aber der Mann glaubte mir erst, als ich ihm die Karte meines Gönners zeigte.

Ich war also mitten unter »Feinden«. Mit Düsseldorf hatte ich nichts zu tun. Und ausgerechnet an jenem Tag spielten sie auch noch gegen Schalke, meinen Verein von zartester Jugend an. Zwischendurch hatte mich Fußball mal überhaupt nicht interessiert, aber nun war es wieder voll zurückgekommen. Allerdings setzte ich mich nur sehr selten in ein Stadion, doch nun genoß ich die Atmosphäre. Ich fiel auch auf, weil ich ein Pils bestellte, während um mich herum alles Altbier trank.

Unten auf dem Rasen liefen sich die Spieler in ihren Trainingsanzügen warm. Das riesige Stadion war nur mäßig gefüllt. Nur der Block, der für die Schalker Fans reserviert war, füllte sich. Die schrien schon vorher, die Jungen mit ihren blauweißen Kappen, Armbändern und Schals. Immer im Rhythmus, die geballten Fäuste gegen den Gegner gereckt. Gegenüber in der Kurve, von den Fortunaanhängern, drangen nur mickrige Schreie herüber.

Ich sah zu meinen Freunden hinüber und hoffte auf einen Sieg unserer Knappen vom Schalker Markt. Um den Block der Schalker versammelte sich auch die Bereitschaftspolizei. Die wenigen Fortunen ließ man allein. Auch die Hundehalter patroullierten mit ihren Schnapptieren vor den Schalker Fans auf und ab.

Die Herren und Damen um mich herum und die Journalisten ergingen sich in Fachgesprächen und zeigten, daß sie es gewohnt waren, sich auf der »Kö«* zu bewegen. Ich kam mir zwischen ihnen doch sehr fremd vor.

Als die Schalker einliefen, jubelten die blauweißen Fans, während die Fortunen nur mit einem höflichen Klatschen begrüßt wurden.

Das Spiel begann. Angefeuert von ihren Fans rannten die Schalker sofort das Düsseldorfer Tor an. Immer wieder. Wenn die Fortunen mal an den Ball kamen, wurden sie niedergepfiffen und mit Buhs abgelenkt. Was aus ihrer eigenen Kurve an Unterstützung kam, klang so erbärmlich wie das Meckern einer Ziege.

Dann Schalke wieder im Gegenstoß. Der ganze Block hinterher, wie so ein Rückenorkan für die Mannschaft. Dann kriegte der Olaf den Ball auf seinen Schluffen**, und schon war er drin.

Ich sprang auf und warf die Arme hoch. Unten tobte die Kurve. Doch um mich herum eisige Stille. Alle sahen mich an. Ich brach meinen Siegestanz sofort ab und setzte mich hin. Aber es war schon zu spät. Sie durchbohrten mich mit ihren Blicken. Und dann noch die Unverschämtheit, vom Sitz eines Fortunavorstandsmitglieds aus für den Gegner der Fortuna zu jubeln!

Als für Düsseldorf dann doch noch ein Tor fiel, klatschte ich höflich mit, wollte sogar mit meinem Nachbarn ins Gespräch kommen und ihn dafür beglückwünschen, aus welch zwingender Spielanlage dieses Tor herausgespielt worden war. Doch der sah und hörte weg.

Ich fand es nicht schön, daß meine Schalker Mitbrüder in der Kurve nun wüste Beschimpfungen und Drohungen gegen die Fortunaspieler ausstießen.

Noch zweimal Schalke. Die Journalisten tröpfelten ihre Philosophie wie Medizin in ihre Telefone hinein. In der Halbzeit Fachgespräche, von denen ich ausgeschlossen wurde. Ich dachte schon daran, in den Block der Schalker Fans umzuziehen. Aber hier oben saß ich gut. Nach der Halbzeit versuchten es die Fortunen noch einmal. Aber nichts gelang ihnen. Unsere legten noch ein Tor vor und konnten den nächsten Treffer der Fortunen ganz gut wegstecken. Trotzdem schrien und schimpften die Schalker Fans, als ob die aus Düsseldorf in Führung gegangen wären.

* Königsallee, die Düsseldorfer Prachtstraße
** Schuhe

Dann ein mäßiges Spiel, eigentlich geschah nichts mehr. Aber die Journalisten telefonierten noch immer. Ich konnte mir nicht vorstellen, was sie da noch zu reden hatten. Aber so ist es ja auch mit der Sportschau und bei den Spielkommentaren. Da wird dieser Sport so hochstilisiert, daß man denkt, er sei eine Staatsaktion.

Kommentar von so einem Philosophen zu einem Mittelstürmer nach seinem Tor für die Nationalmannschaft: »Die Nation dankt es Ihnen.« Früher sagte man so was zu Ministern und Feldmarschällen, heute zu Mittelstürmern. O.k.

Das Spiel war zu Ende. Ich jubelte noch einmal. Wollte mich mit meinen Brüdern solidarisieren. Mein Nachbar konnte es sich nicht verkneifen, mich zu warnen: »Ich werde es dem Herrn Doktor sagen, der soll Ihnen nie wieder seine Karte geben.«

Ich marschierte am Rhein entlang, um mich herum betreten schweigende Düsseldorfer, doch in mir jubelte es. Dann kam noch ein Bus mit Schalker Fans langsam über die Straße gefahren. Ich ging dichter am Straßenrand entlang, wollte ihnen zuwinken. Schon hörte ich den Jubel und die Schalker Lieder aus dem Bus. Ich wollte mich mit den Brüdern freuen. Doch leider kam ich nicht dazu.

Einer von den Schalker Fans warf mir eine Bierflasche gegen den Kopf.

»Scheißdüsseldorfer!« wurde ich beschimpft.

Nein, nein, nur eine Platzwunde, die sofort behandelt wurde und schnell heilte.

Der Arzt mußte dann auch noch Essig in meine Wunde gießen, indem er sagte: »Also diese Schalkeanhänger, die sollte man verbieten.«

»Unsa Fredy«

Als der Fredy* all die Törchen auf Schalke machte, kriegte sich unsere Kolonie kaum noch ein. An den Theken sangen und gröhlten sie: »Fredy, Fredy, über alles . . .«

Und wir in unserer Mietskaserne waren noch stolzer, denn

* gesprochen: *Freedy*

dort kam der Fredy her; auf unserer Etage hatte er gewohnt und mit uns gespielt.

Wenn die anderen sich in seinem Ruhm sonnten und alle Fremden an die Seite drücken wollten, konnte ich noch einen stärkeren Trumpf ausspielen: »Ich bin der Kusenk vom Fredy.« Das war damals, in meiner verrückten Fußballperiode, wo Fußball wirklich über alles ging. Heute bin ich nur noch für Schalke, für einige Minuten, in der Sportschau, wenn sie dran sind. Aber damals . . .

Wenn der Fredy damals auf Schalke spielte, waren wir alle da. Wir kannten seine Fummelkünste schon von der Steinhalde, wo er an jedem vorbeikam. Keiner konnte den Fredy bremsen. Nur in der Schule trottete er ein bißchen hinter uns her. Ich hatte ihm sogar eine zeitlang Nachhilfeunterricht gegeben, damit er wenigstens die Versetzungen schaffte. Als Junge war der Fredy prima, später wurde er ein bißchen arrogant und wollte uns zeigen, wie groß er war, mit seinen erhöhten Absätzen, mit der grellgebleichten Blondine aus der Ella-Bar und seinem knallroten Porsche.

Fredy war dann nicht nur bei uns und auf Schalke bekannt, sondern in ganz Deutschland und darüber hinaus. Er schoß uns bis an die Weltmeisterschaft heran und verfehlte sie nur knapp, weil seine Mitspieler eben nicht so gut waren wie er.

In dem Jahr kam ein berühmter Prediger aus Essen zu uns in die Stadt und wollte uns alle evangelisieren. Das war so ein kurzer und stabiler Mann, der aussah wie der Clown Grock aus der Schweiz. Auf der Kanzel zappelte er auch so herum; obwohl ich den ganz gut leiden mochte, und der hatte auch was zu sagen.

Zu seinen Vorträgen wurde mit riesigen Plakaten eingeladen, auf denen folgender Spruch stand: »An Gott kommt keiner vorbei.«

Das konnten die Jungens von der Emscheraue nicht so stehenlassen. Sie kritzelten darunter: ». . . außer Fredy!«

Ich sagte schon, daß dem Fredy die Berühmtheit ein bißchen unter die Krone stieg. Er ließ sich nur noch ganz selten bei uns blicken und versuchte Hochdeutsch zu sprechen. Es wurde auch gemunkelt, daß ihm sein masurischer Nachname nicht mehr gut genug sei und daß er sich umschreiben lassen wolle.

An den Samstagabenden, nach dem Spiel, ließ er sich nur

noch unten in der Stadt blicken. Dort trat er im Tanzlokal »Anlauf« auf und forderte ein hübsches Mädchen zum Tanz auf.

Wenn die dann mit ihm scherbelte*, fragte er sie: »Wissen Sie überhaupt, mit wem Sie tanzen? Ich bin der Nationalspieler Fredy Kazmirzak!«

Es wurden auch Witze über ihn in Umlauf gebracht: »Wenn der Fredy mit der Nationalmannschaft nach Polen fährt, braucht der kein Hotel. Der kann bei Verwandten schlafen.«

Diesen Witz, über den wir alle lachten, hörte er gar nicht gern. Denn sein Humor ließ immer mehr nach.

Allerdings schimpften die älteren Leute auch über diesen Witz: »Das sollt ihr wissen, ihr Blagen: Erst einmal braucht ihr euch über eure Namen nicht zu schämen, und zweitens sind die nicht polnisch, sondern masurisch. Und das hat schon immer zu Preußen und Deutschland gehört, und daher kommt auch der Name Preußen, von den Pruzzen. Und dann sind auch fast alle Masuren evangelisch und die Polen katholisch.«

Für uns war das nicht mehr so wichtig.

Fredy wurde immer berühmter. Auf einmal waren seine Haare nicht mehr dunkel, sondern ganz blond und lockig geworden.

Als er wieder in der Sportschau auftrat, erschien er nicht mehr im Pullover wie sonst, sondern im Anzug und mit einer Fliege davor. Die Zeitungen wußten nun mehr über ihn als wir, seine Heimat.

Auch seine Skandale wurden berichtet. Er hatte es immer auf Frauen abgesehen, doch die legten ihn herein. Die Kolonie wieherte, wenn wir lasen, daß ihn schon wieder eine ausgenommen hatte.

Doch dann heiratete er, eine Knallblonde, nicht aus dem Ruhrgebiet, sondern von Düsseldorf.

»Is auffe Kö geboren worden«, erzählte uns stolz seine Mutter.

Als er mit seiner Blondine mal in der Kolonie erschien, fragte ihn seine Oma: »Na, werden bald Kinderchen kommen?«

Doch der Fredy wehrte ab: »Die hab ich nicht wegen Kinderkriegen geheiratet, sondern weil ich sie vorzeigen will.«

Fredy zeigte auch sonst seine Würde und daß er sich auf einem anderen Niveau befand. Er sprach immer ganz langsam und bedacht, wie der Willy Brandt. Darum wirkte es noch mehr, wenn

* tanzte

er ziemlich oft mir mit mich verwechselte. Außerdem spielte er dabei immer mit dem Porscheschlüssel herum und sprach von den anderen Fußballgrößen als von seinen Intimfreunden. Auch mit den politischen Größen hatte er schon verkehrt, den Presseball in Bonn besucht und das silberne Lorbeerblatt vom Bundespräsidenten erhalten.

Fredy wollte auch »clever« sein und beteiligte sich an einem Hochhaus, das in der Stadt errichtet werden sollte. Auch in anderen Spekulationen legte er sein Geld an. Doch leider wurde aus dem Hochhaus und den anderen Geldquellen nichts. Seine Berater hatten ihn hereingelegt.

Als es dann mit Fredys Karriere nicht mehr so gut lief, rannte ihm auch noch die Frau weg und ließ sich scheiden. Fredy mußte schwer zahlen, aber er suchte Trost bei der Menge aus unserer Kolonie. Darüber waren alle verwundert. Denn die Menge war so ziemlich die Dümmste, die es bei uns in der Kolonie gab. Sie hatte die Sonderschule besucht, sich herumgetrieben, aber dann einen englischen Besatzungssoldaten geheiratet. Mit ihm zog sie nach England, kam aber nach zwei Wochen wieder zurück und behauptete: »Kerl, Kerl, ich kann kaum noch Deutsch. Sprech nur noch Englisch. Immer nur yes, yes . . .«

Die heiratete dann der Fredy, nachdem sie sich von dem Soldaten hatte scheiden lassen.

Doch auch mit dieser Ehe sah es traurig aus. Er konnte zwar der Menge noch einen Pelzmantel schenken, mit dem sie immer in der Loge auf Schalke erschien, aber als Schalke dann abstieg und Fredy auch noch in die Reservemannschaft heruntergestuft wurde, lief sie ihm weg.

Fredy versuchte sich mit der Flasche zu trösten und verlor dadurch seinen Berufsspielerstatus. Er rutschte immer tiefer hinunter, heute fährt er bei Opel einen Gabelstapler.

An der Theke will ihm keiner mehr zuhören, wenn er von seinen alten Triumphen erzählt.

Armer Kerl, der Fredy. Jetzt ist er nur noch sein eigener Fredy.

Der Finne mit dem schweren Koffer

Ich sah ihn schon beim Umsteigen in Kopenhagen. Den halben Bahnsteig nahm er mit seinem Koffer ein, und wir mußten alle einen Bogen um ihn herummachen. Aber keiner protestierte, denn unter seinem dünnen Anorak drückten sich gewaltige Muskeln ab.

Doch der Koffer zog noch mehr unsere Blicke an als der Mann. Aus blauem Segeltuch war er grob zusammengenäht worden. Die Konturen der unförmigen Dinge, um die sich das Tuch spannte, gaben dem Koffer das Aussehen einer bergigen Mondlandschaft. Die Reißverschlüsse konnten dem Druck schon lange nicht mehr standhalten. Mit Stricken und Kabeln wurde er nun zusammengehalten. Die Griffe waren noch nicht abgerissen, weil der Mann seinen Koffer meistens über den Boden schleifte. Man hätte dieses Ungetüm auch ganz gut als Rhinozeros bezeichnen können, nur daß die Beine und der Kopf fehlten. Obwohl der Kerl einen starken Eindruck auf mich machte, bekam er seinen Koffer kaum vom Boden hoch, so schwer war der.

Aber auch der Mann fiel aus dem Rahmen der gewöhnlichen Bahnreisenden. Trotz der eisigen Kälte und des Schneefalls draußen war sein Kopf nicht nur unbehütet, sondern wurde auch nur durch einen Borstenschnitt gedeckt. Durch die blonden Borsten war die Kälte gegen den Kopf geprallt und hatte ihn blau und rot anlaufen lassen. Ich drückte mich noch tiefer in meine gefütterte Jacke hinein, als ich sah, wie der Mann am Kopf fror.

Es war ein kleiner, fast kugelrunder Kopf. Viel zu klein für den gewaltigen Körper, auf dem er thronen sollte. Mitten im Gesicht eine viel zu kleine Stupsnase, dafür aber große, blaue und wässrige Augen, in denen es auch fror.

Obwohl der Mann ziemlich klein geraten war, breiteten sich seine Schultern ungewöhnlich weit aus. Von der Muskelspanne unter den Ärmeln berichtete ich schon. Auch seine Oberschenkel und Wadenmuskeln dehnten sich so stark unter der dünnen, gestreiften Baumwollhose aus, daß ich meinte, die Nähte krachen zu hören. An seinen Füßen breite und, wie es aussah, viel zu große Schuhe, in denen er zu schwimmen schien. Unter dem Anorak, dessen Reißverschluß der Mann halb heruntergezerrt hatte, war ein weißes T-Shirt zu sehen, auf dem in knallroten Buchstaben »I love you« stand. Kleine Herzchen umtanzten den Spruch.

Aus der Hosentasche ragte der Hals einer Flasche heraus. Seine Hände waren wie Schaufeln, verschwielt, mit breiten Narben.

Ich sah ihn zunächst, wie er verschnaufte. Die Fäuste in den Hüften. Aus Mund und Nase stiegen Wolken auf, wie von einer Lokomotive aus dem Dampfzeitalter. Vor ihm stand der Koffer wie ein unüberwindbarer Fels.

Dann spuckte er in seine rotgefrorenen Hände, rieb sie sich glatt, bückte sich, holte tief Luft und riß das Ungetüm hoch. Mit beiden Fäusten. Doch er bekam es nur wenige Zentimeter vom Boden ab. Er machte einen Schritt voraus, am Koffer entlang, nahm ihn kurz mit, mußte ihn aber schon mit dem zweiten Schritt wieder sinken lassen und über die schmierige, grobe Plattform zerren.

Wieder Pause. Er nahm einen mächtigen Schluck aus der Flasche. Es war ein dunkelbraunes Gebräu, wie aus Schmieröl. Er rülpste auch so, als ob er Brennspiritus eingenommen hätte.

Und wieder weiter mit dem Koffer, auf die nächste Abteiltür zu, denn die Abfahrt des Zuges wurde schon aufgerufen.

Ich suchte mein Bett im Schlafwagen, besorgte mir noch einen Jubiläumsaquavit und schlief ein. Von der Fähre und der langen Nacht bis Stockholm bekam ich nichts mehr mit. Ich wurde erst wach, als der Zug vorsichtig in den kalten Morgen und den Stockholmer Hauptbahnhof glitt.

Dort aß ich ein englisches Frühstück, mit Rührei, Speck, Toast und kleinen Würstchen, trank guten, schwedischen Kaffee dazu, las Dagens Nyheter oder was ich davon verstand, wollte dann mein Köfferchen zur Aufbewahrung in den Hafen bringen, wo damals noch die Schiffe nach Finnland ablegten. Ich überlegte auch, ob ich meinen Kontaktmann anrufen sollte, verschob es aber auf später. Ich war nämlich gerade dabei, eine Serie von Städtereisen in den Norden, nach Kopenhagen, Stockholm und Leningrad, vorzubereiten. Jetzt wollte ich den kalten, schwedischen Wintertag genießen und das delikate Buffet zwischendurch.

Es war bitterkalt draußen, und es schneite, feste, kleine Flokken, die mir der scharfe Wind ins Gesicht trieb. Trotzdem ging ich zu Fuß über die Brücke auf die Altstadt zu.

Da sah ich den Mann mit dem gewaltigen Koffer wieder vor mir. Seine Fäuste waren fast steifgefroren. Er bekam die Finger kaum noch um den Griff herum. Der hätte doch ein Taxi oder einen Bus nehmen können. Aber vielleicht war er so einer wie ich, der auch lieber lief.

Eine dicke Schneeschicht hatte sich mittlerweile auch auf seinen Sommeranorak, den Kopf und den Koffer gesetzt. Manchmal fuhr er sich unwirsch mit den Fäusten über seine Stoppelhaare und rieb sich die Ohren und die Stummelnase warm.

Wieder faßte er die Griffe, mit beiden Händen, beugte sich zum Koffer hinunter, spannte seine Muskeln, riß ihn hoch, wuchtete ihn einen Schritt weiter und mußte ihn wieder absetzen.

Ich holte ihn ein, blieb neben ihm stehen, grüßte ihn auf Englisch. Er sah mich an.

Mir fiel nichts Besseres ein als: »Der muß aber schwer sein.«

»Sure it is«, antwortete er, aber ich hörte sofort, daß er ein Finne war. Das Sch wurde zu einem weichen S und die ganze Art zu sprechen ist so einmalig für die Nordmänner und -frauen.

»Kann ich helfen?« fragte ich.

Er musterte mich. Er grinste: »Kannst ja mal versuchen«, bot er mir seinen Koffer an.

Nun bin ich auch nicht gerade schwach geraten, aber mit seinen Kräften konnte ich mich natürlich nicht vergleichen.

Ich machte sofort einen Fehler, packte die Griffe mit einer Hand an. So versuchte ich, den Koffer hochzureißen, doch der bewegte sich nicht, und mein Arm schmerzte, als ob ich ihn fast ausgerissen hätte.

Der Finne grinste: »Mußt schon beide Hände nehmen, Mister«, belehrte er mich.

Also Versuch mit beiden. Ich bekam den Koffer zwar hoch, aber mit äußerster Anstrengung nur einen halben Meter weiter.

»Laß man, Mister«, unterbrach er meine Anstrengungen. »Ich bring ihn schon bis zum Schiff.«

»Auch nach Finnland?« fragte ich ihn.

Er sah mich an, als ob ich eine sehr dumme Frage gestellt hätte. »Klar doch, Mister.« Wohin sollte er denn sonst fahren.

Er riß den Koffer wieder hoch, schleuderte ihn voraus, blieb dann wieder stehen und dampfte.

Mir fiel wirklich nichts Besseres ein. Wieder so ein überflüssiger Satz, aber ich fand ihn interessant, wollte noch ein wenig bei ihm bleiben.

»Kalt hier«, empfand ich.

»War in Kanada noch kälter«, behauptete er.

»Kommst du aus Kanada?«

»Sure, Mister«.

»Aber ein Finne!«

»Ja sicher doch, Mister. War da drüben Holzfällen. Zwanzig Jahre lang, die sind jetzt um.«

Er sah auch aus wie ein Holzfäller, dieser Stier.

»Heiße Erkki«, fügte er noch hinzu.

»Wieso denn in Kanada Holz fällen?« fragte ich ihn. »Gibt doch in Finnland genug Bäume.«

Meine vorlaute und auch dumme »Weisheit« gefiel ihm gar nicht. Das zeigte er mir.

Ich schämte mich. Ich spürte, daß ich etwas angetastet hatte, was ihm weh tat. Also packte ich den Griff und wuchtete den Koffer wieder einen halben Meter weiter. Es half ihm doch, wenn es auch nur die Hälfte von seiner Strecke war.

Schweigend versuchten wir die Brücke zu überwinden, den eiskalten Wind und den Schnee. Ihm schien das aber weniger auszumachen als mir.

Endlich erreichten wir die ersten Häuser der Altstadt und etwas Windschutz.

»Mister, hast mir sehr geholfen!« sagte Erkki. »Geh ruhig, halt dich nicht auf. Ich hab noch viel Zeit, bis das Schiff geht.«

Ich weiß auch nicht, warum ich sagte: »Nee, nee, laß man, ich helf dir bis zum Hafen.«

»Vielen Dank, Mister, aber nur so lange, wie du willst.«

»Ich heiße Kalle und ich komme aus Deutschland«, stellte ich mich vor.

»O. k., Mister«, nickte Erkki.

Er nannte mich aber nie Kalle, sondern blieb beim Mister.

Wir überquerten die Ampelkreuzung und fanden dann einen Hauseingang, der uns ganz vor dem Schnee schützte.

Er reichte mir die Flasche, nachdem er den Hals erst mit dem Ellenbogen und dann mit der Handfläche abgewischt hatte.

Ich trank vorsichtig. Aber trotzdem verbrannte mir der Roggenwhisky den Hals. Ich prustete und schüttelte mich.

»Ist nur beim ersten Schluck so, Mister«, belehrte Erkki mich. »Dann gewöhnt sich die Seele daran. Hab drüben kaum was getrunken, weil ich gespart hab, für die Hochzeit, die jetzt kommt. Aber wenn mal, dann richtig. Aber jetzt brauch ich auch mehr, weil ich jetzt wieder nach Finnland komme.«

Ich verstand ihn. Er nahm gewaltige Züge. Ich kam vorsichtiger und mit kleineren Schlucken hinterher. Das gefiel ihm gar nicht, er schimpfte: »Mister, willst du mich beleidigen? Pack rein wie ich. Ich hab noch zwei Gallonenflaschen im Sack, reicht noch.«

»Erkki, du schleuderst auch den Koffer doppelt so weit wie ich. Darum brauchst du auch das Doppelte.«

Erkki grinste. Das ließ er gelten. Weiter mit dem Koffer, durch die enge Schlucht der Altstadt, etwas mehr vom Schnee und Wind geschützt als vorher.

Ich fragte nichts, half ihm beim Schleppen. Ich merkte, wie er mich genau und mißtrauisch musterte. Noch einen Schluck für mich, und er achtete darauf, daß ich nicht zu wenig nahm.

Plötzlich, nach einem weiteren Schluck von ihm, überfiel er mich: »Mister, ich mußte abhauen.«

Und dann erzählte mir Erkki seine Geschichte, nicht so schnell und zusammenhängend, wie sie hier steht; er ließ sich Zeit, nahm einige Schlucke zwischendurch, und etwas mußte ich mir auch selbst zusammenreimen.

Seine Eltern arbeiteten als Knecht und Magd auf einem Bauernhof in Savo. Er fing auch bei einem Bauern an. Im Sommer auf den Äckern, im Winter im Holz.

Auf dem Hof gab es eine Magd, Sinikka hieß sie, blond war sie, und sie hatte blaue Augen, wie so viele in Finnland. Erst sah der Erkki das gar nicht so, aber dann mußte er immer mehr auf die Sinikka sehen. Doch er traute sich nicht, ihr zu sagen, daß er sie sehr mochte. Auch als er schon ein junger Mann war, kam er nicht dazu, seine Schüchternheit zu überwinden.

Aber vorgenommen hatte er es sich schon sehr lange: »Die Sinikka wird meine Frau.« Nur wie er das machen sollte, wußte er noch nicht.

Aber es gab da noch den Sohn des Bauern, der Erbe, der war zwar schon mit einem anderen Bauernmädchen verlobt, aber die Sinikka sah er sich auch ganz gerne an.

Eines Abends war er mit Burschen im Wald zusammen, und sie tranken Kilju (oder so ähnlich,) den rabiaten Selbstgebrannten.

Ganz außer Sinnen schwankte er nachts in den Hof zurück und stieg zu dem Boden hoch, wo die Sinikka schlief. Er donnerte gegen ihre Tür. Als sie nicht öffnete, brach er die Tür ein, fiel über sie her und versuchte, sie zu vergewaltigen. Sie schrie, und das weckte den Erkki.

Der rannte zu ihr hoch. Erwischte den Bauernsohn. Der versuchte, sich zu wehren, doch Erkki schlug ihn blutig zusammen und warf ihn dann noch die steile Treppe hinunter.

Da erst kam er wieder zu sich.

Der ist tot dachte Erkki, jetzt bin ich ein Mörder. Jetzt muß ich weg. Der Sinikka rief er noch zu: »Warte, ich komme zurück. Ich heirate dich.«

Er hatte gedacht, daß sie ihn anschreien oder um Hilfe rufen würde. Doch Sinikka kam auf ihn zu, umarmte und küßte ihn, und versprach ihm: »Ich warte.«

Erkki flüchtete durch die Wälder Finnlands bis nach Schweden, und dann weiter, mit einem Frachter von Göteborg bis nach Kanada hinüber. Dort ließ er sich für den entlegendsten Holzfällerplatz anheuern, wo ihn sicher keiner suchen würde.

Irgend einer, dem Erkki sich anvertraute, nicht mit der ganzen Geschichte, sondern nur einem Teil, erklärte ihm, daß die Tat nach zwanzig Jahren verjährt sein würde. Solange wollte er also in Kanada bleiben.

Erkki war in eine Gesellschaft von nicht gerade zärtlichen Charakteren geraten. Er hielt sich zurück, auch wenn die Kollegen sich am Sonntag vollaufen ließen und sich mit leichten, aber teuren Mädchen vergnügten. Er schlug sein Holz, fühlte sich wie verlobt und sparte auf die Hochzeit und Ehe.

Am Anfang versuchten einige, dem Einzelgänger aus Finnland das Leben schwer zu machen. Erkki ließ sich in seiner Gutmütigkeit auch viel gefallen. Doch einmal wurde es ihm doch zuviel, er schlug um sich. Anschließend waren etliche Stänkerer lazarettreif. Das brachte ihm hohen Respekt und Ruhe ein.

Nur zwischendurch, wenn er es vor Heimweh nach Savo und Sinikka nicht mehr aushielt, erschien er bei den Schwarzbrennern, trank soviel, bis er besinnungslos am Boden liegen blieb und die Nacht und den nächsten Tag durchschlief. Doch anschließend war er dann wieder für ein paar Monate nüchtern und schämte sich, vor der Sinikka. Die bestimmt von ihm enttäuscht gewesen wäre.

Erkki sparte nicht nur sein Geld, sondern er kaufte auch Sachen für die Hochzeit und das spätere Leben. Ein Hochzeitskleid kaufte er in einem ganz teueren Geschäft. Er wußte zwar nicht

Sinikkas Maße, befahl aber der Verkäuferin, ein Kleid einzupakken, das man vergrößern und verkleinern konnte. Für sich erstand er einen schwarzen Anzug. Der mußte aber geschneidert werden, da es für seinen gedrungenen und breiten Körper keinen von der Stange gab.

Er packte auch eine Gallone Selbstgebrannten in den Koffer, weil er wußte, wie teuer und schwer der Schnaps in Finnland zu erstehen war. Auch eine Motorsäge samt Ersatzteilen kam hinein. Daher auch die Beulen im Segeltuch des Koffers.

Pelzmäntel, Gummi und Winterstiefel bekam Erkki billiger von der Holzgesellschaft, also packte er auch die ein. Die Dollars sammelte er in einem Brustbeutel, den er immer bei sich trug, und auf einem Bankkonto. In der Bank ließ er sich immer wieder versichern, daß er diese Summe auch in Finnland abheben konnte.

Als die zwanzig Jahre um waren, packte Erkki seinen Koffer. Aber nur mit den vereinten Kräften von einem halben Dutzend Holzfällern gelang es ihm, das Ungetüm zu schließen. Dabei krachten einige Reißverschlüsse, doch der Schaden wurde mit einem Strick und einem Stück Kabel behoben, wie ich schon geschrieben habe.

Während der zwanzig Jahre hatte Erkki nicht einmal nach Finnland geschrieben. Er hatte nie in seinem Leben einen Brief oder ein Schriftstück verfaßt. Schreiben lag ihm nicht. Er hatte auch aus Finnland nichts erfahren, denn keiner wußte, wo er war. Doch wenn er jemand von seinem Leben erzählte, schloß er immer mit dem Satz: »Die Sinikka wartet auf mich.« Er war sich da ganz sicher.

Als ich Bedenken anmeldete – nicht wegen der Treue der Sinikka, sondern ob das Kleid denn noch passen würde, da Sinikka älter und sicher fülliger geworden war –, sah er mich erstaunt an. Das tat er ab: »Mister, die ist so wie früher.«

Dagegen kam ich nicht an, und ich brachte ihn auch nicht dazu, mich Kalle zu nennen.

Schließlich war Erkki also mit seinem Koffer quer durch Kanada gereist und bestieg in Quebec ein Schiff der billigsten Klasse. In einem Schlafsaal im Bauch des Schiffes, unter der Wasserlinie, erlitt er die grausame Überquerung des Atlantiks mit Winterstürmen und Eisbergen. Von Liverpool fuhr er dann mit einem Schiff bis Kopenhagen weiter, wo ich ihn zum ersten Mal sah.

Erkki fragte mich: »Meinst du, daß meine Tat verjährt ist?«
Ich fragte ihn: »Bist du sicher, daß du den Kerl getötet hast?«

Erkki nickte schuldbewußt. »Aber jetzt kann ich nicht mehr warten«, sagte er. »Ich muß die Sinikka sehen, auch wenn sie mich dann einsperren.«

»Es liegt doch ein verständlicher Grund für die Tat vor«, meinte ich und hoffte auf eine Strafmilderung.

Doch Erkki antwortete: »Sie werden mich fürs ganze Leben einsperren, aber ich habe dann wenigstens die Sinikka gesehen, und vielleicht besucht sie mich auch.«

Wir erreichten den Hafen schon gegen Mittag und hatten noch bis zum Abend Zeit.

»Wir können den Koffer abgeben und durch die Stadt gehen oder zum Essen«, schlug ich vor.

Doch Erkki wollte bei seinem Koffer bleiben. Er sah sich um, entdeckte ein Lokal und lud mich ein: »Komm, wir gehen einen trinken.«

Es war ein vornehmes Restaurant, Ober bedienten im Frack. Man mußte etwas essen, sonst gab es nichts zu trinken.

Ich wollte etwas Gutes bestellen, doch Erkki griff ein: »Mister, bist du verrückt geworden? Ein Butterbrot genügt. Und eine kleine Flasche Wein.«

Dann flüsterte er mir zu: »Ich hab doch noch was im Sack, auch eine Wurst.«

Der Ober servierte uns mit saurer Miene einen entsprechenden Wein und zwei ziemlich kahle, ausgedörrte Brötchen. Er meinte, uns anzusehen, daß wir keinen Wert auf eine ordentliche Bedienung und Essen legten. Als ich ihn auf Schwedisch anfuhr, entschuldigte er sich.

Das ist mein Trick. Ich kenne ziemlich viele Standardausdrükke der verschiedensten Sprachen und habe sie auch mit dem Akzent der Einheimischen gelernt. Das verblüfft sie zunächst. Die dazu passenden Reden und Antworten kann ich zwar auch, aber dann ist es zu Ende. Doch soweit kam der Ober nicht.

Rotwein bekamen wir serviert. Da hatte Erkki drauf bestanden, und schon bald erfuhr ich, warum. Er schoß aus seiner Flasche einen kräftigen Schluck Roggenwhisky in mein und sein Glas. Wie es schmeckte, kann ich nicht beschreiben. Nur sah man vom Nachbartisch zu uns herüber, weil der starke Duft durch den Saal drang.

Auf das dünne Wurstscheibchen unseres Brötchens schnitt Erkki mit Daumen und Bärenfänger eine mächtige Scheibe Hartwurst und preßte noch einen Klecks extra scharfen Senf darauf.

»Mister«, fragte er mich dann wieder, »meinst du, das ist so mit den zwanzig Jahren?«

»Ich hoffe es«, versuchte ich ihn zu trösten. Er kroch in ein Brüten und Grübeln hinein, aber ich holte ihn immer wieder heraus, und er mußte mir von Kanada erzählen. Das lag ihm nicht besonders. Er wollte auch nicht, kehrte immer wieder nach Finnland zurück.

Ich deutete einen anderen Zweifel an: »Meinst du, daß die Sinikka gewartet hat?«

Da ging er mir fast an die Gurgel: »Mister, sag so was nicht noch einmal . . .« Das war ganz klar für ihn.

Wir waren die ersten beim Zoll. Als die Zöllner den Koffer sahen, gaben sie schon auf. Es war noch eine gewaltige Anstrengung, ihn die steile Treppe hochzubekommen. Aber dann ließen wir ihn einfach neben dem Ein- und Ausgang stehen. Da bekam ihn keiner hoch.

Ich hatte ein Bett gebucht und suchte meine Kajüte auf. Erkki setzte sich neben seinen Koffer auf den Boden und weigerte sich, mit mir noch eine Runde durch das Schiff zu drehen.

»Nee, nee Mister, jetzt nicht«, wehrte er ab. »Morgen früh bin ich in Finnland, und wer weiß, was dann schon am Zoll passiert.«

Ich versuchte ihn zu beruhigen, ihn zu einem Spaziergang zu überreden, doch es gelang mir nicht.

Später, nachdem ich ihm noch einige Brote gekauft hatte, die er auch gerne annahm, setzte ich mich neben ihn, und er erzählte von seiner Arbeit in den kanadischen Wäldern. Das lenkte ihn etwas ab. Ich verstand aber nur wenig davon, weil er in sein Gemisch von Englisch und Finnisch nun immer mehr Finnisch mischte. Ich dachte, er würde einen von den vielen Finnen an Bord ansprechen, doch das wollte er nicht. Er tat sogar so, als ob er kein Wort Finnisch verstand, als ihn mal jemand ansprach.

Ich schlief gut, obwohl das aufgebrochene Treibeis immer wieder gegen den Schiffsrumpf dröhnte.

Am nächsten Morgen sah ich schon die Türme von Turkku, als ich an Deck trat. Wir fuhren langsam durch eine aufgebrochene Eisrinne. Nicht weit von uns fuhren Autos über das Meer. Fischer hatten Löcher ins Eis gebrochen und ihre Netze und Angeln hineingesenkt. Die Sonne hatte den Himmel dort dunkelrot gefärbt, wo sie durch die Wolken brechen konnte.

Erst frühstückte ich und dann kaufte ich für den Erkki wieder einen Berg von Schnitten und starken Kaffee ein. Ich hatte mich nicht getäuscht, er saß noch immer neben seinem Koffer. Nun aber übernächtigt und mit blutunterlaufenen Augen.

»Du mußt dir das Gesicht waschen und die Haare kämmen«, schlug ich vor. Er tat es. Er wußte, daß er an der Grenze einen guten Eindruck machen mußte.

Dann stand Erkki neben mir und mußte feststellen, daß das Land nun immer näher kam.

»Wenn sie mich festnehmen, mußt du der Sinikka Bescheid sagen«, bat er mich.

Ich versprach es ihm. Wir waren als erste von Bord, erwischten sogar einen Kofferkarren, auf den wir das Ungetüm wuchten konnten. Es paßte nicht ganz drauf. Ich mußte es festhalten, während Erkki den Wagen schob.

Erst reichte ich meinen Paß hin und bekam meinen Stempel hinein. Dann der Erkki. Wir warteten gespannt, doch der Zöllner sah nicht einmal auf, als er dem Erkki wieder das Papier zurückschob.

»Wenn die in die Liste geguckt hätten«, flüsterte Erkki mir zu, noch immer erregt.

»Auf jeden Fall wirst du jetzt Sinikka sehen«, sagte ich.

Erkki strahlte auf, aber dann wurde er wieder ganz ernst. »Hoffentlich hat sie gewartet«, zweifelte er nun.

»Sicher hat sie das«, versuchte ich ihm die Zweifel zu vertreiben.

Wir fuhren zusammen mit der Straßenbahn zum Busbahnhof. Dort wollte ich meinen nach Helsinki nehmen und er seinen nach Savo. Aber da dauernd Busse zur Hauptstadt fuhren, half ich ihm, den Koffer zu seinem Bus zu bringen. Ich merkte, daß es ihm sehr recht war. Er wies mich nicht ab wie sonst. Wir waren so richtige Kumpels geworden.

Wir wuchteten den Koffer hinten in den Gepäckraum. Dann standen wir uns gegenüber. Der Bus sollte gleich abfahren. Der Fahrer hatte schon den Motor angeworfen, fertigte die letzten Mitreisenden ab.

»Also dann auf Wiedersehen, Erkki«, sagte ich und hielt ihm meine Hand hin.

Doch er zögerte. Dann: »Kalle, kannst du nicht mitkommen?« Er sah so hilflos aus.

»Ja«, antwortete ich. Ich rief noch schnell in Helsinki an, verschob alles und stieg in den Bus zum Erkki.
Unterwegs sagte er kein Wort.

Als wir in Savonlinna umstiegen: »Mister, das werde ich dir nie vergessen.«

Ich war von der finnischen Winterlandschaft fasziniert. Alles so unberührt.

Als wir von der Hauptstraße abbogen, hatte der Bus Mühe, durch die Schneeverwehungen zu kommen. Aber dann hielt er in einem Ort mit wenigen Häusern, wo wir aussteigen mußten.

Wieder den Koffer schleppen, drei Kilometer fast, aber es ging besser, weil wir ihn über den gefrorenen Schnee zerren konnten. Es war eine schmale Spur durch dichten Wald, über die wir unsere Koffer zogen. Nur ein Fahrzeug war nach dem Neuschnee darüber gefahren. »Der Milchtrecker«, erklärte mir Erkki.

Das war ein Zeichen von Leben, das beruhigte ihn.

Als hinter der nächsten Kurve ein Haus am Horizont auftauchte, wußte ich sofort, daß es das war, wohin Erkki wollte. Ich sah es an seinem Gesicht. Das war totenbleich geworden. Er wollte stehenbleiben.

»Wir müssen weiter!« befahl ich.

Keine Spur von Leben auf dem Hof. Noch nicht einmal ein Hund bellte.

Die Fenster waren mit dicken Eisblumen zugefroren. Aber aus einem Schornstein stieg Rauch in die Luft. Als wir dichter an die Häuser herankamen, hörte ich das Klirren von Ketten und das Muhen einer Kuh. Auch roch ich den Stall.

Ich ging voran, zog den Koffer allein über den gefrorenen Schnee. Nun war es egal, ob er aufgeschlitzt wurde oder nicht, er hatte sein Ziel erreicht.

Erkki blieb zurück, folgte nur zögernd.

Als ich mich fragend zu ihm herumdrehte, weil ich nicht wußte, auf welche Tür ich zugehen sollte, zeigte er auf eine im größeren Gebäude. »Sie sind in der Gesindestube«, sagte er.

Die Haustür war nicht verschlossen. Geräusche aus dem Stall. Ich sah am Ende des Flures eine Matte vor einer Tür liegen. Das mußte die Stube sein. Ich ließ den Koffer und den Erkki stehen und ging auf die Tür zu. Nun mußte schnell gehandelt werden.

Hinter der Tür hörte ich Husten, sonst keine menschlichen Geräusche, aber es roch nach Kaffee, als ich dichter an die Tür herankam.

Ich klopfte an und öffnete sie, ohne auf eine Aufforderung zu warten.

Sie sahen mich alle an, die im warmen Raum um einen Tisch saßen, zwei Männer und drei Frauen. Eine ältere, das mußte die Sinikka sein, mit einem Zopf, einem kleinen Näschen in dem runden Gesicht, die Hände im Schürzenschoß, mit einer selbstgestrickten Jacke um die Schultern.

Dann hörte ich Erkkis Schritte hinter mir, und dann einen Schrei. Sie lagen sich in den Armen. Sie weinten. Ruhig betrachteten die anderen Finnen die Szene. Sie luden mich zum Sitzen ein und servierten mir zunächst einmal eine Tasse Kaffee, die ich leertrank, während die beiden sich noch immer nicht trennen konnten.

Erkki strahlte mich an, während wir genauer über das, was geschehen war, informiert wurden.

Erkki hatte den betrunkenen jungen Mann damals nicht totgeschlagen. Der kam nach einem kurzen Krankenhausaufenthalt wieder auf die Beine. Aber er war nicht mehr auf dem Hof, sondern sein jüngerer Bruder. Der eigentliche Erbe war in die Stadt gezogen und führte dort, wie man so sagte, ein liederliches Leben. Die Sinikka hatte auf den Erkki gewartet.

Ich erfuhr das alles in bedächtigem Ton und mit viel Kaffee, wie es in Finnland so üblich ist. Erkki übersetzte, was ich nicht verstand.

Dann wurde Verlobung gefeiert. Sie riefen den Bauern. Der schickte seinen Sohn los, Kuchen aus dem Dorf zu holen. Erkki saß neben Sinikka. Er sagte zu mir: »Eigentlich möchte ich sofort heiraten.«

»Läßt sich bestimmt machen«, rief ich spontan, wie es mir so oft passierte.

Aber dann sagte ich zu Erkki: »Ich bin Laienprediger. Meine Urkunde habe ich zwar noch nicht so genau durchgelesen. Aber ich bin offiziell von der westfälischen Kirche zum Predigen zugelassen. Vielleicht auch zum Trauen, nehmen wir das mal an. Bei euch in Finnland macht das ja sowieso der Pastor und nicht das Standesamt. Ich kann es ganz gut tun.«

Der Erkki musterte mich. Das ich ein Pastor war, das traute er mir doch nicht zu. Ein Pastor sah für ihn doch ganz anders aus, und der trank auch keinen Whisky und saß nicht in der Gesindestube.

Erkki hatte noch andere Bedenken: »Aber du hast doch keinen Talar, und ich habe auch keinen in meinem Koffer mitgebracht.«

»Ist denn der Talar so wichtig?« fragte ich.

»Ja sicher«, bestand er darauf. »Ich habe doch ein Brautkleid für die Sinikka im Koffer, und für mich einen schwarzen Anzug. Und zum Trauen gehört ein Talar.«

»Den besorg ich mir vom Pastor«, versprach ich, obwohl ich den weder kannte noch wußte, wo er wohnte.

Aber ich übernahm die Initiative. Mittlerweile packte Erkki den Koffer aus, und alle bewunderten das, was er mitgebracht hatte. Erkki nahm die schwere Motorsäge in seine Fäuste und schnitt damit ein paar Holzkloben auf, damit alle sahen, wie gut er damit umgehen konnte. Das war das Präludium zur Hochzeitsfeier. Der Bauernsohn fuhr mich zum Pfarrer. Das war ein älterer Herr. Er verstand Deutsch und sprach es auch, aber sehr langsam. Noch langsamer, als er dachte.

Er war durch und durch Amtsperson. Schon am frühen Nachmittag im Lutterrock (mit zwei T). Ganz Würde in seinem Amtszimmer, er konnte gar nicht fassen, was ich da wollte. Nur eins wußte er, daß er die Amtshandlung nicht so schnell durchführen konnte, weil es gegen die Vorschrift war. Ehe er alles durchdacht und ins Deutsche übersetzt hatte, unterschrieb ich schon eine eidesstattliche Erklärung, gab ihm meine Adresse samt Amt der Landeskirche und ein ermunterndes Lächeln.

Ich traute die beiden, sogar in der Kirche. Einen Organisten hatten sie auch aufgetrieben. Wie die schon ziemlich breit gewordene Sinikka in das Brautkleid hineingesteckt wurde, weiß ich nicht mehr.

Und dann feierten wir, mit den zwei Gallonen Whisky, und was da sonst noch ziemlich illegal auftauchte.

Am nächsten Morgen wurde ich im Heu des Kuhstalls wach. Ich klopfte mir die Halme ab, bekam in der Küche wieder Kaffee, ließ Sinikka und Erkki schlafen und fuhr ab.

Heiligabend mit dem Rabczak und der Pilleente

Damals lag hinter der Steinhalde unserer Zeche Emscherkrone ein Bullenkloster*. Dort hausten Männer, die nach dem Krieg ins Ruhrgebiet verschlagen worden waren und nun untertage arbeiteten. Vor ihnen waren dort russische Kriegsgefangene eingepfercht worden, die jeden Morgen zum Pütt** getrieben wurden. Obwohl sie vor Hunger und Schwäche sich selbst kaum tragen konnten, mußten sie unten aus der Kohle einen Knapp*** herausbrechen. Schafften sie es nicht in einer Schicht, wurden sie gezwungen, bis zur nächsten Seilfahrt unten zu bleiben. Hunderte von ihnen »verreckten«. Anders kann man ihre Todesursache leider nicht bezeichnen.

Die Kumpels, die nach dem Krieg dort lebten, waren besser als ihr Ruf, behauptete ich. Doch ich stand ziemlich allein mit meiner Meinung da. Bevor ich Reiseleiter wurde, arbeitete ich untertage bei ihnen, stand mit ihnen an der Theke und besuchte sie auf ihren Buden. Fast jeder hatte ein sehr schweres Schicksal hinter sich, und die meisten wußten nicht, wo ihre Angehörigen aus den früheren Ostprovinzen Deutschlands geblieben waren.

Zum Heiligabend lud mich der Heimleiter ein: »Sind nicht mehr viele da. Und ich will auch zu meiner Familie rüber. Aber du kannst ja mit den ›Bullen‹**** noch ein bißchen feiern, wenn sie noch nicht ganz so besoffen sind. Du kennst sie ja, sind keine schlechteren Menschen als wir.«

Ich zog also am späten Nachmittag des Vierundzwanzigsten zum Bergarbeiterheim hinüber. Doch zur Feier erschienen nur einige Zurückgelassene. Der Hans, der meistens besoffen war und immer aus dem Kessel von Brjansk und Wjasma erzählte. Der Siegmund, der auch schon getankt hatte, mit Daumen und Zeigefinger seine Nasenlöcher verstellte und darauf Weihnachtslieder spielte.

Demski hatte den Betriebsführer erwartet und wollte von dem oder mir, seinem angeblichen Vertreter, eine kleine Anerkennung haben, weil er das ganze Jahr für die Zeche gearbeitet

* Bergarbeiterwohnheim
** Zeche
*** Schichtpensum eines Kohlenhauers
**** Bergarbeiter, die im Heim wohnten

hatte. Bis zu einem Schoppen Schnaps ging er mit seinen Bitten herunter, und ganz zum Schluß war er sogar mit einem »Panjuchatsch« zufrieden, also einer Prise Schnupftabak.

Nur der Rabczak war noch nüchtern. Ich wunderte mich, daß der gekommen war, denn der feierte doch sonst seine Feste in der Straße mit den leichten Mädchen.

Rabczak war ein Kerl, den alle fürchteten. Der schlug sofort zu, wenn einer ihn nur schief ansah. Jeder hielt Abstand von ihm. Es wurde gemunkelt, daß er mit dem Sonderkommando Skorzeny den Mussolini befreit hätte.

Er redete nie über den Krieg, aber daß er Fallschirmjäger gewesen war, gab er zu. Wenn er getrunken hatte und an eine Kapelle geriet, mußte die für ihn das Fallschirmjägerlied »Rot scheint die Sonne, fertig gemacht« spielen.

Manche Kapellen taten sich schwer damit. Auch eine amerikanische Jazzband, der er das Lied aber solange vorsang, bis sie es improvisieren konnte.

Also erzählte ich den Kumpels die Weihnachtsgeschichte, in meinen Worten. Sie nahmen auch den Schoppen Schnaps und das kleine Päckchen mit, das die Zechenleitung ihnen spendierte, doch dann waren plötzlich alle weg, bis auf den Rabczak und mich.

Ich überlegte schon, ob ich ihn mit nach Hause nehmen sollte. Doch da war keiner. Meine Mutter feierte mit der Familie meiner Schwester, und der Schwager war so ein pingeliger. Da hätte der Rabczak bestimmt nicht hineingepaßt.

Ehe ich weiter überlegen konnte, was ich mit ihm machen wollte, haute er mich schon an: »Kommste mit, einen trinken?«

Das kam so bestimmt, daß ich nicht nein sagen konnte. Also nickte ich, und wir zogen los. Die Straßen waren leer. Hinter den Fenstern in den Wohnungen brannten schon die Kerzen. Es regnete. Keine Stimmung für Weihnachten in den Straßen.

Rabczak trug seinen grünen Regenmantel, hatte sich einen gelben Schal um den Hals geschlungen. Das war damals so die Kumpelmode. An den Theken entlang standen Männer mit grünen Ledermänteln.

Wir suchten nach einer Kneipe, die noch offen hatte, kreuzten durch die Emscheraue, Tante Tine, doch alle waren dicht. Doch am Stadtrand, direkt neben dem Verschiebebahnhof*, hinter dem dunklen und nach Urin stinkendem Tunnel, da brannte noch eine Birne hiner dem Glasschild: Reeperbahn.

Also, dieser Preßluftschuppen hatte noch offen. Da verkehrten sonst die schweren Jungen und leichten Mädchen unserer Stadt. Rabzcak war sicher auch dort bekannt. Der Schuppen sah schon von draußen mies aus; ich hatte ihn noch nie betreten.

Sonst lungerten draußen immer Betrunkene herum, die der Wirt und sein Rausschmeißer herausgefeuert hatten und es stank auch immer nach Erbrochenem. Doch am Heiligabend war dort kein Mensch zu sehen. Wir stiegen die ausgetretenen Stufen hoch. Rabczak schob als erster seinen gewaltigen Körper in die Kneipe hinein. Der Saal war nur kümmerlich beleuchtet. Keiner, der dort verkehrte, wollte im grellen Licht gesehen werden. Unter der Theke hing schon Karnevalsdekoration, oder war es noch die vom letzten Jahr? Kümmerlich genug sah sie aus.

Es stank nach Bier, Rauch und Schweiß. Kaum hatte Rabczak die Tür zur Kneipe aufgestoßen, da rief der Wirt schon: »Feierabend, hier wird keiner mehr bedient!«

Doch den Rabczak konnte keiner wegdrängen. Der schob seinen gewaltigen Körper samt Fäusten in den Taschen des Ledermantels auf die Theke zu. Der Wirt erkannte ihn wieder. Rabczak hatte ihm schon einmal den Saal »dekoriert«. Er traute sich nicht, die Polizei zu rufen, denn die hatte ihm gedroht: »Wenn weiterhin diese Hilferufe kommen, machen wir den Laden dicht.«

»Aber nur eine Runde!« gab der Wirt klein bei. »Müßt ihr doch verstehen. Wir wollen doch auch mal feiern. Wenigstens einmal im Jahr.«

Doch eine Runde war gar nichts für den Rabczak: »Achtmal Steinpilzkur!« bestellte er für uns beide. Das heißt, für jeden vier Steinhäger und vier Pils.

Der Wirt sah an uns vorbei, suchte nach den andern Teilnehmern unserer Kur. Er kannte Rabczaks Bestellungen noch nicht. An die Theke gelehnt und einen wehen, geschwollenen Fuß aus dem zu engen Schuh gezogen, stand die Kellnerin. Bleich vor Müdigkeit, im Gesicht Reste von Schminke, die hart und trocken geworden war, wie eine Kruste. Sie rauchte eine Zigarette, aber die schmeckte ihr auch nicht mehr.

* Rangierbahnhof

Sie sah den Wirt an, enttäuscht, und er sie, darum bittend, daß sie ihn doch verstehen müsse. Gegen uns beide käme er doch nicht an. Sie sahen sich an, wie ein altes Ehepaar und dann doch nicht. Es fehlte das einssein, jeder ging in diesem Verhältnis seinem eigenen Egoismus nach. Ein Zweckmäßigkeitsverhältnis, damit die Kasse immer stimmte, und wenn man geschlechtliche Bedürfnisse hatte, o.k., dann konnten die auch befriedigt werden, nach Feierabend. Sie wollten oben in der Wohnung feiern, erfuhren wir später, aber man sah es ihnen schon an.

Rabczak soff, ich trank. Außer uns gab es noch fünf andere Gäste oder Typen in der Kneipe. Die wußten an diesem Abend auch nicht wohin. Zwei Pärchen, die aber doch nicht zusammenpaßten. Waren wohl mal eben zusammengeweht oder -gewürfelt worden. Sie trugen feuchte Jacken und Mäntel. Einer saß allein am Tisch und grübelte vor sich hin. Die hatten schon gezahlt, ihre Gläser ausgetrunken, wollten eigentlich gehen, blieben aber sitzen, lehnten sich wieder an, als wir uns an die Theke stellten.

Ich war erst halb durch meine Runde, als der Rabczak schon das letzte Glas leer hatte. Er hob dem Wirt eine Hand mit fünf Fingern hoch. Also noch fünf Runden. Die Kellnerin empörte sich, aber nur mit ihren Blicken und hochgerissenen Augenbrauen. Auch der Wirt versuchte, gegen den Rabczak aufzustehen, resignierte aber dann mit einem Schulterzucken.

Die Kellnerin mischte sich dann doch ein. Sie sprach nicht den Rabczak direkt an, sondern nur so allgemein in den Saal: »Haben Sie denn gar kein Verständnis für uns? Wir wollen doch auch mal feiern. Wenigstens einmal im Jahr. Das hat doch jeder Mensch verdient. Oder nicht? Ich hab oben schon alles vorbereitet, mit dem Baum und den Geschenken.«

Erst sah der Rabczak sie überrascht an, dann grinste er und schlug ihr vor: »Dann hol doch alles runter.«

»Das ist doch die Höhe!« schoß es aus ihr heraus. Ich wartete schon darauf, daß sie »Polizei« rufen würde, doch das kam nicht.

Ich versuchte mich einzumischen, verstand die beiden. Ich schlug dem Rabczak vor: »Komm doch nach uns zu Hause.«

»Halt die Schnauze!« tat er auch mich ab.

Ich spürte, wie der rabiat wurde, sein bekanntes Vorschlägerstadium. Sah uns schon den Heiligabend auf dem Polizeirevier verbringen.

Mir tat die Kellnerin so leid, mit ihren geschwollenen Füßen, deren Schmerz ihr bis ins Gesicht drang. Auch die Enttäuschung war ihr anzusehen. Nach dem rüden Jahr in der Kneipe hatte sie sich schon so auf Weihnachten gefreut, auf die Feiertage. Und nun war es vorbei.

»Rabczak«, versuchte ich es noch einmal, »komm, wir gehn nach uns zu Haus.«

»Datt ganze Jahr hab ich hier Geld hingebracht«, behauptete er, »und alle Kumpels, jetzt will ich feiern.«

Der Wirt versuchte seine Taktik zu ändern, er schüttete uns sehr schnell ein, hoffte, daß wir bald voll werden würden. Aber Rabczak ließ sich nicht drängen, und ich zuckelte sowieso mit meinen Runden hinterher.

Der Wirt sah mich an: »Verstehst du uns denn nicht?«

»Hörst du doch«, antwortete ich. »Ich verstehe euch. Aber ich kriege den Rabczak auch nicht weg. Oder soll ich euch den hier alleine stehen lassen?«

Das wollten die beiden auch nicht.

Draußen regnete es nun stärker. Ich hörte, wie der Regen gegen die Fenster klatschte. Einer von den übriggebliebenen Gästen stand auf, ging zum Musikautomaten und ließ den Freddy »Glühend heißer Wüstensand« singen.

»Wenn der Freddy fertig ist«, sagte ich zum Rabczak, »gehen wir.« Ich war bereit, mit dem einen Kampf aufzunehmen, auch wenn ich den verlor, was natürlich sicher war. Das war nicht schön, den Leuten hier das Fest zu verderben.

Der Rabczak sah mich erstaunt an, grinsend, mit hochgeschobener Oberlippe, als ob er die anbieten wollte. »Hau mal drauf, dann wirst du was erleben.«

Da war etwas draußen an der Tür. So, als ob eine Katze daran kratzen würde. Dann ein zaghaftes Klopfen. Alle hatten es gehört, sahen hinüber.

»Nur nicht noch einer!« stand dem Wirt ins Gesicht geschrieben.

Doch der Rabczak richtete sich auf, lachte fröhlich und rief überrascht: »Das Christkind kommt.«

Er klatschte wie ein Kind in die Hände und rief: »Komm rein!«

Da öffnete sich die Tür, aber sehr vorsichtig und nur zu einem Spalt. Dann wurde ein Köpfchen hindurchgesteckt. Mit nassen Haaren, die herunterhingen. Das Gesicht war mit Regen, Tränen, Schnodder, aber auch Blut verschmiert. Triefaugen, eine Hasenscharte durch die Lippe. Das Gesicht war blaugefroren.

Kein Mädchen mehr, aber auch noch keine Frau.

»Die Pilleente!« rief der Rabczak erfreut.

»Raus!« schrie der Wirt.

Doch der Rabczak stand auf, ging zur Tür, nahm das Mädchen an die Hand und führte sie an die Theke. Sie trug die Reste eines aufgeweichten Mäntelchens über einem verblichenen Sommerkleid, mitten im Winter. Strümpfe mit Laufmaschen. Die Schuhe waren durch und schiefgelaufen.

Ich hatte die Pilleente noch nie gesehen, doch von ihr gehört. Sie gehörte zu den Frauen, die sich hinter dem Güterbahnhof anboten, auf dem Weg zur Müllkippe. Sie stand ganz hinten, direkt am Schutt. Zu ihr drangen nur jene Männer durch, die von den anderen Frauen abgeschoben wurden. Die ganz Betrunkenen, wenn man ihnen schon ihr Geld abgenommen hatte, und die Perversen.

Die ließen dann ihre Wut und ihre Unarten an der Pilleente aus. Sie wurde geschlagen, beraubt, vergewaltigt, in den Müll gestoßen.

Wo sie wohnte, wußte keiner, aber abends strich sie wie eine Katze hinter den Imbißbuden her und ernährte sich von den Abfällen in den Plastikeimern und Kübeln.

Eine von den Frauen hinten an den Tischen rief empört: »So eine gehört hier aber nicht hin!«

Der Rabczak fuhr böse herum. Die Kellnerin, die auch etwas gegen die Pilleente sagen wollte, traute sich nicht mehr.

Jeder wartete darauf, daß nun noch etwas Schlimmeres passieren würde, mit dem Rabczak und dieser »verkommenen« Pilleente. Sie hatte auch so einen Watschelgang, diese arme Kreatur, durch ihre Plattfüße.

Da raffte sich der Rabczak auf, sein Gesicht verwandelte sich in das eines Weihnachtsmannes, als er verkündete: »Jetzt wird hier Weihnachten gefeiert!«

Der Wirt resignierte. Die Gäste wußten auch nicht, was sie dazu sagen sollten. Seit ihrer Kindheit hatten sie nicht mehr Weihnachten gefeiert.

»Haste keinen Baum?« fragte der Rabczak den Wirt unerwartet freundlich.

Obwohl er das eigentlich gar nicht sagen wollte, antwortete der Wirt doch: »Ja, oben.«

»Dann hol ihn runter!« befahl der Rabczak. Und nach einer Pause: »Und alles, was ihr oben habt, zum Weihnachten feiern.«

Der Wirt zögerte.

»Ich komme mit«, verkündete der Rabczak, schob mir die Pilleente zu und marschierte zu der Tür, an der PRIVAT stand.

Die Kellnerin kam mit, wenn auch zögernd.

Ich stand da mit der Pilleente, ziemlich hilflos. Die stank auch noch nach Müllkippe.

Sie weinte.

Ich gab ihr mein Taschentuch, damit sie sich das Gesicht etwas reinigen konnte. Das Blut trocknete langsam.

»War so ein ganz Schlimmer heute da«, erklärte sie mir. »Der hat mich erst getreten und geschlagen und mir dann auch noch das Geld weggenommen.«

Sie schleppten alles von oben herunter, was zu Weihnachten gehörte. Die Männer von den Tischen wollten auch helfen.

»Nee, nee«, hielt der Rabczak sie zurück. »Machen wir alles, ihr sollt nur feiern und nachher Weihnachtslieder singen.«

Der Baum war schon geschmückt, die Kerzen wurden angesteckt. Eine Schüssel mit Kartoffelsalat wurde auf den Tisch gestellt und kalte Koteletts und Frikadellen von der Theke herüber transportiert. Vorsichtig schleppten Rabczak und der Wirt den Plattenspieler von oben in den Saal, mit den Platten, die zum Heiligabend paßten.

Die Kellnerin holte sogar weiße Tischdecken aus dem Schrank und legte sie über einige Tische. Die Frauen halfen ihr beim Tannengrün und den Kerzen.

Einer von den Kerlen riß die Karnevalsdekoration und die Plakate mit den halbnackten Frauen von der Wand.

Der Rabczak nahm die Pilleente wie ein Kind an die Hand, kommandierte uns an die Tische um den Baum herum und stellte die Stühle eng aneinander.

Jetzt sah ich auch die Gesichter der anderen Gäste. Wir kamen uns wie eine Familie vor.

»Stille Nacht!« befahl der Rabczak. Einer stimmte an, und wir fielen alle ein. So sanft wie wir konnten, was einigen sehr schwer fiel.

Tränen flossen. Erst bei den Frauen, dann aber auch bei den Männern.

Der Rabczak stieß mich an: »Los, die Weihnachtsgeschichte.«

Ich erzählte sie ihnen und wurde selbst dabei gerührt. Das war hier doch wie damals in Bethlehem, fand ich.

Nun flossen überall Tränen. Keiner tat sich einen Zwang an. Wir waren alle wieder Kinder geworden.

Aber als es zu traurig wurde, griff der Rabczak ein: »So, und jetzt kommt die Bescherung.«

Er stapfte zur Theke wie der Weihnachtsmann durch den Schnee und kaufte alles an Schokolade und Pralinen, was es dort gab. Auch den Automaten mit den Zigaretten ließ er fast leeren.

Aber wir anderen wollten auch kaufen. Sogar Decken und einen alten Mantel für die Pilleente kauften wir, und damit bescherten wir uns.

Wir fielen uns in die Arme. Wir küßten uns, aber so wie Kinder.

»O du fröhliche, o du selige . . .« sangen wir, und wieder mit Tränen.

»So, und jetzt essen!« trieb uns der Rabczak weiter.

Der Kartoffelsalat mußte rationiert werden, doch das glichen wir mit Würsten und Frikadellen aus.

Getrunken wurde mäßig. Aber dann ließ der Kneipenwirt sogar Sekt auffahren und war beleidigt, als wir den zahlen wollten.

Er legte weihnachtliche und klassische Musik auf. Wir saßen da, nippten an dem Sekt und hörten zu mit glänzenden Augen, sangen auch mit.

Der Rabczak hatte die Pilleente auf seinen Schoß genommen, wie ein Kind. Sie schlief bald ein.

»Die kann heute nacht hierbleiben«, sagte der Wirt.

Mit dem Hackert nach Leningrad

Erst fuhr er mit nach Berlin und machte die Tour durch die Museen mit, was ich ihm gar nicht zugetraut hätte, unserem Metzgermeister. Denn seine Wohnung war im Gelsenkirchner und Dallasbarock ausgestattet, mit röhrenden Hirschen und glühenden Alpengipfeln. Auch sonst sah er nicht gerade aus wie einer, der vor Bildern stehenblieb, um sie zu betrachten. Mit Mädchen wäre das schon etwas anderes. Ein harter Bursche war er schon immer gewesen, in der Schule, später im Beruf und jetzt als Chef der Metzgerei, in die er hineingeheiratet hatte.

Ehe er morgens in seiner eigenen Metzgerei begann, war er schon seit drei Uhr im Schlachthof als Kopfschlächter und Fleischhauer tätig.

Wenn er mal Zeit hatte und sein Alkoholspiegel es zuließ, klemmte er sich hinters Steuer seines rasanten Ferraris und schoß mal eben nach Düsseldorf oder Paris. Seine Frau hatte sich mit dieser Art von Mann abgefunden.

Also so einer fuhr mit zu einer Museumstour nach Berlin. Als ich dann drüben im Osten einen freien Nachmittag zum Bummeln bekanntgab, hielt mich der Hackert am Ärmel fest: »Kalle, kommste mal mit? Ich muß dir was zeigen.«

Unterwegs erzählte er mir das von seiner Geschichte, was ich noch nicht kannte.

Er war ein ganz begeisterter Hitlerjunge gewesen, besonders bei den Geländespielen und als Trommler im Fanfarenkorps. Er wollte unbedingt noch Soldat werden, doch leider sah er, wie der Krieg zu schnell dem Ende zuging. Trotzdem glaubte er bis zuletzt noch an den Endsieg, an des Führers Wunderwaffen.

Als die Amerikaner schon das Ruhrgebiet erreicht und die Russen über die Oder bereits einen Brückenkopf geschlagen hatten, aus dem sie zum Endkampf um Berlin antreten wollten, setzte sich Hackert in den Kopf: Ich muß zum Führer nach Berlin. Ich muß mit ihm kämpfen, siegen oder sterben wie Gunther und seine Mannen im Nibelungenlied.

Er zog sich seine Hitlerjugenduniform an, sagte den Eltern kein Wort und haute einfach ab. Es war nicht leicht, nach Berlin zu kommen. Die Amerikaner hatten das Ruhrgebiet fast schon umschlossen. Bei Paderborn kam er gerade noch durch. Tagsüber wurden die Züge von amerikanischen Tieffliegern beschossen, und auch nachts sahen die den Funkenflug der Lokomotiven, die hellen Stränge der Gleise und schossen.

Doch der Hackert erreichte Berlin. Mittlerweile hatten sowjetische Truppen schon die Vororte der damaligen Reichshauptstadt erreicht, und dort tobten erbitterte Kämpfe. Menschenmassen flüchteten dem Hackert entgegen, doch der hastete zur Front. Er wollte und mußte den Krieg noch als Soldat erleben, nicht nur unter den Bomben. Er konnte sich nicht vorstellen, daß Deutschland den Krieg verlieren würde.

Hackert traf auf eine Gruppe von versprengten Soldaten, die aber ganz anders dachten. Ihr Motto war: »Genießt den Krieg, der Frieden wird fürchterlich.« Und so kämpften sie auch. Sie wußten sowieso nicht, was sie mit dem Frieden machen sollten. Sie konnten sich ausrechnen, daß sie höchstwahrscheinlich in Gefangenschaft geraten und nach Sibirien verschleppt werden würden, wenn sie nicht vorher fielen, was noch wahrscheinlicher war.

Erst wollten sie den Hackert zur Mama schicken, doch als der sich weigerte, ernannten sie ihn zu ihrem Melder und schickten ihn los, um zu suchen, wo es Schnaps und Frauen gab. Doch der Hackert lief nur einmal los und weigerte sich dann. Er wollte mitkämpfen.

Er rüstete sich mit den Waffen gefallener Soldaten aus und kämpfte mit.

Wie in Trance, nicht mehr Herr seiner Sinne, erlebte er die nächsten Tage und Nächte. Ihm kam es so vor, als ob er sich auf einer Jagd befände und die Angreifer nicht Menschen, sondern Tiere waren. So war er von der Nazipropaganda verhetzt und erzogen worden. Die Bolschewisten: alles Untermenschen, die nur ein Ziel hatten, deutsche Frauen zu vergewaltigen.

Hackert bekam nicht genug davon, in die Menschen hineinzuschießen und sie fallen zu sehen. Von seinen Kumpels lernte er, sich vor Kugeln und Feinden zu schützen. Er sah aber auch, wie sie nachts mit den Frauen umgingen, die sich vor den Russen fürchteten und noch einmal das Leben genießen wollten.

Auch an den Hackert trat eine heran, die seine Mutter hätte sein können, doch er traute sich nicht und rannte weg.

Zum Schlafen kam er kaum noch. Überall brachen die Russen durch, und sie mußten sich immer mehr zurückziehen.

So dämmerte dann wieder ein Morgen heran. Überall brannte es. Die Russen begannen sich auf die vermutliche Widerstandslinie einzuschießen. Ihre Panzer dröhnten durch die Straßen. Frauen, die aus den Kellern gezerrt wurden, schrien, Kinder weinten.

Hackerts Kumpels hatten sich hinter einer Straßensperre festgesetzt und wollten sich dort verteidigen.

Da die Russen aus jeder Richtung angreifen konnten, schickten sie den Hackert bis zur nächsten Straßenkreuzung hoch: »Paß da auf, bis die kommen. Halt sie ein bißchen auf. Wir geben dir Feuerschutz, wenn du dich absetzt.«

Hackert zog los. Er war müde, und er fror. Er stopfte seine Fäuste, so tief wie es ging, in die Taschen. Es war kalt. Ganz dicht drückte er sich an den Häuserwänden entlang, denn die Artillerie der Roten Armee beschoß diesen Stadtteil. Splitter zischten durch die Luft und klirrten auf die Straßen und den Gehweg. Auch brannten schon einige Häuser, und Bombenruinen fielen zusammen.

Hackert erreichte die Kreuzung, bog ganz dicht an die Wand gedrückt um die Häuserecke herum.

Er lief genau in die Mündung der Maschinenpistole eines sowjetischen Soldaten. Hackert erstarrte. Er preßte seine Augen zu, wartete auf den Schuß, auf seinen Tod. An nichts konnte er mehr denken. Er war schon wie tot.

Dann spürte er die Mündung der russischen Waffe genau über seinem Herzen. Er wartete auf den Schuß, doch der kam nicht. Hackert wartete. Hilflos. Er roch den Russen, der roch nach Tabak und Schweiß. Hackert stand noch immer erstarrt da. Da stieß der Russe ihm mit der Mündung gegen die Rippen. Hackert öffnete vorsichtig seine Augen zu einem schmalen Schlitz. Hier war die Rache, für all die Russen, die er erschossen hatte. Für den Krieg, den Hitler begonnen hatte.

Der Russe war nur etwas größer als er. Hackert sah ihm genau in die Augen. Die waren braun und böse. Er sah die Bartstoppeln im Gesicht des Russen, seine starken, hohen Backenknochen, das abgegriffene, speckige, durchgeschwitzte Käppi auf dem geschorenen Kopf. Verrutscht, der rote Stern, der eigentlich nach vorne gehörte, an der Seite.

Der Hackert machte keine Bewegung zuviel, jede hätte den Russen reizen und zum Schießen bringen können.

Der Russe zog den Rotz laut aus der Nase und spuckte ihn aus. Mit Verachtung gegen den Hackert. Der Soldat überlegte, musterte den Hackert. Der ließ seinen Blick nicht los.

Dann fluchte er, mit dem schlimmen Mutterfluch. »Verdammter Hitler, verdammter Krieg«, kam hinterher.

Hackert entspannte sich ein wenig. Der fluchte, dann schoß er nicht.

»Ein Kind, verdammt nochmal«, schimpfte er.

Hackert ahnte, was der Russe sagte; später ließ er sich es auch übersetzen.

Der Russe stieß ihm noch einmal die Mündung seiner Maschinenpistole gegen die Brust: »Hau ab, jupp twoi matsch. Geh zu deiner Mama. Ich schieße keine Kinder tot.«

Der Hackert konnte es nicht begreifen. Der Russe trat ihn, jagte ihn davon. Der Hackert rannte los, fürchtete, daß der Russe ihn in den Rücken schießen würde. Doch der ließ ihn laufen.

»Mensch, wie siehst du denn aus?« fragten ihn die Kumpels. Der Hackert war kreidebleich.

»Ich schieße auf keine Russen mehr«, sagte er, »auf keinen Menschen.«

Die Kumpels lachten ihn aus. Doch der Hackert schoß nicht mehr. Er erzählte es ihnen, warum, und die sagten: »Das haben wir schon lange gewußt, daß die Iwans Menschen sind, genauso wie wir, aber auch genauso verhetzt wie wir . . .«

Doch sie schossen weiter.

Wir suchten die Straßenhecke, wo dem Hackert das Leben geschenkt worden war. Wir fanden sie.

Hackert sagt: »Muß ich mich auch bei Gott für bedanken.«

Als wir wieder in den Westen fuhren, sagte er zu mir: »Aber meine Geschichte mit den Russen ist noch nicht zu Ende.« Und dann erzählte er mir, wie er aus Berlin flüchten wollte, aber dann doch gefangengenommen wurde. Bis nach Leningrad wurde er transportiert und dort beim Wiederaufbau der Stadt eingesetzt.

Das Gefangenenlager wurde in den Dünen direkt am Meer errichtet. Dort hungerten sie, lebten von Kartoffelschalensuppe und nassem Brot, von dem es aber täglich nur zwei Scheiben gab. Viele Kameraden verhungerten. Das Wasser im Lager war auch nicht sauber. Typhus brach aus und raffte viele Gefangene dahin. Im Winter erfroren die Schwachen in den ungeheizten Baracken. Als der Winter zu Ende ging, war die Hälfte der Gefangenen gestorben.

Obwohl sie so ausgehungert waren und sich kaum auf den Beinen halten konnten, wurden die Gefangenen jeden Morgen in die Stadt zum Arbeiten getrieben. Hackert erinnerte sich an die russischen Gefangenen bei uns in der Emscheraue. Denen war es auch nicht anders ergangen. Auch die mußten sich jeden Morgen zum Schacht schleppen und dann noch Kohle brechen.

Winterkleidung bekamen die Gefangenen auch nicht. Hackert steckte sich Papier und Heu in die Hosenbeine und unter seine Uniformjacke. Seine Schuhe hatte man ihm gestohlen.

Er hatte sich zwei Brettchen unter die Sohlen gebunden und mit Draht über den Lumpen an den Füßen befestigt.

So schleppte er sich zur Arbeit und zurück. Die Kumpels hingen sich ein, versuchten sich gegenseitig zu stützen. Alleine konnte kaum noch einer gehen. Wer umfiel und liegenblieb, wurde erschossen. Fluchtversuch nannte man das.

In der Stadt gruben sie noch immer Tote aus den Trümmern. Die Russen wurden auf einem Friedhof beigesetzt, während die Gefangenen, die starben, einfach in einem verwüsteten Park in ein Massengrab geworfen wurden. Nackt, denn das, was der Tote noch an Kleidung trug, nahmen ihm die frierenden Kameraden ab.

Immer mehr starben bei der Arbeit oder erfroren in der eiskalten Baracke. Hackert glaubte nicht, daß er den Winter überleben würde.

Oft suchten auch Russen neben ihnen in den Trümmern. Die Gefangenen griffen mit zu, wenn die Russen etwas aus dem Gemäuer zerren wollten. So half Hackert eines Tages auch einer älteren Frau, einen zerbeulten Ofen auf ihre Karre zu laden.

Sie sah ihn an und schüttelte den Kopf. Sie murmelte etwas. Ein Russe, der Deutsch konnte, übersetzte es dem Hackert: »Die Babuschka sagt, daß du zu jung für die Gefangenschaft bist. Du sollst nach Hause, zu deiner Mutter gehen.«

»Möchte ich ja gerne, aber die lassen mich hier nicht los«, ließ Hackert seine Antwort übersetzen.

Am nächsten Tag kam die Frau wieder und steckte dem Hakkert ein paar gekochte Kartoffeln zu. Der Übersetzer erklärte ihm: »Sie hat im Krieg ihren Sohn verloren. Sie sagt, du erinnerst sie an ihn.« Dann flüsterte sie dem Mann etwas zu, und der übersetze es dem Hackert, als keiner zuhören konnte: »Sie sagt, sie will dir bei der Flucht helfen. Morgen. Aber du sollst keinem etwas sagen, und ich weiß auch von nichts.«

Hackert konnte es gar nicht glauben, und er wußte auch nicht, wie es gehen sollte. Im Lager fiel es allerdings nicht auf, wenn einer fehlte. Denn dauernd starben die Gefangenen weg.

Am nächsten Tag herrschte starkes Schneetreiben. Die Oma kam mit ihrer Karre, in der ein Haufen Lumpen lag. Sie nahm den Hakkert zur Seite, versteckte ihn unter den Lumpen und zog mit ihm los.

Dem Hackert war alles egal, auch wenn sie ihn wieder fangen und erschießen würden. Im Lager würde er sowieso sterben, meinte er.

Die Frau hatte es schwer, die Karre durch den Schnee zu ziehen. Dann, als sie aus der Stadt heraus waren, konnte sich der Hackert umziehen. Die Frau hatte ihm die Kleidung ihres Sohnes mitgebracht und ein Brot.

Sie umarmte und küßte ihn, sie malte ihm ein Kreuz auf die Stirn und betete mit ihm, ehe sie ihn losschickte.

Hackert hatte es weit bis zur finnischen Grenze. Doch in den tiefen und verschneiten Wäldern, die er durchquerte, begegnete ihm kein Mensch.

Als er Finnland erreichte, sagte man ihm, daß er nicht bleiben und sich auch nicht melden sollte, denn die Finnen müßten die entflohenen Gefangenen wieder ausliefern. Aber sie halfen ihm, daß er nach Schweden kam. Von dort aus ging es dann einfacher für ihn.

Zu Hause erzählte Hackert nichts von seiner Flucht, weil er fürchtete, ausgeliefert zu werden. Erst als es mit dem Kalten Krieg begann, hörten wir seine ungewöhnliche Geschichte. Da ich den Hackert aber nicht besonders gut kannte und andere Interessen hatte als er, vergaß ich alles wieder, bis er mir auf der Berlinreise davon erzählte.

»Kalle«, schloß er seinen Bericht, »ich muß noch mal nach Leningrad, mich bedanken. Sicher werde ich die Frau kaum finden, aber ich muß dahin. Ich möchte auch den Soldaten wiedersehen, alle beide, die mir das Leben gerettet haben. Nimm mich doch mit, wenn du mal nach Leningrad fährst. Ich hab schon so lange daran gedacht, aber als ehemalige Kriegsgefangene dürfen wir eigentlich nicht mehr die Sowjetunion besuchen. Doch die werden wohl kaum noch eine Liste von uns führen, und ich könnte doch auch schon in Leningrad gestorben sein. Die Toten wurden nur im Lager registriert, und das auch ziemlich mangelhaft.«

Ich nahm den Hackert mit nach Leningrad. Wir flogen zunächst nach Helsinki und fuhren von dort aus mit dem Bus nach Leningrad weiter. Ich riet ihm: »Verhalte dich ruhig, du darfst nicht auffallen. Ich möchte dich nicht zurücklassen.«

Er saß neben mir, und ich spürte, wie nervös er war. Erst recht, als wir an die Grenze kamen und unsere Pässe gründlich geprüft wurden.

»Mensch, Kalle«, sagte Hackert zu mir, »hier habe ich mich durch die Wälder geschlagen, und nun rolle ich mit einem Luxusbus wieder nach Leningrad ein.«

Er starrte aus dem Fenster, aber das taten die anderen Touristen auch. Er stieß mich an, als wir in die Newskistraße einbogen: »Hier habe ich gearbeitet. Genau hier.«

»Halt die Klappe!« befahl ich ihm.

Auch das Hotel, in dem wir abstiegen, kannte er: »Dahinter liegt der Park, wo wir unsere Toten begraben haben.«

Ich tat so, als ob der Hackert mir etwas Nebensächliches erzählte.

Er starrte das Haus neben dem Hotel an. »Von hier aus hat die Frau mich durch die Stadt gezogen.« Tränen standen in seinen Augen.

Ich sah zu, daß er schnell auf unser gemeinsames Zimmer kam. Dann mußte ich sofort wieder hinunter, um mich um die anderen Teilnehmer zu kümmern.

Als ich wieder hoch kam, lag der Hackert auf dem Bett und schluchzte. Ich verstand ihn, es war zuviel für ihn. Er zitterte am ganzen Körper. Ich versuchte ihn zu beruhigen.

»Die Frau, die mir geholfen hat, muß doch hier in der Nähe wohnen«, meinte er. »Ich muß sie finden.«

Ich wollte ihm schon dabei helfen, aber wie? Die Frau konnte auch schon gestorben oder weggezogen sein.

»Weißt du denn wenigstens, wie die Frau hieß?« fragte ich ihn.

»Olga«, antwortete er. »Sonst weiß ich nichts.«

Olga gibt es viele in Rußland.

Zum Abendessen hatte er sich dann wieder beruhigt und das Gesicht gewaschen. Wir kamen etwas verspätet hinunter und fanden nur noch an einem Tisch Platz, an dem schon zwei Russen saßen.

Ich sagte zu dem Hackert: »Ansehen können sie dir nicht, daß du mal hier Kriegsgefangener gewesen bist. Aber sag kein Wort.«

Es waren nette, junge Männer, und einer sprach sogar ganz gut Deutsch. »Ich bin Jude«, erklärte er uns. »Zu Hause sprechen wir Jiddisch. Das ist ja nicht weit von eurer Sprache entfernt.«

Wir wurden richtige Freunde. Sie erzählten uns, daß sie Offiziere der sowjetischen Armee und gerade auf Urlaub seien. Ich überlegte schon, wie wir uns zurückziehen könnten, denn dem Hackert konnte ja mal ein unbedachtes Wort entschlüpfen. Aber sie luden uns ein, mit ihnen durch die Stadt zu bummeln, die ihnen auch noch fremd war. Es waren prima Kerle, die beiden.

Und dann, ehe ich eingreifen konnte, erzählte der Hackert ihnen die Geschichte von seinem russischen Lebensretter in Berlin. »Ich möchte mich bei euch bedanken, bei euch allen, ihr habt mir mein Leben gerettet.«

Und weil die Russen ihm nichts getan hatten, erzählte er ihnen noch die Geschichte seiner Flucht. Ich wollte immer wieder eingreifen, doch der Hackert ließ sich nicht stören.

Die Offiziere sprachen miteinander, schnell und erregt. Ich dachte schon, daß sie den Hackert nun abführen wollten, doch der Deutschsprechende sagte etwas ganz anderes: »Wir wollen dir helfen, die Babuschka zu finden.«

Den nächsten Tag verbrachten sie damit, Nachforschungen anzustellen, und am Abend, als wir von einer Rundreise zurückkehrten, kamen sie uns strahlend entgegen: »Die alte Frau lebt nicht mehr, aber die Tochter und ihre Familie wohnen in ihrer früheren Etage.«

Wir besuchten die Tochter, und sie freute sich sehr. Ihre Mutter hatte ihr von der Flucht erzählt; sie konnte es gar nicht fassen, daß der Junge von damals nun vor ihr stand.

Am nächsten Tag besuchten wir das Grab der Babuschka. Hackert brachte einen riesigen Strauß Blumen mit.

»Meine Mutter ist immer eine fromme Frau gewesen«, erklärte uns die Tochter. Wir könnten in die Kirche gehen und für alles danken.«

Das taten wir, und die Offiziere kamen mit.

Dann feierten wir. Hackert lud alle ins teure Hotel Metropol ein. Wir aßen, tranken und tanzten, eine große Familie. Hackert war glücklich, und wir auch.

Einen Mann für Miriam

Ihre Jugendzeit verlief in geregelten Bahnen, in einem frommen Dorf des Siegerlandes. Alles war in Ordnung zu Hause, die Mutter lieb, der Vater streng. Wobei allerdings manchmal auch die Rollen gewechselt wurden, weil die Mutter fand, daß der Vater nicht konsequent genug durchgriff.

Die Eltern erzogen die Kinder so, wie sie erzogen worden waren, mit Liebe und Strenge. Natürlich gab es auch einmal einen Klaps, aber das war selten.

Von Anfang an gehörte der christliche Glaube mit zur Familie. Es wurde vor dem Essen gebetet, morgens das Kalenderblättchen gelesen und am Abend die Tageslese aus der Bibel. Wenn man nicht zur Gemeinschafts- oder Jugendstunde ging.

Neben dem Kirchgang, der aber kritisch versehen wurde, weil der Pastor den Dorfbewohnern nicht fromm genug war, kamen noch die beiden Gemeinschaftsstunden in der Woche, wo die Leiter, einfache Männer, das Wort Gottes auslegten. Das war überhaupt das Wesentliche in diesem Dorf: Das Wort. Wobei das R wie bei den Amerikanern gerollt wurde, wie im Siegerland üblich.

Miriam gehörte von klein auf zunächst zur Sonntagsschule und dann zum Jugendkreis. Sie sang auch im Chor mit und blies später sogar, als das die Mädchen auch durften, im Posaunenchor mit. Für sie gehörte das alles zusammen, das ruhige Leben zu Hause, der Fleiß der Eltern, der Besuch der Stunden. Sie strengte sich auch in der Schule an, weil das von ihr erwartet wurde.

Also alles o.k. Den Sprung zum Gymnasium verkraftete sie gut und das, was von den Studienräten gelehrt wurde und im Gegensatz zur Bibel stehen sollte. Miriam hatte damit gerechnet. Im Gegenteil, es bestärkte sie in ihrem Glauben, der größer war als alles, was sie denken konnte.

In der Schule übernahm sie die Initiative zur Gründung eines Gebetskreises, der sich zweimal in der Woche vor dem Unterricht traf. Als dann zur Karnevalszeit eine Evangelisation für Jugendliche vorbereitet wurde, machte Miriam als Mitarbeiterin mit. Sie verteilte Zettel in der Stadt und lud fremde Jugendliche ein.

Besonders den Jungen machte es Spaß, von so einem hübschen Mädchen eingeladen zu werden. Miriam war schlank, groß, schnell in ihren Bewegungen und mit ihrem Mund. Immer bereit, ihren Glauben fröhlich zu bekennen.

So sprach sie auch einen jungen Mann an, der so aussah, als ob er noch nie eine Kirche betreten hätte: Lederjacke, ein Ring im Ohr, selbstgedrehte Zigarette aus starkem Tabak in den gelbgerauchten Fingern und gefärbte Haare.

Der war amüsiert darüber, zu einer frommen Veranstaltung

eingeladen zu werden. Doch weil ihm Miriam gefiel, erkundigte er sich danach, was denn da geboten werden würde.

Miriam hörte an seinem Dialekt, daß er nicht aus dem evangelischen Siegerland, sondern aus dem katholischen Olpe kam. Sie beschloß, alles daranzusetzen, daß der junge Mann sich bekehrte. Erst wollte er den Einladungszettel ungelesen wegwerfen, doch als er Miriam näher betrachtete, hatte er nichts dagegen, in eine etwas nähere Beziehung zu ihr zu treten.

Als Miriam auch noch anbot, ihn abzuholen, sagte er lachend zu und bestellte sie in eine Motorradkneipe mit üblem Ruf.

Miriam war richtig stolz auf ihr Gespräch, als sich alle »Missionare« wieder zu einer strategischen Besprechung trafen. Keiner von ihnen konnte auf so einen interessanten Fremden hinweisen wie Miriam. Das war das Problem bei diesen Veranstaltungen, daß nur Eingeweihte und schon Fromme dorthin kamen.

In der Gebetsgemeinschaft schloß Miriam ihn mit ein, und die anderen nickten und flüsterten »Amen«, als Miriam für diesen jungen Mann betete.

Junge Männer erklärten sich bereit, Miriam zu begleiten, doch sie fühlte sich stark genug, es alleine zu tun. Sie zupfte sich noch ihre kurzen Haarsträhnen zurecht und den lockeren Schal, dann zog sie los in ihrer knallroten Jacke und der blau und grau karierten Hose, die in niedrigen Stiefeln steckte.

Ein Hallo in der schummerigen und stinkenden Motorradkneipe, als Miriam sie betrat! Der junge Mann hatte schon von seiner eventuellen Abholerin geredet, aber keiner hatte erwartet, daß sie kommen würde. Als sie da stand, wollte ihr jeder ein Glas Bier und Zigaretten anbieten, doch Miriam lehnte ab. Verglichen mit den Mädchen, die sonst in dieser Kneipe verkehrten, wirkte Miriam wie ein Engel, allerdings wie ein moderner.

Der junge Mann, auch noch Josef mit Namen, allerdings Jupp gerufen, kam mit. Stolz zog Miriam mit ihm in die Siegerlandhalle ein.

Nachher sagte er zu ihr: »Ich hab überhaupt nichts verstanden. Ich bin nicht gegen Religion. Aber in der katholischen Kirche ist das einfacher. Da gehst du zur Messe und alles ist o.k. Brauchst dir nicht so viele Gedanken um deine Seele zu machen. Darauf paßt schon die Kirche auf.«

Das konnte Miriam natürlich nicht so stehenlassen. Sie sprachen noch sehr lange an jenem Abend, und am nächsten kam der Jupp schon von selber. Sie trafen sich an Kochs Ecke und schlenderten zur Siegerlandhalle hinüber.

Dort wurden dann ein paar Männer als Segnende tätig und luden alle, die den Segen haben wollten, dazu ein.

Darüber schüttelte Jupp seinen Kopf: »Das macht bei uns nur der Priester, und das ist besser so. Und er macht das in der Kirche.«

Aber dann, beim Schlendern durch die Stadt, erzählte er Miriam auch von sich. Alle seine Probleme, daß er zwar eine Schreinerlehre gemacht habe, aber jetzt nach Arbeit suche. Er fühlte sich auch in seinem Motorradverein nicht wohl, aber wo sollte er hingehen? Er besaß noch nicht einmal ein Motorrad, sondern zog sich nur so an, als ob.

Miriam sagte nicht viel, sie hörte zu, und das tat ihm gut. Dafür bedankte er sich, und am nächsten Abend war er wieder da. Von dem frommen Vortrag verstand er nichts, doch Miriam, die mochte er immer mehr. An so eine Frau war er noch nie herangekommen, und dann war sie auch noch in der zwölften Klasse. Er verstand nicht, warum sie sich so für ihn einsetzte.

An dem Abend hatte er auch den Ring aus seinem Ohr genommen und sich die Farbe aus den Haaren gewaschen. Miriam roch, daß er sich gewaschen hatte. Nun war es ihr nicht mehr so unangenehm, neben ihm herzugehen.

Sie erzählte auch von sich, und wie sie in ihren Glauben hineingewachsen war.

Sie stammten wirklich aus zwei Welten. Jupp hatte sich nie Gedanken über den persönlichen Glauben gemacht. Zu Hause besuchte er die Kirche, weil sie zum Dorf gehörte, hier in der Stadt hatte er nichts mehr damit zu tun. Die war so was wie eine alte Angewohnheit vom Lande.

Sie trafen sich auch, als die Evangelisation vorbei war. Miriam hatte am Anfang die Mitarbeiter gebeten, für Jupp zu beten, doch später nahm sie ihn auf ihre Schultern. Sie wollte ihn zum Glauben bringen, zum Besten, was sie besaß. Aber Jupp wollte Miriam haben. Erst dachte er so, wie er es von seinen Kumpels und der Kneipe her gewohnt war: ein Mädchen, mit dem man mal schlafen ging, und dann Schluß. Aber das änderte sich bei ihm. Er mochte Miriam immer mehr. So eine Freundin hatte er noch nie gehabt.

Miriam hatte vorher auch noch keine Erfahrungen mit Männern. Sicher, man traf sich mit den Jungen aus dem Jugendkreis, doch nur in den Bibelstunden und Diskussionen oder auf dem Schulweg. Sonst herrschten im Jugendkreis und in der Gemeinschaft eiserne Grundsätze; da war jede Liebelei verpönt.

Miriam ging es um seine Seele, die wollte sie retten. Sie mochte ihn wirklich, doch er tat ihr auch leid.

Jupp tat es gut, mit ihr zusammen zu sein. Miriam übernahm die Führung in den seelischen Dingen. Während er brav hinter ihr herging und sich führen ließ, träumte er davon, auch ihren Körper näher kennenzulernen. In dieser Richtung übernahm er die Führung. Er war überrascht, wie wenig sie von diesen fleischlichen Dingen wußte, trotz Kino, Fernsehen und Video. Sie war absolut unschuldig, mußte er feststellen. Sie hatte noch nie geküßt, geschweige denn andere Sachen getan. Jupp konnte es nicht lassen wieder einmal seine Kneipe aufzusuchen und mit seinem neuen Fang anzugeben. Doch keiner glaubte es ihm: »An so eine kommst du doch nicht ran!« lachten sie ihn aus. »Wir haben doch nur die, die schon von anderen kommen.«

Miriam war naiv, sie war noch immer in den seelischen Bereichen tätig, als Jupp sie schon längst in andere geführt hatte. Miriam war sicher, daß er sich bald bekehrte, und Jupp, daß sie bald zusammen schliefen.

Aber es war nicht so voneinander getrennt, wie es hier steht; es ging ineinander über. Sie mochten sich doch sehr. Miriam machte sich auch zurecht, kaufte Lippenstift, schminkte sich, ehe sie Jupp am Abend traf. Jupp wusch sich und seine Kleider. Wenn sie sich im Dunkeln trafen, küßten und umarmten sie sich.

Miriam fing an, Gedichte zu schreiben, wie sie es nannte. Eigentlich waren es nur Gedanken und Bilder.

Was sie dachte und fühlte, sagt eigentlich dieser Satz von ihr, den sie damals aufschrieb: »Küsse sind Augenblicke der Ewigkeit.« Sehr schön fand sie diesen Satz. Doch Jupp hörte kaum hin, er lebte doch in einer anderen Welt.

Und dann schliefen sie miteinander. Seligkeit für Miriam, aber auch Sünde, die ihr Tränen der Reue über das Gesicht fließen ließ, als sie abends wieder in ihrem Bett lag. Sie wollte es nicht mehr tun, es war nicht richtig, aber dann tat sie es doch.

Erst am dritten Abend fragte sie Jupp so ganz nebenbei: »Sicher nimmst du auch die Pille?«

»Natürlich nicht«, antwortete Miriam.

»Bist du verrückt?« schrie er sie an. »Mensch, wenn du ein Kind kriegst. Alle anderen wissen Bescheid und tun das, nur du nicht.«

Miriam war beleidigt, riß sich von ihm los. Sie liebte ihn. Sie hatte gar nicht an so etwas wie die Pille gedacht. Das gehörte nicht zu ihrer Welt. Sie liebte ihn, und alles andere war nebensächlich. Sie liebten sich dann noch einmal, obwohl Jupp schon das Schlimmste befürchtete. Er war doch überhaupt nicht in der Lage, sich um Miriam und ein eventuelles Kind zu kümmern. Er kam ja noch nicht einmal mit sich selbst ins Reine. Dann muß sie eben abtreiben, dachte er, ehe er Miriam das Gefühl höchster Lust gab. Darin war er ganz gut. Das hatte er von Frauen gelernt, die dafür bezahlt wurden.

Dann meinte Miriam, daß sie doch zum Arzt gehen sollte. Sie kam gerade ins Stadium, wo sie sich ganz auf ihr Abitur vorbereiten mußte.

Der Arzt untersuchte sie gründlich und stellte fest: »Junge Frau, Sie bekommen ein Kind.«

Damit hatte Miriam doch nicht gerechnet. Sie wurde blaß, aber dann faßte sie sich. Jawohl, sie wollte dieses Kind. Es war für sie ein Geschenk Gottes. Sie würde Jupp, den Vater des Kindes, heiraten. Es würde zwar Aufregung in der Familie und im Dorf geben, vielleicht mußte sie sogar die Schule abbrechen, doch sie wollte das alles auf sich nehmen und Jupp heiraten. Wenn er dann noch zum Glauben käme, wäre alles wieder gut.

Sie trafen sich am nächsten Abend. Sie ließ ihn eine Weile gewähren, ohne daß sie etwas sagte. Es gefiel ihr nicht, daß sie es draußen, oder in alten Schuppen und im Geheimen taten, doch bald würde es sich ändern.

Schließlich sagte sie es dem Jupp: »Wir kriegen ein Kind!«

»Abtreiben!« rief er sofort.

»Kommt gar nicht in Frage. Wir heiraten.«

»Aber wovon denn?« fragte der Jupp.

»Ich kann die Schule abbrechen und arbeiten gehen. Ich will dieses Kind haben.«

Sie einigten sich nicht. Sie gingen ohne Abschied auseinander.

Miriam war nüchtern: »Den sehe ich nicht mehr.« Und so war es auch. Sie wollte ihn auch nicht mehr wiedersehen. Einen Vater, der nicht ja zu seinem Kind sagte, konnte sie nicht heiraten.

Miriam überlegte, wie sie alles einrichten sollte. Das Abitur würde sie noch schaffen, denn das Kind würde erst im Sommer auf die Welt kommen.

Sie überlegte, wie sie es ihren Eltern beibringen konnte. Am besten beide zusammen, weil der Vater sicher mehr Verständnis für sie hatte als die Mutter, die sie sofort verurteilen würde.

Und so passierte es dann auch. Die Mutter verlor die Kontrolle über ihre Nerven und beschimpfte Miriam ganz furchtbar. Sie machte ihr nur Vorwürfe mit Tränen aus Zorn und Enttäuschung. Am schlimmsten schien ihr aber der Gedanke zuzusetzen, was das Dorf und die Gemeinschaft darüber denken würden. Das beschäftigte sie, und sie warf Miriam vor: »Was werden die Ungläubigen dazu sagen? Die werden mit dem Finger nicht nur auf dich, sondern auch auf uns zeigen und rufen: Das sind die Frommen. Die reden so fromm daher, aber dann kommen sie doch mit einem Kind ohne Vater an.«

Die Mutter fragte auch, ob sie den Kerl nicht doch heiraten könnte. Man könne den bestimmt auch noch überreden, daß der evangelisch würde.

Miriam wollte von Jupp nichts mehr wissen. Aber weil die Eltern darauf bestanden, suchte sie ihn noch einmal auf. Es war nicht leicht, ihn zu finden. Denn mittlerweile war er wieder in Olpe und schon auf dem Weg nach Frankfurt, wo es Arbeit geben sollte. Nein, heiraten wollte er sie nicht. Sie sollte abtreiben lassen. Das war aber für sie unmöglich.

Als sie den Eltern berichtete, seufzten sie und kamen nach einer langen Einleitung mit ihrem Vorschlag heraus: »Vielleicht ist es doch besser für dich und das Kind, das eigentlich noch gar keins ist, wenn du zum Arzt gehst . . .«

Miriam heulte los. Das hatte sie von ihrer Mutter nicht erwartet, und auch nicht, daß der Vater dazu nickte. Das war doch ganz gegen die Grundsätze ihres Glaubens. Aber der Mutter war ihr Ruf wichtiger als die Grundsätze des Glaubens, mußte Miriam lernen. Und allein sein.

Miriam bestand ihr Abitur und dann bereitete sie sich sorgfältig auf die Geburt ihres Kindes vor. So konzentriert, wie sie ihr Abitur angegangen war, übte sie sich in die Rolle der Mutter ein. Auch bereitete sie sich darauf vor, mit dem Kind alleine leben zu müssen. Sie hörte sich in den frommen Kreisen um, ob es dort wohl nach ihrem Abitur eine Stelle geben würde, aber man wies sie sofort ab, wenn sie das mit dem Kind erzählte und daß sie noch keine Berufserfahrung hatte. Überall die gleiche Antwort, man sei doch kein Wohlfahrtsinstitut und Miriam hätte eher daran denken sollen, und warum es eigentlich die Pille gäbe. Keiner verstand sie und ihr Ja zum Kind.

Als Miriam den Eltern vorschlug, daß sie in die Stadt ziehen wollte, war die Mutter erleichtert. Der Vater brachte Einwände vor und meinte: »Können wir denn die Miriam in diesem Zustand alleinlassen?« Doch er wurde von der Mutter beruhigt: »Die Betreuung heute ist ganz ausgezeichnet, nicht so wie damals. Sie ist ja in der Vorsorge, und im Krankenhaus wird man alles für sie tun.« Das enttäuschte Miriam auch, doch sie war nun schon Einiges gewöhnt.

Sie bestand ihr Abitur mit ausgezeichneten Noten. Wobei sie zugeben mußte, daß die Lehrer ihr auch sehr geholfen hatten. Ihr Zustand war mittlerweile nicht mehr zu übersehen, und man hatte Mitleid mit ihr und ihrer Zukunft.

Mit den ausgezeichneten Noten fand sie auch eine Stelle, wo sie zunächst schwarz arbeitete, damit die Exportfirma nicht ihren langen Schwangerschaftsurlaub bezahlen mußte. Miriam lernte sehr schnell Schreibmaschine, und mit ihren ausgezeichneten Kenntnissen in Englisch und Französisch machte sie sich unersetzlich. Ihr freundliches Wesen half ihr, im Büro gern gesehen zu sein. Auch hatte sie keine Schwierigkeiten, mit Ausländern am Telefon zu verhandeln, was sich ihr Chef nicht traute.

Miriam sah das alles auch als eine Fügung Gottes. Sie hielt an ihrem Glauben fest. Zu der Gemeinschaft in ihrem Ort ging sie nicht mehr, sie besuchte das Dorf nicht mehr, doch die Mutter kam regelmäßig zu ihr in die Stadt.

Miriam war darüber enttäuscht, daß die Mutter nicht wirklich zu ihr stand. Auch daß sie und der Vater ihr immer wieder Geld zusteckten, ohne Wissen voneinander, konnte sie nicht darüber hinwegbringen. Am liebsten hätte sie das Geld gar nicht genommen, doch sie brauchte es.

Es war eine schwere Zeit für Miriam, sie war allein. Sie sang in einer Kantorei mit, wo sie sich ganz wohlfühlte, doch bald konnte sie dort auch nicht mehr hingehen. Die Frauen stellten ihr zuviele Fragen, und sie spürte die Verachtung, die man ihr, wenn auch versteckt, entgegenbrachte.

Doch sie tröstete sich immer wieder damit, daß ihr Kind bald zur Welt kommen und sie dann nicht mehr allein sein würde.

Sie sah ihn schon heranwachsen, einen gesunden Jungen, der bald ein richtiger Mann werden würde. Ein ganz anderer, als es Jupp und der Vater waren.

Sie spürte ihn wachsen, und sie liebte ihn so. Schon jetzt konnte sie es kaum noch erwarten, bis er auf die Welt kam.

Als die Wehen einsetzten, fuhr Miriam überglücklich, trotz der Schmerzen, ins Krankenhaus. Doch der Arzt meinte: »Es ist noch lange nicht so weit«, und schickte Miriam wieder nach Hause.

Als sie die Schmerzen dann aber nicht mehr ertragen konnte und wieder ins Krankenhaus fuhr, war es zu spät. Miriam erfuhr zunächst nichts davon, doch die Ärzte wußten es. Das Kind war für eine Weile ohne Sauerstoff gewesen, und darunter hatten einige Zellen im Gehirn gelitten. Sie wußten, daß ein behindertes Kind auf die Welt kommen würde. Sie wußten nicht, wie stark die Behinderung sein würde und ob sie sich später vielleicht noch ausgleichen würde, doch sie wiesen Miriam erst nach einigen Stunden darauf hin.

Miriam bemerkte nichts davon, als ihr kleiner Junge geboren war, in ihren Armen ruhte und ihre Milch trank. Er mußte an eine Maschine angeschlossen werden, aber das half nichts.

Miriam wurde informiert. Sie konnte es nicht glauben, sie konnte es nicht fassen. Tränen strömten über ihr Gesicht. Sie preßte ihren kleinen Jungen an sich. Aber allein lassen würde sie ihn nie. Sie konnte es nicht fassen, wie Gott alles so zulassen konnte. Mußte sie denn so sehr dafür bestraft werden, daß sie einen jungen Mann geliebt hatte und ihn zum Glauben bringen wollte?

»Er ist doch unschuldig!« bestürmte sie Gott in ihren Gebeten. »Laß ihn doch bitte wieder gesund werden. Mach mich krank, wenn einer bestraft werden muß, aber laß doch den Kleinen ein richtiger Junge und wieder gesund werden.«

Ihre Eltern und Geschwister besuchten sie. Das fand Miriam sehr schön. Sie freute sich über die Blumen und Süßigkeiten. Der Vater deutete an, daß man eine eventuelle Heimkehr ins Auge fassen könnte, aber so wollte Miriam davon nichts hören. Man hätte schon sagen müssen: »Jetzt kommst du mit nach Hause!«, aber nicht so feige und eventuell und dann doch nicht.

Miriam blieb in ihrem kleinen Zimmer, und die Eltern und Geschwister unterstützten sie. Am liebsten hätte sie das Geld gar nicht genommen, aber ohne diese Hilfe hätten das Kind und sie nicht überleben können. Sie ließ ihren Jungen auf den Namen David taufen, doch sie rief ihn Danny. Sie fand den Namen so schön und geborgen, in der Tradition des christlichen Glaubens und der Familienatmosphäre des Alten Testaments.

Als ihre Mutter noch einmal vorschlug: »Du müßtest Alimente von diesem Kerl fordern«, wurde Miriam richtig böse. Natürlich wollte sie sich nicht vor diesem sogenannten Vater erniedrigen. Der hatte mit dem Kind und mit ihr überhaupt nichts mehr zu tun.

Bald konnte Miriam auch mit der Arbeit beginnen. Sie fand eine Frau in der Nachbarschaft, die den kleinen Danny mit zu ihren Kindern nahm. Zwischendurch eilte Miriam immer nach Hause, um ihn zu stillen und mit ihm zu spielen.

Sonst war sie ganz im Büro beschäftigt. Es lief dort immer besser. Obwohl sie keine kaufmännische Ausbildung hatte, konnte sie alles schnell erfassen und übersehen.

Da sie auch viel mit Publikumsverkehr zu tun hatte, mußte sie sich gut anziehen. Der Chef nahm sie gerne zum Essen mit, weil sie wußte, wie man mit Kunden umging.

Immer wieder gab es Männer, die andeuteten, daß sie gerne etwas mit Miriam zu tun hätten, doch wenn sie dann ihre Lebensumstände erfuhren, zogen sie sich schnell wieder zurück. Das heißt, zu einem kleinen Verhältnis hätten sie auch weiterhin Spaß gehabt, doch damit war bei Miriam nichts zu machen.

Einmal in der Woche ging Miriam zum Singen in die Kantorei, wo sie anspruchsvolle, geistliche Musik mitübte. Das war immer der Höhepunkt ihrer Woche. Auch die Konzerte, die sie gaben. Miriam mit ihrem Sopran und ihrer fröhlichen Art war aus dem Chor nicht mehr wegzudenken.

Fröhlich war Miriam geblieben. Sie hatte auch Stunden, in denen sie ganz unten war, aber sie rappelte sich immer wieder auf. Der Glauben und die Musik halfen ihr sehr. Sie betete wie ein Kind zu ihrem Vater im Himmel und fühlte sich bei ihm auch so geborgen. Dadurch hatte sie auch genug Kraft für Danny. Er blieb für sie ein Geschenk, das sie sehr, sehr lieb hatte. Wenn sie nach Hause kam, nahm sie sich Zeit für ihn. Am Wochenende packte sie ihn in einen Tragesitz und lief mit ihm durch die Wälder. Auch in die Kirche nahm sie ihn mit. Sie ging auch zu der Gemeinschaft in ihrer Straße, obwohl man sie dort wie eine Sünderin ansah. Zu dem Leiter sagte sie einmal: »Ich brauche die Gemeinschaft im Glauben, sonst komme ich nicht durch.« Daraufhin konnte er nichts mehr sagen.

Es gab einige Worte aus der Bibel, die Miriam innerlich immer mit sich herumtrug. Schon am Morgen dachte sie daran. »Fürchte dich nicht; ich habe dich bei deinem Namen gerufen, du gehörst mir.« Und wenn die Nachbarn in der Gemeinschaft sie tadelnd ansahen, weil sie ohne Mann ein Kind bekommen hatte, dachte sie daran, was Jesus gesagt hatte: »Nicht die Gesunden brauchen den Arzt, sondern die Kranken. Ich bin nicht gekommen, um Gerechte zu rufen, sondern Sünder.« Wenn sie auch nicht so gelebt hatte, wie Jesus das wollte, so hatte er ihr doch vergeben, und sie durfte an ihn glauben. Sie versuchte, sich nicht um die Blicke der anderen zu kümmern.

Allerdings bemühte sie sich schon, auf den Geschmack und die Kleidervorschriften der Konservativen Rücksicht zu nehmen. Wenn sie in die Gemeinschaft ging, legte sie keinen Lippenstift auf, sprühte nur vorsichtig mit dem Parfüm herum und trug dunklere Kleidung. Doch schon, wie sie sich die Haare schneiden ließ, fiel aus dem Rahmen.

Sie paßte eigentlich dort nicht hin. Sie war zu selbstbewußt und bewegte sich ganz anders als die anderen Frauen, die dort verkehrten. Sie setzte sich zum Beispiel auf die Seite, wo sonst nur die Männer saßen. Auch sah sie nicht ein, daß sie nach der Stunde draußen in der Kälte stand und sich mit anderen Frauen frierend unterhielt, während die Männer in der Wärme blieben und die Frauen warten ließen.

Ich gebe zu, es war eine sehr konservative Gemeinschaft, aber solche gibt es heute leider immer noch.

Die Frommen fanden Miriam zu weltlich. Aber den Weltlichen war sie zu fromm. Im Büro sagten ihre Kolleginnen zu ihr: »Ich verstehe überhaupt nicht, wie du noch zu dieser Gemeinschaft gehen kannst, nach dem, was sie dir angetan haben. Du paßt dort gar nicht hin. Du siehst genauso aus wie wir. Du scheinst ein ganz normaler Mensch zu sein, und dann glaubst du noch an so was Veraltetes.«

So saß Miriam zwischen beiden Stühlen. Das tat ihr oft weh, und sie fühlte sich einsam. Dann heulte sie auch schon mal los. Wobei sie natürlich keine Heulsuse war. Aber manchmal war es für sie nicht mehr zum Aushalten.

Sie trank auch gerne mal ein Glas Wein, auch etwas Stärkeres. Doch sie paßte auf, daß sie dem nicht verfiel. Sie hatte Angst davor, abhängig zu werden. Sie selbst hätte sich schon mal gerne fallen lassen, doch Danny brauchte sie.

Manchmal ließ sie sich auch von Männern einladen, die ihr den Hof machen wollten. Es tat ihr gut, begehrt zu sein. Sie hatte auch schon mal ihren Sohn verleugnet, es etwas weiter kommen lassen mit Umarmungen und Küssen, als sie im Grunde wollte.

Hinterher schämte sie sich, daß sie ihren kleinen Sohn verleugnet hatte. Wenn sie dann von Danny erzählte, war sowieso alles mit der Liebe vorbei, die vorher so heiß beschworen worden war. Sie wußte das schon vorher. Trotzdem gab sie sich manchmal doch der Illusion hin, der Mann, der sie so hübsch fand und sie gerade so begehrte, würde sie trotz Danny heiraten.

Bittere Enttäuschungen mit Tränen. Oft haderte Miriam dann auch mit ihrem Schicksal und mit Gott und verstand nicht, wie ihr Leben verging und sie nicht so Frau sein konnte, wie sie es gerne wollte und wozu sie auch geschaffen worden war, wie sie meinte.

Sie wünschte sich einen Mann und gesunde Kinder. War das zuviel? Immer wieder befaßte sie sich auch mit ihrer Schuld. So war sie zu Hause und in der christlichen Gemeinschaft erzogen worden. Sie hätte sich mit dem Jungen nicht einlassen sollen, warf sie sich vor. Sie wußte meistens, daß ihr diese Schuld längst vergeben war, aber dann kamen doch wieder Vorwürfe hoch, und sie sagte sich: »Daß es dem Jungen so ergangen ist, das liegt an mir. Die Strafe der Eltern geht bis ins dritte und vierte Glied.« Wenn sie so dachte, bemitleidete sie sich nicht, sondern nahm sich noch stärker vor, ihr ganzes Leben für den Jungen zu geben. Aber dann sehnte sie sich auch danach, wie andere zu leben, wie ihre Geschwister und Bekannten, mit einem Mann und gesunden Kindern. Wie sehr sie sich das wünschte!

Ganz besondere Kraft bekam sie, wenn sie zum Abendmahl ging. Wenn sie ihre Vergebung schmeckte, in Brot und Wein. Dann war sie ganz eng mit ihrem Heiland und Retter verbunden.

Danny wuchs heran, doch je älter er wurde, desto schwieriger wurde es auch für Miriam. Man merkte allmählich immer mehr seine Behinderung. Die Frau, die auf ihn als Baby aufgepaßt hatte, wenn Miriam zur Arbeit fuhr, weigerte sich, es weiter zu tun. Sie wurde nicht mehr mit ihm fertig. Er war sehr anstrengend.

Nach langem Suchen fand Miriam einen Waldorfkindergarten, der ihn aufnahm. Die christlichen Kindergärten in dieser Stadt weigerten sich, die wollten nur etwas mit normalen Kindern zu tun haben; eine Leiterin meinte: »Die Eltern werden sich beschweren, wenn wir den Jungen aufnehmen. Wir haben so etwas ähnliches schon einmal gehabt.«

Im Waldorfkindergarten war der kleine Danny gut aufgehoben. Dort ging es nicht um Leistung, sondern es wurde gespielt und gesungen. Eine Welt für Kinder entstand, in der er alle seine Gaben und Fantasie einbringen konnte. Er lebte dort in seiner glücklichen Welt, die sich auch auf Miriam übertrug.

Eines Tages entdeckte Danny zu Hause ein Buch, in dem alle Vögel der Welt abgebildet und mit ihrem deutschen und lateinischen Namen versehen waren. Stundenlang ließ er sich von Miriam die Namen nennen und lernte sie auswendig.

Miriam wußte nicht, ob er dabei auch lesen gelernt hatte oder ob er sich das alles nur merkte, ohne die Buchstaben kombinieren und auswechseln zu können.

Wenn Besuch kam, überfiel Danny jeden, umarmte, beroch und befühlte ihn, wie ein Hündchen. Dabei ließ er vor Erstaunen seinen Mund aufstehen, was den Schock der so Begrüßten auch nicht gerade milderte.

Miriam mußte Besucher schon am Telefon warnen, daß sie berochen und befühlt würden. Sie wußte, daß es keinen Sinn hatte, es Danny zu verbieten. Also ließ sie ihn gewähren, dämmte es nur etwas ein. Viel Besuch bekam sie sowieso nicht.

Sie bat Danny aber, doch den Mund zu schließen. »Weißt du, Danny«, bat sie ihn, »ich hab dich doch so lieb, du bist doch mein Sohn.«

»Und du meine Schmusewolle«, unterbrach er sie mit dem Werbespot, den er im Fernsehen aufgefangen hatte.

Miriam lächelte und fuhr fort: »Ich möchte doch auch, daß andere Leute dich gern haben und dich nett ansehen können. Wenn du deinen Mund immer so aufstehen läßt, siehst du so richtig doof aus, und das möchtest du doch nicht, oder?«

Danny befand sich gerade mitten im Trotzalter und ließ den Mund dann aufstehen, um Miriam zu ärgern.

Er ging ihr schon auf die Nerven, aber dann war er auch wieder sehr lieb zu ihr. Er schmuste mit ihr, drückte sich an sie und zeigte ihr all seine Liebe.

Doch er aß zu wenig. Er schoß immer länger und dürrer auf. Jetzt war er größer als die meisten Jungen seines Alters, aber man sah den geistigen Unterschied zwischen ihm und den Normalen doch sehr.

Miriam konnte Danny auch nicht alleine auf die Straße lassen. Er lief den Autos entgegen, um sie zu befühlen und an ihnen zu riechen. Jeder Mensch war sein Freund und alle Dinge und Tiere auch.

Miriam ging gerne mit ihm spazieren, doch möglichst in den Wald, wo ihnen kaum ein Mensch begegnete. Denn sobald einer kam, lief Danny dem in die Arme, wenn Miriam ihn nicht rechtzeitig zu fassen bekam, und fing an, den überraschten oder auch entsetzten Spaziergänger zu streicheln. Später, als Miriam ihm eingedrillt hatte, es nicht zu tun, grüßte er jeden und strahlte ihn an.

Ältere Damen bedankten sich erfreut: »Was ist das für ein lieber Junge, verglichen mit den anderen heutzutage.«

Kam ein Besucher ins Haus, wurde er von Danny sofort nach der Begrüßung aufs Sofa gezogen und gefragt: »Willst du ein Buch lesen?«

Natürlich antwortete jeder Besucher höflich mit ja. Dann holte Danny sein Tierbuch und erriet die Namen der Vögel. Und zwar macht er es so:

Er zeigte auf ein Tier, nehmen wir an, es war ein Adler. Dann brachte er den Besucher dazu, ihn zu fragen: »Was ist das für ein Vogel?«

Worauf Danny antwortete, natürlich bewußt falsch: »Es ist ein Sperling.«

Dabei blieb er ganz ernst, oder er zeigte ein leichtes, verschmitztes Lächeln.

Der Besucher sah ihn erstaunt an, verbesserte ihn. Es dauerte eine Weile, bis er begriff, daß Danny mit ihm spielte. Dann war der genarrte Besuch meistens böse und wollte nicht mehr weiterspielen.

Danny kannte alle Vögel mit ihren deutschen und lateinischen Namen, doch er sagte sie ganz bewußt falsch. Es kostete Miriam viel Mühe und Geduld, ihn davon abzubringen.

Kinderbücher wollte Danny nicht haben. Miriam kaufte ihm schließlich noch eins über Tiere, die er auch auswendig lernte.

Wenn Danny sich besonders aufregte, bekam er einen

Schluckkrampf und rang nach Luft. Der kalte Schweiß brach dem armen Kerlchen aus, und Miriam mußte mit ihm schnell zu einem Arzt fahren. Es war fast wie bei epileptischen Anfällen. Danny mußte dann täglich eine Pille schlucken, die ihn vor dem Ärgsten, dem Ersticken, bewahrte.

Meistens bekam er diese Schluckkrämpfe, wenn er Miriam sehr enttäuscht hatte und sie ihm drohte: »Ich kann es nicht mehr mit dir aushalten. Ich stecke dich in ein Heim.«

Hinterher, wenn er schluckte, tat es ihr so leid, und sie schalt sich, weil sie sich so vergessen hatte.

Die Ärzte schlugen Miriam auch vor, Danny in ein Heim zu schicken, aber das brachte sie nicht über sich. Trotzdem litt sie immer mehr unter dem allen. Ihr ganzes Leben war eigentlich nur auf den Jungen ausgerichtet. Ihre Nerven wurden arg strapaziert. Sie litt oft unter furchtbaren Kopfschmerzen und auch unter ihrem Alleinsein. Aber sie wollte sich nicht immer anderen Leuten aufdrängen. Von ihren früheren Freundinnen wurde sie links liegengelassen, als alleinstehende Frau mit einem behinderten Kind.

Auch die Leute in der Kirche fühlten sich befangen, wenn Danny dabei war. Sie hatten keine Übung im Zusammensein mit Behinderten. Obwohl sie sonst sehr nett zu Miriam waren und sie auch hin und wieder zu sich nach Hause einluden. Sie ließ Danny abends aber nicht gerne allein und versuchte meistens, jemanden zu finden, der dann bei ihm in der Wohnung blieb. Eine Frau aus der Gemeinde kam jede Woche, wenn Miriam in die Kantorei ging. Öfter wollte Miriam sie nicht bitten. Außerdem war es so: Wenn sie irgendwo zu Besuch ging, mußte sie immer damit rechnen, daß man hinterher über sie redete und sie bedauerte. Das gefiel ihr nicht.

Ein paarmal hörte sie Vorträge in der Gemeinde, über behinderte Kinder und wie man mit ihnen umgehen sollte. Doch es gab dabei nie einen Trost für die Mütter.

Dann mußte Danny eigentlich in die Schule. Der Kindergarten behielt ihn noch ein Jahr, aber danach ging es nicht mehr. Es war für Miriam auch unmöglich, eine Frau zu finden, die sich ganze Tage um ihn kümmern wollte. Einige versuchten es, doch sie hielten es nicht lange mit ihm aus. Sie waren ihm nicht gewachsen. Ihre Eltern nahmen den Kleinen auch eine Zeitlang tagsüber, während Miriam arbeitete, doch auf die Dauer schafften sie es nicht. Der Vater war schon längst wieder zu Miriam eingeschwenkt, aber die Mutter konnte ihr nicht vergeben, daß sie sich mit einem Dahergelaufenen eingelassen hatte, der auch noch aus Olpe kam und katholisch war.

Miriam wußte, daß sie Danny nicht auf eine normale Schule bekam, sie versuchte es mit einer Sondereinrichtung. Doch die Lehrer stellten bei einem Test fest: »Er paßt in keine Klasse bei uns hinein. Er ist nicht gemeinschaftsfähig, um ihn muß sich ein Einzellehrer kümmern. Anders geht es nicht.«

Miriam wußte, daß sie recht hatten. Sie ging zum Schulamt, fragte nach einem Einzellehrer und erfuhr natürlich, daß so etwas nicht möglich sei. Wer sollte das denn bezahlen?

Ihr Chef brachte sie dann darauf, daß es doch im deutschen Recht einen Passus geben müßte, der sich mit behinderten Kindern befaßt. Denn hier habe doch jedes Kind das Recht auf Schule.

Der Chef half ihr auch darum, weil er sie nicht aus seiner Firma verlieren wollte. Schaffte es Danny nicht in einer Schule, mußte Miriam mit ihm zu Hause bleiben. Aber der Chef war auch sonst ein hilfsbereiter Mann und tat gerne etwas für sie.

Miriam fand einen Paragraphen, in dem stand, daß im Sonderfall ein behindertes Kind das Recht habe, von einem Einzellehrer unterrichtet zu werden.

Damit zog sie zum Amt. Ablehnung natürlich, doch Miriam bestand auf dem Recht und bat darum. Man rechnete ihr vor, was das kosten würde, wenn sich ein Lehrer um ein einziges Kind bemühen würde – und dann war ja auch noch völlig offen, was das einbringen würde. In dem Paragraphen stand außerdem, daß vorher festgestellt werden müsse, ob das dem Kind überhaupt helfen und es voranbringen könne.

Miriam führte als Beweis den Waldorfkindergarten an, erntete dafür aber nur ein Lächeln. Sie brachte Danny und seine Tierbücher mit und hoffte nur, daß er den Herrn Schulrat und den Psychologen, die ihn beide testen wollten, nicht mit falschen Namen hereinlegte.

Sie hatte vorher ernst mit Danny gesprochen: »Wenn du immer was Falsches zu den Bildern sagst, ist es möglich, daß sie dich nicht in die Schule nehmen. Dann muß ich dich ins Heim bringen, weil ich doch zur Arbeit gehen muß, um Geld zu verdienen.«

Es fing auch ganz gut an mit Danny und dem Test. Zwei Tiere

benannte er mit richtigen Namen. Doch dann sah er die beiden Herren an, amüsierte sich über ihre ernsten Gesichter und gab beim Elefanten an, das sei ein Mäuschen.

Entsetzte Gesichter beim Schulrat und dem Psychologen. Doch als sie in Dannys Gesicht sahen, entdeckten sie sein Grinsen. Das steckte sie an. Sie lachten beide laut auf und versprachen, sich für ihn einzusetzen, falls sie eine Lehrerin oder einen Lehrer fänden, der bereit war, sich um den Jungen zu kümmern.

Miriam gab nicht auf. Sie glaubte an Wunder. Und dann geschah eines, obwohl das gar nicht so aussah.

Für eine ABM-Stelle*, die vom Arbeitsamt finanziert wurde, hatte sich eine junge Sonderschullehrerin gemeldet. Sie war speziell für ganz schwierige Fälle ausgebildet worden und erklärte sich sofort bereit, Danny zu unterrichten. Miriam wurde zum Schulamt bestellt und fuhr überglücklich hin.

Doch wie enttäuscht war sie, als sie der Lehrerin gegenüberstand. Der sah man schon auf den ersten Blick an, daß sie eine Grüne und Alternative war, genauso wie man sich die vorstellte.

Gefärbte rote Haare, eine Sicherheitsnadel im einen Ohr, einen grünen Button im anderen. Miriam wäre am liebsten wieder nach Hause gefahren, doch es ging um ihren Sohn.

Die Lehrerin nickte, als Miriam von ihm erzählte.

»Aber Sie kennen ihn doch noch gar nicht«, wandte Miriam ein.

»Doch«, behauptete die Lehrerin.

Miriam führte ihn trotzdem vor. Aber die Lehrerin drehte sich eine Zigarette, fragte Miriam, ob sie auch eine wollte, was sie verneinte, und blieb dabei: »Ich kümmere mich um Danny. Mir gefällt schon der süße Name. Einer mit diesem Namen hat in den sechziger Jahren die französische Studentenrevolte angeführt.«

Miriam konnte es nicht fassen, doch im Laufe der Stunden, Wochen und Monate stellte sich heraus, daß sie eine ausgezeichnete Lehrerin war. Mit unwahrscheinlicher Geduld widmete sie sich dem Jungen. Miriam und Rosa, so nannte sie sich, obwohl sie mit einem anderen Namen getauft worden war, ergänzten sich bestens. Rosa brachte Danny so weit, daß er auch am Unterricht einer Klasse teilnehmen konnte. Zunächst nur wenige Minuten, aber später nicht nur Stunden, sondern den ganzen Morgen.

* ABM – Arbeitsbeschaffungsmaßnahme

Die Kinder in dieser Klasse, die alle verhaltensgestört waren und auch nicht zu den Klügsten gehörten, waren ihm überlegen. Es tat ihnen gut, mal einen bei sich zu haben, dem sie alle überlegen waren. Wenn einer mal mit Danny grob umgehen wollte, wurde er gewarnt: »Du weißt doch, was mit dem los ist.« Und das war nicht böse gemeint.

Danny lernte dort auch die Gossensprache und die groben Tricks, mit denen die Jungen andere umwarfen, ihnen ein Bein stellten oder sie in den Schwitzkasten nahmen.

Die Klassenlehrerin gab sich große Mühe mit Danny, obwohl er sein Spielchen mit dem Verwechseln von Texten und Namen unter Bildern fortsetzte. Mal lernte er eifrig mit, dann wiederum beteiligte er sich überhaupt nicht am Unterricht. Dann verlor sie auch schon mal die Geduld und sagte zu Miriam: »Also mit dem Danny geht es nicht mehr. Es hat keinen Sinn, und er übt auch einen schlechten Einfluß auf die anderen aus.«

Auch passierte es in der Schule, daß Danny plötzlich zu der Lehrerin nach vorne lief, sie umarmte und beschnüffelte. Mit den Mädchen konnte er auch so umgehen, obwohl er richtige Frauen eigentlich noch lieber mochte.

Miriam redete dann zu Hause mit ihm, weinte. Das tat ihm leid, er versprach, es nie mehr wieder zu tun oder es brach wieder sein gefährlicher Schluckkrampf aus.

Miriam betete mit ihm und sang fröhliche Kinderlieder. Sie wußte nicht, wieviel er davon verstand, aber sie freuten sich beide, wenn sie sangen, und es tröstete Miriam sehr, zu beten.

Als sie einmal Miriams Familie besuchten, wollte Danny das Tischgebet sprechen. Miriam strahlte stolz, und auch ihre Mutter zeigte, wie sehr sie sich über Dannys Fortschritte freute. Doch es sollte anders kommen. Zwar begann Danny mit: »Segne, Vater . . .«, doch er fuhr fort: ». . . diese Scheiße.«

Entsetzen bei seiner Oma, auch darüber, daß Miriam ihr Lachen nicht unterdrücken konnte. Miriam versuchte, ihre Mutter zu beruhigen: »Ich glaube, unser Vater im Himmel hat doch Humor und versteht, daß Danny in seiner Hilflosigkeit einen Witz machen wollte, den er selbst in seiner Tragweite gar nicht versteht.«

Aber die Mutter, Dannys Oma, blieb empört.

Doch wenn sie abends nach Hause kamen, Danny sie drückte, mit ihr schmuste und ihr zuflüsterte: »Miriam, du bist meine liebe Mama!«, dann war alles wieder gut.

Immer noch war fast jeder Tag für Miriam harter Streß. Frühmorgens stand sie auf und machte sich und Danny fertig. Er brauchte viel länger mit dem Anziehen als sie, und dann zog er sich oft noch verkehrt an. Sie mußte ihn immer zum Frühstücken drängen, denn von selbst aß er kaum etwas. Deshalb war er auch so dünn. Wenn er mit seinen gelben Gummistiefeln durchs Gras lief, sah er aus wie ein Storch im Spinat. So nannte sie ihn auch manchmal.

Dann fuhr sie in ihrem flotten Wagen Danny zur Schule. Von allen Müttern, die ihre Kinder zur Sonderschule bringen mußten, war sie bei weitem die eleganteste und selbstbewußteste.

Von der Schule aus schnell zum Büro. Auf diese Weise hatte sie sich schon etliche Strafzettel von der Polizei eingehandelt wegen überhöhter Geschwindigkeit. Im Büro ordnete sie schnell die Arbeit, fing an, ins Diktiergerät zu sprechen, konferierte mit den Chefs, die sie wie ihresgleichen behandelten. Sie gehörte zur Männerspitze des Büros und fühlte sich dort wohl. Dabei gab sie aber nicht ihr Frausein auf.

Mittags eilte Miriam dann wieder zur Schule, in eine ganz andere Welt. Die Prokuristin, die sie mittlerweile geworden war, mußte sich in eine Mutter verwandeln. Im Auto kamen die Befürchtungen über sie: Was wird er wohl heute wieder angestellt haben?

Mit ihm essen, was sie sonst keinem zumuten konnte. Anschließend spielte sie ein wenig mit ihm und brachte ihn dann zu einer Witwe, die sich bereit erklärt hatte, auf Danny zu achten, auch weil sie ihre karge Rente aufbessern mußte. Miriam fuhr wieder ins Büro zurück. Sofort tauchte sie wieder in eine andere Welt, in der sie mit ihrem Verstand und Einfühlungsvermögen auf der sachlichen Ebene gefordert wurde. Miriam trieb auch Entscheidungen voran. Man sagte ihr nach: »Sie ist der stärkste Mann im Leistungsteam.«

Abends fuhr sie nach Hause, verbrachte die Zeit, bis Danny schlafengehen mußte, mit ihm, wenn sie nicht zum Singen wieder in die Stadt fuhr.

Trotz der Belastungen, mit denen sie lebte, zog sich Miriam gerne elegant an. Aber auch wenn sie mit Jeans im Büro erschien, sah sie gut aus. Regelmäßig ging sie zum besten Friseur der Stadt. Das gönnte sie sich. Das baute sie auf. Sie schminkte sich, aber so, daß man es kaum sah.

Mittlerweile hatte sie sich ein Grundstück gekauft, einen Bungalow darauf gesetzt und war mit Danny umgezogen. Das neue Haus war elegant, aber auch gemütlich eingerichtet.

Ich kannte Miriam gut. Wir waren Freunde geworden. Hin und wieder fuhr ich bei ihr vorbei.

Einmal sagte sie zu mir: »Kalle, ich bin doch auch eine Frau, nicht nur eine Mutter und Managerin. Ich brauche einen Mann, verstehst du das?«

Sicher verstand ich das. Ich hätte sie auch gerne geheiratet, aber das ging nicht. Ich überlegte, was da zu machen war. Sie kam mit genügend Männern zusammen, die ihr zeigten, daß sie sie mochten, doch nie wurde etwas daraus, weil sie keinen behinderten Sohn in ihrer Familie haben wollten.

Ich sah mich um, welcher Mann wohl zu Miriam passen würde. Sicher gab es solche, die eine wohlhabende, attraktive Frau geheiratet hätten, um sich selbst aufzubauen, doch das waren nicht die Typen, die ich für Miriam haben wollte. Sie brauchte einen richtigen, innerlich starken Mann. Es schien aussichtslos zu sein, so einen für sie zu finden, doch ich gab nicht auf.

Eines Tages hörte ich seine Stimme am Telefon. Als er sich bei mir nach Empfehlungen für eine außergewöhnliche Weltreise erkundigte, wußte ich sofort: Das ist er.

Entsprechend behandelte ich ihn auch am Telefon. Außerdem schlug ich vor, daß wir uns treffen sollten, worauf er sofort einging.

Der Mann ahnte nicht, was ich mit ihm vorhatte. Es war ja auch Wahnsinn, wenn man etwas näher darüber nachdachte, aber solche Gedanken verbot ich mir. Ich mußte für Miriam nicht irgendeinen Mann finden, sondern einen, der es wert war, von ihr glücklich gemacht zu werden. Denn wie oft gab es schon eine so starke, gutaussehende und gläubige Frau wie Miriam?

Vielleicht war dieser Mann auch verheiratet, aber dann hätte er vermutlich eine Weltreise für zwei bestellt.

Ich hatte vorgeschlagen, ihn in seinem Büro, oder wo er sonst wollte, aufzusuchen, doch er wollte zu mir nach Düsseldorf kommen, wo ich damals arbeitete. Es verstand sich, daß wir uns nicht im Büro trafen, sondern in einem dieser auserlesenen und teuren Restaurants zum Essen. Der Chef des Reisebüros, für das ich arbeitete, wenn ich Lust hatte, kannte ihn schon.

»Immer das Beste«, erklärte er mir, »erlesene Ausflugsorte, Weine und vielleicht auch Frauen.«

Das letztere bremste allerdings wieder meine Fantasie. Denn an einen Vernascher wollte ich Miriam nicht bringen.

Was der Mann aber genau machte, wußte mein Chef auch nicht. Nur glänzten seine Augen von den lukrativen Geschäften, die er mit diesem Herrn getätigt hatte: »Dabei ist er aber bescheiden und hat sehr gute Manieren. Bei ihm fühlt man sich wie seinesgleichen, aber vornehm, also so ähnlich wie Weizsäkker.«

Ich suchte das entsprechende Lokal aus, nichts Protziges, sondern ein angenehmes, ruhiges Restaurant.

Wie immer war ich natürlich zuerst dort, viel zu früh. Der Tisch stand bestens mit Blick auf den Rhein.

Ich wußte sofort, daß er es war, als er das Restaurant betrat. Auch er viel zu früh, also da trafen wir uns schon. Er war verwundert, mich schon vorzufinden, »denn ich erscheine immer zu früh«, erklärte er.

Er sah gut aus, vielleicht zu gut. Auch seine Kleidung war entsprechend. Alles aufeinander abgestimmt, aber nicht aufdringlich. Man sah seine Leichtigkeit, mit der er diese Dinge nahm. Dabei bewegte er sich sehr sicher, aber locker und ungezwungen, ein Mann, der den Erfolg kannte. Ich mochte ihn sofort. Wir verstanden uns. Wir brauchten nicht nach einem Gesprächsthema zu suchen, die ganze Welt bot sich uns an. Ich fing mit den Menschen auf diesem Erdball an, und genau dafür interessierte er sich hauptsächlich.

Schon bei der Suppe, mit Krabben und Dill, waren wir uns einig. Das Steak aus Argentinien brachte uns in die Flugrichtung. Wir fingen beide an zu schwärmen. Wobei er doch der nüchterne war, der sich mit etwas Prosaischerem als ich sein Geld verdienen mußte. Er saß im Vorstand eines großen Chemieunternehmens und hatte auch Chemie studiert, mit Doktorabschluß und so weiter.

Beim Nachtisch kam ich dann auf Frauen zu sprechen. Seufzen von ihm. Es hatte nie geklappt. Natürlich hatte es Frauen in seinem Leben gegeben, auch ernsthafte Versuche, eine Ehe zu beginnen, doch die Frauen, die er wollte, verstanden nicht, daß für ihn sein Beruf auch wichtig war, später bestimmt wichtiger als Liebe und vielleicht Familie.

Er seufzte darüber, er wollte eigentlich nicht so in seinem Beruf aufgehen, wie er es jetzt tat. Mit dieser Weltreise wollte er sich von dem allen für eine Weile lösen. Auch von der Liebesaffäre, die gerade beendet war.

Wir gingen am Rhein entlang spazieren. Ich stellte mit ihm die Reise zusammen. Schon nach einem Kilometer war sie bis in die Details hinein klar und übersichtlich. Genau so wollte er es haben.

Dann kam ich, wir waren mittlerweile beim Du angelangt: »Also, du wirst mich für verrückt halten, wenn ich mit dem nächsten Vorschlag herausrücke. Ich habe nämlich eine Frau für dich. Eine richtige, zum Heiraten.«

Er blieb stehen und starrte mich an.

»Sie heißt Miriam und hat einen kleinen Sohn, der behindert ist«, kam ich sofort zu dem entscheidenden Punkt.

Es dauerte eine Zeit, ehe er sich gefaßt hatte und antworten konnte.

»Also so etwas ist mir noch nie passiert«, brachte er heraus.

»Das glaube ich«, bestätigte ich ihm.

»Bist du sicher, daß du weißt, was du sagst?«

Ich war ganz sicher.

Ich erzählte ihm von Miriam. So, daß er verstand, ich wollte ihm ein großes Geschenk machen.

Er war schon sehr an schönen Frauen interessiert, konnte ich feststellen. Miriams Alter paßte auch, doch das mit dem Jungen und seiner Behinderung baute Abwehr in ihm auf.

»Hör mal«, schlug ich vor, »könnten wir nicht heute hinfahren? Ganz unverbindlich, wie man im Geschäftsleben sagt? Sieh dir alles an.«

Ich hatte ihn überrumpelt. Natürlich hätte er sich wehren können, er war stark genug. Aber dann sagte er doch ja. Einige Telefonanrufe mußten getätigt werden, von ihm und von mir. Dann fuhren wir in seinem schnellen Wagen los. Er fuhr ganz ausgezeichnet. Ich hatte keine Angst, auch als er mit hundertachtzig über die Autobahn jagte.

Ein herrlicher Frühlingstag mit viel Sonne. Frische Blüten und hellgrüne Blätter überall, auf den Bergen und in den Tälern des Sauerlandes.

Wir erreichten Miriams Ort. Als wir bei ihrem Bungalow ankamen, war sie noch nicht da.

Sie wußte nicht, warum ich mit dem Mann erscheinen wollte. Ich hatte ihr nur gesagt, daß ich einen Mann mitbringen würde, aber nicht wofür.

Wir standen neben dem Wagen in Sonne und Wind und warteten.

»Mein Lieblingswetter«, erklärte ich ihm.

Er nickte: »Meins auch.«

»Sie wird dir sehr gefallen«, wurde ich immer sicherer, überspielte natürlich auch meine Nervosität. Zwischendurch schüttelte er noch immer seinen Kopf. »Also, in so eine Sache habe ich mich noch nie hineinziehen lassen.«

Beschwichtigend murmelte ich, er solle erst einmal abwarten.

Dann fuhr Miriam vor. Mit ihrem kleinen Wagen, aber rasant um die Ecke herum. Ich wußte, daß sie den Wagen dienstlich benutzte. Sie hatte ihn nicht für gemütliche Einkaufstouren gekauft und um das Kind vom Kindergarten zu holen.

Gefiel ihm, sah ich schon. Dann kam Miriam aus dem Wagen gefedert. Erst ihre schlanken Beine in dunkelblauen Strümpfen. Die Schuhe in der gleichen Farbe, mit leicht erhöhtem Absatz, sehr elegant, aber auch bequem. Das war genau der Geschmack, den ich an ihm festgestellt hatte.

Im übrigen dann auch genau so, wie es sein sollte. Kurze Haare im Wind, aber wie immer bei Miriam das Gesicht dominierend. Davon wurde jeder angezogen. Ihr fröhliches Lächeln, trotz der Bürden, die ihr im Leben auferlegt wurden.

Sie freute sich über mein Kommen. Wir umarmten uns. Auch Volker, so hieß der Herr, wurde sehr freundlich begrüßt. Ohne jedes Mißtrauen. Er konnte fühlen, was Miriam dachte: Wer Kalles Freund ist, der ist auch meiner. Ein erlöstes Gesicht, so empfand ich immer, wenn ich Miriam sah.

Also Miriam an sich, das wäre schon was für ihn gewesen, meinte ich feststellen zu können. Doch dann kam es.

Danny war im Wagen sitzengeblieben, umständlich und unbeholfen wie immer.

»Nun komm schon«, mahnte ihn Miriam flott und streckte ihm die Hand entgegen. Aber er krabbelte gerade aus dem Wagen heraus, weil er mich entdeckt hatte. Er war sehr groß geworden, ein richtiger Zwölfjähriger. Doch in seinem strahlenden Gesicht ein offener, blöd wirkender Mund. Wie üblich kam er auf mich zu, begann mich zu beschnüffeln, drückte mich an sich, wedelte um mich herum wie ein Hündchen.

Und dann auf den Mann zu, ihm die Hand schlaff hinhaltend

und dann an sein Kinn heran, wo es nach dezentem Rasierwasser duftete.

Volker mußte sich erst daran gewöhnen. Es fiel ihm nicht leicht. Er sah mich irritiert an, sogar etwas verloren, aber nicht vorwurfsvoll oder gar wütend.

Miriam holte uns ins Haus, richtete schnell und geschickt etwas zu essen, beteiligte sich dabei aber auch an unserem Gespräch.

Ich erzählte ihr, daß Volker eine Weltreise plane. Sie hatte auch einige Länder gesehen, viel gelesen, etwas von mir gehört. Sie konnte mitreden. Nach dem Kaffee fuhren wir wieder zurück.

Wir warteten bis zur Autobahn mit dem Gespräch. Ich saß wie in den Sitz geschraubt. Er fuhr ruhiger als bei der Hinfahrt. Er schien nachzudenken.

Dann sagte er: »Es ist vielleicht unbegreiflich, was ich jetzt sage, auch für mich, aber das ist meine Frau, wenn sie mich auch will.« Von der nächsten Raststelle aus rief er an.

Onkel Ottos Tod

Damals wohnte Onkel Otto ganz allein auf dem Rübenberg. Er hatte sich dort ein Stück Mergelacker gekauft und eine Schafzucht angefangen. Erst zimmerte er für seine Tiere eine Bude zusammen, kampierte selbst dort auf dem Heu, ehe er später für sich einen Verschlag daran lehnte.

Tagsüber arbeitete Onkel Otto auf dem Bau, als Handlanger. Er trug immer, werktags und sonntags, seinen hellgrauen Maureranzug aus dickem Drillich, die Knöpfe bis zum Hals geschlossen, so daß er kein Hemd brauchte. Auf seinem schon früh kahlgewordenen Kopf lag immer eine platte, durchgeschwitzte und abgegriffene Sportkappe. Socken besaß er nicht. Seine Füße staken auf dem Bau und zu Hause in Holzschuhen. Während der warmen Sommermonate ging er barfuß, nur im Winter wickelte er seine Füße in Fußlappen und legte die Holzschuhe mit Stroh aus.

Onkel Otto war ein Sitzriese. Unter seinem gewaltigen Rumpf steckten zwei kurze Beine.

Er redete nur dann, wenn es unbedingt sein mußte, und dann kam er auch nie über das Notwendigste hinaus. Seine Stimmung kann man als »meistens mürrisch« bezeichnen. Wenigstens nach seinem Gesichtsausdruck.

Auf dem Bau schleppte er den Speis und die Steine zu den Maurern hoch. Den Speis in einem konischen Gestell aus Blech, auch Vogel genannt, weil die Form in etwa an einen Vogel mit angelegten Flügeln erinnerte.

Für die Steine legte er sich einen Halbkreis aus Holz auf die Schultern und um den Nacken herum. Damals gab es noch keine Aufzüge am Bau, Steine und Speis mußten für die Maurer hoch geschleppt werden. Soviel wie Onkel Otto konnte kaum ein anderer Handlanger schleppen. Er trug seine Last wie ein Roboter hoch. Ganz am Anfang hatten einige maulflinke Maurer versucht, Onkel Otto mal ein wenig zu necken. Sie taten es nie mehr wieder. Als es dem Onkel Otto zuviel wurde, stand er nur auf, sagte kein Wort, packte einen Maurer und warf ihn aus dem ersten Stock hinunter. Das sprach sich herum.

Wie er es fertiggebracht hatte, die Tante Mahle zu heiraten, Mutters Schwester, wußte keiner. Mein Vater meinte: »Der hat bestimmt kein Wort gesagt, sondern sie nur an die Hand gepackt und sie mit ins Ruhrgebiet genommen.«

Meine Eltern, der Onkel Otto und die Tante Mahle kamen alle aus Masuren und waren nach dem Ersten Weltkrieg zum Arbeiten ins Ruhrgebiet aufgebrochen, denn in Masuren gab es kaum eine Beschäftigung, die gut Geld brachte.

Bevor er Tante Mahle zu sich holte, baute Onkel Otto einen Schafstall als Wohn- und Schlafzimmer um. Später, als Kinderchen kamen, wurden sie in dem Schafstall nebenan gewiegt, und für die Schafe entstanden neue Verschläge.

Man sah der neuen Wohnung kaum noch an, daß sie einmal Schafstall gewesen war, nur der Duft der Wolltiere war nicht so leicht zu entfernen. Wenn wir dort zu Besuch waren, zog dieser Duft mit in die Emscheraue hinunter. Der Vater sagte dann immer: »Hoffentlich bläst nach dem Besuch ein frischer Wind, damit nicht jeder bei uns riecht, wo wir herkommen.«

Die Mutter nahm dann immer Partei für ihre Schwester und behauptete, wir würden gar nicht nach ihren Schafen riechen, genausowenig wie nach der Ziege, die wir im Stall hinter der Mietskaserne hielten.

Wenn wir auf Besuch waren, sagte Onkel Otto auch kein Wort, meistens hielt er sich im Schafstall auf. Der Vater versuchte mehrere Themen mit ihm, doch Onkel Otto reagierte entweder gar nicht darauf oder nickte dazu oder schüttelte seinen Kopf.

Oben auf dem Rübenberg richtete Tante Mahle einen Molkereibetrieb ein. Sie molk ihre Schafe und butterte eine scharf schmeckende, aber angeblich gesunde Schafbutter. Die fand besonders im Krieg immer wieder Abnehmer.

Als der Krieg ausbrach, wurde auf dem Rübenberg, nicht weit von Onkel Ottos Schafställen entfernt, eine Flakstellung aufgeworfen. Von dort aus hatten die Geschütze einen weiten Radius über das halbe Ruhrgebiet weg. General Göring hatte angeberisch behauptet, er würde Meier heißen, wenn es dem Feind gelänge, über deutsches Gebiet zu fliegen. Als die feindlichen Bomber dann einflogen, schoß die Flak in der Nähe von Onkel Ottos Schafstall viele Bomber ab. Oft griff man diese Flakstellung an, und die Äcker um sie herum verwandelten sich in Trichterfelder. Aber Onkel Ottos Schafhütten bekamen höchstens Splitter ab. Zwar drückte der Luftdruck sie zu seltsamen Gebilden zusammen. Doch mit ein paar Griffen seiner starken Fäuste stellte Onkel Otto sie wieder zurecht.

Als es dann mit den Bomben noch schlimmer wurde, schickte Onkel Otto die Tante Mahle samt Kindern nach Masuren und hauste wieder allein dort oben.

Während der letzten Kriegsjahre wurden Lebensmittel und Brennmaterial knapp. Das heißt, für uns gab es immer genug Kohle, weil der Vater auf der Zeche arbeitete und wir Deputate bekamen. Doch der Onkel Otto fror oben in seinem Schafstall. Dafür aber konnte er von seinem Land, auf dem er nur Rüben und Kartoffeln anbaute, reichlich und über seinen Bedarf hinaus ernten. Wir aber fingen schon an zu hungern. Besonders wir Kinder wurden kaum noch satt. Die Brotration reichte nicht, obwohl der Vater Schwerstarbeiterkarten bekam. Fett sahen wir nur noch ganz selten. Da leiteten meine Eltern und der Onkel Otto einen Tauschhandel ein. Das war aber von den Nazis streng verboten worden. Wen sie dabei erwischten, den konnten sie nicht nur einsperren, sondern sie hingen ihn manchmal sogar auf, um allen ein abschreckendes Beispiel zu geben.

Also mußte unser Tauschhandel ganz geheim vor sich gehen. Unsere Eltern flüsterten nur darüber, damit wir Kinder es nicht erfuhren und auch nicht dadurch belastet wurden.

Normalerweise machten sie es auch so, daß wir es nicht sahen. Doch einmal waren bei uns wieder einmal die Kartoffeln zu Ende und der Vater hatte Nachtschicht und konnte nicht im Schutz der Dunkelheit mit unserem Handwagen zum Rübenberg fahren. Die Mutter wollte unsere Wohnung nicht alleine lassen. Schon wegen meiner Schwester nicht. Also wurde ich in das Geheimnis eingeführt. Verwundert stellten die Eltern fest, daß ich es schon längst herausgefunden hatte. Wir warteten, bis es dunkel wurde und die Fußgänger aus unserer Kolonie fast alle in den Mietskasernen verschwunden waren. Dann schleppte der Vater aus dem Keller schnell einige Säcke Kohlen hoch, die er in den Wagen kippte. Sie halfen mir, den Wagen aus der Kolonie rauszuziehen. Der Vater und ich zogen vorn, die Mutter schob hinten mit, wenn der Weg anstieg.

Klappte alles gut, aus der Kolonie heraus und dann zum Zechenbusch hoch. Dieser Weg durch den Wald wurde im Dunkeln kaum begangen, weil er so einsam und darum gefürchtet war.

Die Mutter fragte mich immer wieder: »Hast du nicht Angst davor, so im Dunkeln, am Wald entlang?«

»Nein«, behauptete ich steif und fest, obwohl das gar nicht stimmte. Natürlich hatte ich Angst. In der Schule erzählten sie üble Geschichten vom Zechenbusch und dem Weg. Im Busch sollten sich entlaufene Kriegsgefangene und Fremdarbeiter aufhalten. Auf dem Weg, besonders am Holunderbusch in der Mitte, sollten immer wieder einsame Kumpels, die von der Zeche kamen, überfallen worden sein. In allen Einzelheiten wurden diese Überfälle ausgemalt, obwohl keiner von uns dabeigewesen war.

Die Mutter mahnte mich auch: »Komm schnell wieder zurück, Junge. Da oben ist es nicht geheuer, wegen die Bomben. Lad nur um und komm sofort wieder runter.«

Ich versprach es. War doch selbstverständlich, obwohl ich so tat, als ob ich mir alle Zeit der Welt nehmen würde.

Es war doch sehr dunkel, als wir den Zechenbusch erreichten. Dabei konnte ich noch links von uns den Hof vom Bauern Galland sehen. Oben am offenen Feldweg, über dem sich drohend der Zechenbusch gegen den Sternenhimmel wölbte, hätte ich die

Eltern doch am liebsten gebeten, mitzukommen. Aber der Vater konnte wirklich nicht, und zu Hause wartete der schlafende Schätz, meine Schwester, auf die Mutter. Schließlich lief ich doch allein weiter, mit einem kräftigen Schups vom Vater und der Mutter.

Ich hoffte, daß sie wenigstens noch warten würden, bis ich am Holunderbusch vorbei war, doch ich hatte mich nicht getraut, diese Bitte auszusprechen. Der vom Bauern Galland ausgefahrene Feldweg war zwar gefroren, doch die Räder prallten oft gegen die spitzen Kanten der Fahrrinnen, und die Deichsel in meinen Händen wurde mir dabei leicht aus der Hand geschlagen. Dadurch konnte ich nicht so schnell gehen, wie ich es gehofft hatte.

Ich sah zum Himmel hoch. Der war sternenklar. In solchen Nächten erschienen die Bomberverbände ganz besonders gern. Allerdings konnte dann auch die Flak genauer schießen. Ich horchte in die Nacht. Die elektrischen Leitungen, die nebenan zwischen den Masten hingen, sangen. Ich war schon in Versuchung, gegen die Masten zu treten, um den schönen Brummton dazu zu bekommen, wie ich es sonst immer tat, doch nun trieb mich die Angst voran.

Ich horchte, ob nicht schon irgendwo im Westen Alarm oder Voralarm geblasen wurde. Doch ich hörte nur das Rattern der Güterzüge im Norden unserer Stadt und das Singen der Haspel* von den Zechen. Die Luft war so klar, ich konnte ganz weit hören.

Dann wurde der dunkle Nachthimmel grell aufgerissen. Unsere Kokerei ließ den glühenden Koks aus den Batterien fallen. Drücken nannten wir das. Solange die Kokereien drückten, waren noch keine feindlichen Bomber in der Nähe. Es konnte aber auch sein, daß sie im Anflug waren und die Kokereien gewarnt wurden, schnell noch vorher den Koks aus den Batterien zu stoßen, um ihn vor dem Veraschen zu bewahren. Sagte mir also nichts, die Drückerei. Aber ich meinte im Flackern zu erkennen, daß da einer hinter dem Holunderstrauch auf mich wartete. Ich blieb stehen, wollte schon schreien, vielleicht waren die Eltern noch da. Aber dann ging ich doch weiter.

Mit Zögern erreichte ich den Holunderbusch, doch dann war dort glücklicherweise keiner.

* Vorrichtung zum Heben und Senken von Lasten

Weitergehen, mit der schlagenden Deichsel in den Händen. Endlich die ersten Häuser von Tante Tine. Kleine, bucklige Katen, in denen Kötter* wohnten. Sonst krosten sie in ihrem Garten herum, aber im Winter hockten sie nur hinter dem Ofen oder bei der Tante Bandilla in der Bude und sprachen über die Rente.

Ich fuhr dicht an das erste Haus heran, hörte, daß drinnen der Volksempfänger lief und der Wecker des Senders, der die Luftlagemeldungen brachte, tickte. Ich wartete, bis sich eine Stimme meldete. Verschlüsselt gab der Sprecher die Position eines anfliegenden Bomberverbandes an. Unsere Gegend war in ein Planquadrat eingeteilt worden; wir alle kannten es und hatten die Buchstaben und Zahlen von diesem Quadrat auf eine Karte übertragen. So wußten wir ganz genau, wo die feindlichen Bomber lagen und wohin sie sich bewegten.

Ich erfuhr, daß feindliche Verbände über Holland eingeflogen waren, aber oben im Norden. Es konnte sein, daß sie von dort aus nach Hannover oder gar Berlin weiterflogen, so war es meistens, aber die konnten auch plötzlich abknicken und, wie fast jede Nacht, ihre Bomben über dem Ruhrgebiet abladen. Die nervten uns. Wir hatten Angst vor den Bomben. Fast jede Nacht trieben uns die Sirenen aus dem Bett und in den Keller, und dort zitterten wir, wenn die Bombenlasten herunterheulten. Das war schon schlimm. Wir drängten uns aneinander. Leute schrien und beteten. Es war besser, wenn der Vater zu Hause war, dann fühlte ich mich sicherer. An den konnte ich mich drängen. Für die Mutter war ich schon zu groß, fand ich.

Ich rannte wieder los mit dem Wagen. Die Straße war nun asphaltiert, und die Räder rollten mit Schwung. Obwohl sie mit Eisenreifen beschlagen waren, hörte ich sie kaum. Ich konnte mich sogar vorne drauf schwingen, als es bergab ging, nahm die Deichsel zum Lenken zwischen die Beine, bis ich den steilen Knapp zum Volkspark hoch erreichte.

Ich sprang früher ab, nahm die Deichsel wieder in die Hände, rannte mit dem Wagen los, um den richtigen Anlauf für den steilen Weg zu bekommen.

Aber nur eine kurze Zeit konnte ich laufen, dann mußte ich mich wie ein Ackergaul an die Deichsel spannen und den Wagen hochzerren. Ich riß mir fast die Arme daran aus. Der Schweiß lief.

* Kleinbauern auf Nebenerwerbshöfen

Anhalten durfte ich nicht, dann bekam ich den Wagen kaum noch zum Laufen. Ich war dankbar, als ich endlich den Wald erreichte, dort flachte sich der steile Anstieg etwas ab. Aber bergauf ging es noch immer.

Ich mußte mit meinen Füßen hart gegen den Asphalt drücken, denn die Kraft in den Armen allein genügte nicht.

War auch nicht angenehm, mitten durch den stockdunklen Wald zu rollen. Als Kinder hatten uns die großen Jungen immer Angst mit dem Volkspark gemacht. Dort würde sich ein Kinderlocker herumtreiben, der uns in die Ruine des Milchhäuschens locken und uns dort aufhängen würde. Natürlich glaubte ich nicht mehr daran, als ich meine Karre durch den Volkspark zerrte, aber wohl fühlte ich mich doch nicht, als die Ruine auftauchte. Ich strengte mich noch einmal ganz besonders an, ging fast in Trab über und war froh, als ich endlich Stimmen hörte.

Zunächst war ich zusammengezuckt, dachte an entwichene Fremdarbeiter, aber dann wußte ich, daß es die Beobachter der Flak vom Volksparkturm waren. Ich hörte, wie sie gegen die Winterkälte mit ihren beschlagenen Stiefeln antrampelten. Mußte noch alles in Ordnung sein mit den Verbänden, denn sonst hätten die Männer nicht auf einmal aufgelacht.

Unter dem Turm lag der Sportplatz und daneben ein Ausflugslokal, das Kasino genannt wurde, weil Steiger und Zechenbeamte dort verkehrten. Ich konnte wieder Fahrt aufnehmen, da ich den Buckel des Rübenberges erreicht hatte; der senkte sich sogar etwas bis zu Onkel Ottos Hütten.

Allerdings war der Feldweg, zu dem die Asphaltstraße nach dem Sportplatz wurde, auch gefroren, und sofort tanzten die Räder zwischen den schroffen Fahrrinnen hin und her und rissen mir die Deichsel mehrere Male aus den Händen, bis ich langsamer weiterging.

Ich horchte noch einmal in die Nacht. Nirgendwo ein Alarm. Ich sah, daß hinter Castrop gerade das Drücken der Kokerei Schwerin verflackerte.

Nun lag schon Onkel Ottos Acker neben der Fahrspur. Ich bohrte meine Augen durch die Nacht, doch von seinen Hütten war kein Lichtschein zu entdecken. So sollte es auch sein. Die Verdunklung mußte genau durchgeführt werden, sonst setzte es hohe Strafen, oder man konnte sogar als Spion eingesperrt und verurteilt werden.

Vom Hauptweg bog der kleine Weg zu Onkel Ottos Ställen ab. Ich hörte den Ziegelsplitt, den er dort von seinem Bau aufgeschüttet hatte, unter den eisenbeschlagenen Rädern knirschen. Doch dann, vor dem Kohlenbunker, hatte er den Hof zementiert. Er mußte mich jetzt hören, ob er in den Schafställen war oder im Wohnzimmer. Ich wartete, hoffte, daß er herauskommen würde, ich wollte weg vom gefährlichen Rübenberg und traute mich kaum zu ihm allein in die Wohnung hinein. Er war uns Kindern unheimlich, weil er so wenig redete. Ich wartete am Kohlenbunker, doch er kam nicht. Noch einmal fuhr ich den Wagen durch den Splitt und um den Bunker herum, aber noch immer nichts. Da mußte ich dann doch zu der Tür hochsteigen und klopfen. Ich tat es zunächst sehr zaghaft, dann aber lauter, als er sich noch immer nicht meldete.

Endlich hörte ich ihn mit seinen Holzschuhen über den groben, geborstenen Estrich schlurfen. Zwischendurch versank der Laut in den Schaffellen, die Tante Mahle in der Küche ausgelegt hatte. Die Küche war gleichzeitig das Wohnzimmer.

Ich hörte, wie er die Lumpen von der Tür wegschob, die er gegen den eisigen Zug vor die Türritze gelegt hatte. Er zog die Tür auf, er schloß nie ab. Zu dem traute sich kein Fremder ins Haus hinein. Ich wollte ihm sagen, daß ich mit der Kohle draußen sei, doch mir verschlug es den Atem, als ich ihn sah. Den riesigen Kerl, mit der platten Mütze auf dem Kopf, den gewaltigen Pranken. Es röchelte in ihm, wie in einem Steinbruch, als er durchatmete.

Er gab mir mit einer Handbewegung zu verstehen, daß er nicht herauskommen würde, sondern daß ich hineinkommen sollte.

Ich zögerte, putzte mir dann aber doch meine Schuhe sehr gründlich ab und betrat die Küche. Er zog sehr schnell wieder die Tür hinter mir zu, wegen der Verdunklung und Kälte.

Es war heiß in dem gekalkten Zimmer, und feucht. Die Ofenplatte glühte, und von der Leine, die er quer durchs Zimmer gespannt hatte, hing einer seiner Maureranzüge, naß und tropfend. Der roch noch stark nach Baustelle und Ziegenstall.

Von der Decke baumelte nur eine kleine, nackte, funzelnde Birne, vollgeklebt mit Fliegendreck. Am Fenster stand ein roher Tisch, auf dem noch Reste von vielen Mahlzeiten zu sehen waren. Im Abwaschbecken stapelten sich ein paar Teller und Töpfe.

Onkel Otto zeigte auf einen Stuhl, darauf sollte ich mich setzen. Ich tat es. Damit hatte ich nicht gerechnet. Der hatte noch nie einen in sein Haus gebeten, das tat immer die Tante Mahle. Und wenn welche kamen, auch wir, dann verschwand er im Stall, wo ihn der Vater dann aufsuchte, um mit ihm über die Schafe zu sprechen. Wir hörten dann aber nur Vaters Stimme. Kamen Fremde, die Onkel Otto sprechen wollten, als Tante Mahle nicht da war, fertigte er sie draußen auf dem Hof ab.

Ich saß also am Tisch, wobei ich lieber schon die Kohlen ausgeladen hätte. Was wollte er von mir?

Onkel Otto hatte schon gegessen, ich sah noch einen Kanten Brot auf dem Tisch liegen und daneben frische, feuchte Krümel. Auch ein Brotmesser lag daneben, mit Schmalz beklebt und einer Griebe. Ich bekam großen Hunger, als ich das Brot sah, und daneben auch noch einen gebrannten Tontopf mit Griebenschmalz. Onkel Otto hielt einige Schweine im Stall, die er schlachtete. Keiner wußte genau, wie viele er hielt, denn er schlachtete sie ohne Metzger und Fleischbeschauer.

Einmal hörte ich, wie die Tante Mahle der Mutter klagte: »Er schlägt ihnen den Kopf ein, mit unserem Vorschlaghammer. Das kracht so furchtbar, ich kann es nicht mit anhören.«

Zwar mußte man im Krieg alle Schweine anmelden und bekam Lebensmittelkarten dafür abgezogen, wenn man sie schlachtete, doch keiner wußte genau, wo er seine Schweine versteckte. In den stinkenden Schafstall traute sich kaum einer hinein, denn der Gestank blieb in den Kleidern hängen.

Onkel Otto packte sich den Brotkanten und drückte ihn gegen die Brust. Dann nahm er das Brotmesser auf und schnitt eine dicke Schnitte ab, tauchte das Brotmesser in den Schmalztopf hob eine dicke Schicht Fett hoch, mit vielen Grieben und legte das auf das Brot. Er strich nicht das Schmalz über die Schnitte, sondern legte es dick auf, als ob es Wurst wäre.

Dann gab er mir die Schnitte.

Ich hätte fast das Danke vergessen, bekam es gerade noch heraus und biß tief in das Gebirge aus Brot und Schmalz hinein. Es schmeckte. Der Schmalz blieb überall kleben. Zwischen meinen Zähnen krachten die Grieben, und ich würgte das Brot in großen Bissen schnell herunter.

Onkel Otto sah zu. Er lächelte. Das hatte ich noch nie an ihm gesehen, er war sonst immer sehr ernst.

Ich war noch nicht mit der Stulle fertig, als Onkel Otto den Kanten aufnahm, ihn dick mit Schmalz belegte und ihn mir auch zuschob. Soviel Brot und Schmalz auf einmal hatte ich noch nie gegessen.

Die Kruste von dem Kanten war hart und krachte so wie die Grieben zwischen den Zähnen.

Ich überlegte, wie ich dem Onkel Otto so Dankeschön sagen sollte, daß er verstand, was für eine große Freude er mir bereitet hatte. Doch ich kam gar nicht dazu. Kaum hatte ich meinen Kanten gegessen, da ging er zum Schrank, bückte sich dort und hob von unten ein Glas mit eingelegten Stachelbeeren hoch. Keiner legte diese Stachelbeeren ein, wie es Tante Mahle tat. Die sahen schon von draußen so süß und wunderbar aus. Oben schwammen die leeren Hüllen der Beeren, darunter die trübe Schicht des Fruchtwassers, aber unten auf dem Boden lagen die Kerne mit dem Zuckersatz. Onkel Otto lächelte; er wußte doch, daß Kinder so etwas sehr gerne aßen. Auch dieses Glas nahm der Onkel Otto an seine Brust. Sicher fürchtete er, daß ihm das glatte Glas aus seinen groben Fäusten gleiten würde. Er versuchte das Ohr des Gummis zwischen seine breiten und verschwielten Finger zu bekommen, was ihm aber erst nach mehreren Griffen gelang. Aber dann zog er es ab, es zischte und das Glas war offen.

Onkel Otto nahm einen großen Löffel aus dem Waschbekken und einen Teller, von dem das Wasser noch tropfte. Den Teller stellte er vor mir auf den Tisch und leerte in ihn dann den Inhalt des Einmachglases. Er mischte alles durcheinander und schob mir den Teller und Löffel hin.

Tante Mahles Stachelbeeren waren immer übersüß. Sie schmeckten so richtig nach Rübenberg und grobem Zucker. Meine Mutter ging damit immer vorsichtiger um. Sie war bei einer Rechtsanwaltsfamilie in Stellung gewesen und hatte dort so was wie die feine Küche gelernt. Doch Tante Mahle kochte so, wie es dem Onkel Otto und den Kindern am besten schmeckte.

Ich löffelte das Feste aus dem Teller heraus. Als unten nur noch das Fruchtwasser schwappte, zeigte Onkel Otto an, daß er nichts dagegen hätte, wenn ich es einfach trank. Das hätten weder die Mutter noch Tante Mahle erlaubt. Ich trank also den Teller leer, leckte auch noch ein bißchen nach. Onkel Otto lächelte.

Dann ging er zur Tür. Nun wollte er umladen. Ich ging mit

ihm in die Nacht hinaus. Nach dem überheizten Raum spürte er die Kälte jetzt noch mehr.

Ich horchte sofort, aber noch immer kein Alarm. Das konnte eine Nacht ohne Bomben werden.

Onkel Otto zog den Schütt hinten aus der Karre, nahm mit einer Hand den schweren, beladenen Wagen vorne an der Deichsel hoch und kippte ihn aus. Mit einem Ruck und ohne jede Anstrengung. Er rüttelte den Wagen noch, als er halb in der Luft hing, damit auch das letzte Bröckchen Kohle und Grus* aus dem Karren fiel. Er öffnete die Eisentür des Bunkers**, griff eine kurzstielige aber breite Schaufel heraus und fing an, die Kohle in das Gelaß zu schaufeln. Er schob die Schaufel tief unter die Kohle und hob dann einen mächtigen Berg hoch, den er in den Bunker warf. Mit wenigen Schaufeln hatte er den Kohleberg abgetragen. Ich hatte mittlerweile einen Reiserbesen gefunden und fing an, den Hof von der Kohle zu reinigen. So etwas tat ich sonst nur, wenn es mir mehrfach befohlen wurde, aber für den Onkel Otto tat ich nun alles.

Dann ging Onkel Otto zum Schafstall hinüber und kam mit einem Sack Kartoffeln wieder zurück. Er hatte sich den noch nicht einmal auf die Schulter geworfen, sondern trug den Zentner, wie einen leeren Korb, unter seinem Arm.

Als er den Sack in den Wagen warf, hörte ich plötzlich ein ganz hohes Sirren in der Luft. Ich wußte sofort, woher das kam, doch ich wollte es nicht wahrhaben, denn die Sirenen hatten noch nicht einmal Voralarm geblasen.

Es war das Singen von Moskitomotoren. So hießen die schnellen Aufklärer und leichten Bomber, die den britischen Bombern vorausflogen, Verwirrung stifteten, die Luftabwehr ablenkten und Christbäume aus Leuchtraketen warfen. Zwischen diesen langsam zur Erde gleitenden Bäumen aus bunten Raketen warfen dann die Bomber ihre Lasten ab.

Es kam aber auch vor, daß diese Moskitos die Flak nur täuschten, einzelne Bomben warfen und weiterflogen. Natürlich hoffte ich das letzte, und auch, daß sie uns einfach überflogen.

Onkel Otto sah auch hoch. Bei ihm dauerte alles etwas länger. Ich sah ihn schon fragend an, als er sich noch immer vergewis-

* grober Kohlenstaub

** Brusthoher Kohlenschuppen

serte, daß es tatsächlich Flugzeuge waren. Welche, wußte er sicher nicht so genau.

Noch immer wurde kein Alarm geblasen, nirgendwo, obwohl feindliche Bomber über uns, mitten über dem Ruhrgebiet, flogen. Kaum hatte ich festgestellt, daß es tatsächlich Moskitos waren, hörte ich schon das tiefere Gebrumm eines Bomberverbandes, der von der Haard herüber anflog.

Dann geschah alles so schnell, daß es uns beide zunächst lähmte. Leichte Bomben rauschten herab. Mehrere Christbäume entfalteten sich am Himmel. Die hochfliegenden Bomber veränderten das Geräusch ihrer Motoren, stürzten auf uns zu.

Der ganze Himmel war hell und bunt erleuchtet wie zu einem Fest. Plötzlich begann auch die Flak zu schießen und alle Sirenen zu heulen. Das Ganze wirkte so komisch auf mich, daß ich schon an einen großen Sieg und Feiertag dachte. Doch dann kam das Rauschen eines gewaltigen Bombenteppichs.

Der Onkel Otto hatte keinen Keller im Haus, sondern sich nur hinten in seinem Acker ein Deckungsloch gegraben, über das er eine Schicht aus Erde und Balken gelegt hatte. Dorthin wollte ich laufen. Doch ich kam nicht weit. Bomben schlugen neben uns ein. Eine traf die Hütten, sprengte sie auseinander und warf Fetzen, Splitter und Tiere in die Luft.

Ich warf mich hin, und Onkel Otto auf mich. Er wollte mich vor den Bomben und Splittern decken. Das war doch wunderbar von ihm, empfand ich. Der war wie der Vater und die Mutter, die uns auch an sich drückten, wenn die Bomben herunterprasselten. Aber dem Onkel Otto hätte das bestimmt keiner zugetraut.

Es war schlimm um uns herum. Überall Bomben. Die Erde dröhnte, wurde aufgerissen. Dumpf schlugen Teile des Hauses auf die Erde. Bomben heulten noch immer herab. Ich dachte, mein Ende sei gekommen, doch der Onkel Otto gab mir Sicherheit, ich fühlte mich geborgen. Er hatte mich ganz wunderbar bewirtet, mit dem Brot und Schmalz, den Stachelbeeren, und jetzt riskierte er noch sein Leben für mich. Doch dann kam wieder die furchtbare Angst. Die Bomben schlugen ganz dicht um uns herum ein. Die Flugzeuge wollten mit einem Bombenteppich die Flakstellung total auslöschen. Der Luftdruck einer direkt neben uns einschlagenden Bombe riß den Onkel Otto und mich hoch. Splitter und Erdbrocken prasselten neben uns nieder. Dann drückte der Luftdruck uns wieder an die Erde. Ich versuchte, mich hineinzukrallen, mich daran festzuhalten, doch der Boden war hart gefroren.

»Mutter, Mutter« brach es aus mir heraus, ohne daß ich es kontrollieren konnte.

Dann versuchte ich zu beten: »Lieber Gott, lieber Gott . . .«, stammelte ich, doch mehr kam nicht heraus. Die Angst lähmte mich.

Es hörte nicht auf mit den Bomben. Überall schlugen sie ein. Obwohl ich die Augen zugepreßt hielt, sah ich den brennenden Himmel und die Erde. Ich versuchte mir die Ohren zuzustopfen. Aber auch durch meine Daumen drang der Lärm. Der betäubte mich.

Dann hatte ich den Eindruck, als ob die Bomben sich etwas von mir entfernen würden, aber schon wieder brüllten neue Verbände heran und warfen ihre Last ab.

Dann fühlte ich etwas Feuchtes, Klebriges mir in den Nacken dringen und oben an den Kopf. Ich wollte nicht wahrhaben, was es war. Onkel Otto bewegte sich nicht. Ich hoffte, er würde sich bewegen, als sich die Bomben ein ganz klein wenig von uns entfernten. Ich hörte das entsetzliche Schreien der verletzten und sterbenden Schafe. Die Flak schoß nicht mehr. Bomben krepierten noch immer, doch die Motorengeräusche entfernten sich. Das mußten Blindgänger sein.

Nun spürte ich auch, wie die klebrige Flüssigkeit durch meine Jacke und den Pullover drang. Ich bewegte mich ein wenig, sollte so eine Art Signal auch für den Onkel Otto sein: Jetzt ist das Schlimmste vorbei. Aber von ihm kam keine Reaktion.

Es klebte immer mehr in meinem Gesicht und durch die Kleidung hindurch im Rücken. Ich wußte, daß der Onkel Otto sich nie zu schnell bewegte. Er überhastete nichts.

»Onkel Otto?« fragte ich dann vorsichtig.

Keine Antwort. Ich traute mich, die Augen aufzumachen. Es war ganz hell draußen. Alles brannte um mich herum, das Wäldchen und die Büsche, von den Brandbomben. In der Flakstellung explodierte Munition und ließ die Erde wieder erbeben.

»Onkel Otto?« fragte ich noch einmal. Ich wußte, daß es Blut war, sein Blut, das an mir herunterfloß, doch ich wollte es mir nicht eingestehen. Ich wischte es nicht ab, ich nahm meine Hand nicht an die Augen, die auch ganz naß und klebrig beschmiert waren.

Vielleicht ist er nur ohnmächtig geworden, versuchte ich die schlimmste Befürchtung wegzuschieben.

Ich versuchte ihn anzuheben, doch das gelang mir nicht, er war zu schwer. Ich kroch dann unter ihm weg, was auch nicht ganz einfach war. Dabei sah ich auf meine Hand, sie war ganz blutig, und mein Ärmel auch, und von oben floß das Blut.

Ich richtete mich schnell wieder auf. Ich hatte gehofft, daß mein Rütteln den Onkel Otto wachgemacht hätte. Doch der lag noch genauso da wie eben. Dann sah ich die gräßlichen Wunden. Seinen zerschmetterten Kopf, den aufgerissenen Rücken. Ich mußte ihm helfen, vielleicht war er doch nur verletzt, wenn auch schwer. Er hatte mir das Leben gerettet, nun lag seins in meinen Händen.

Am liebsten wäre ich weggerannt und hätte die Mutter geholt. Aber das würde auch nicht helfen, wußte ich. Den nächsten Arzt? Das war der Knappschaftsarzt, den sie Puppendoktor nannten, weil der sowieso keinem helfen konnte, und sich meistens in einem Alkoholdusel befand.

Zur Flack um Hilfe rennen? Doch die hatten genug mit sich zu tun, und vielleicht lebte dort keiner mehr. Am liebsten wäre ich einfach weggerannt, hätte es irgendwo gemeldet, aber das konnte ich dem Onkel Otto nicht antun.

Dann fiel mir ein: Du mußt den Onkel Otto ins Krankenhaus bringen. Hinter Tine liegt das katholische, das ist das nächste. Ich beugte mich noch einmal zum Onkel Otto hinunter. Der blutete ganz furchtbar. Er tat mir so leid. Meine Tränen flossen nur so aus den Augen.

Ich drückte ihn an mich und rief: »Onkel Otto, ich bring dich ins Krankenhaus, gleich ist alles wieder gut.«

Aber wo war mein Wagen? Vielleicht war der auch zerfetzt. Doch ich fand ihn hinter dem Kohlenbunker, der nicht getroffen worden war und den direkten Luftdruck der Bombeneinschläge abgehalten hatte. Der Sack mit den Kartoffeln lag noch in meiner Karre. Ich wollte ihn schon rausschmeißen, doch dann dachte ich, daß der Sack ein gutes Kissen für den Onkel Otto abgeben konnte.

Wo einmal die Hütten gestanden hatten, gab es jetzt nur noch einen tiefen Krater. Die Trümmer waren weit über den Rübenberg verteilt, und auch die zerfetzten Schafe. Irgendwo schrie noch eins ganz furchtbar.

Ich rannte mit dem Wagen über die Trümmer und zerrte Onkel Otto auf den Wagen. Immer noch hoffte ich, daß er lebte. Aber ich untersuchte ihn nicht. Ich hatte Angst davor. Ich sah aber, daß seine Augen aufgerissen waren. Überall war Blut, auch an mir. Ich legte ihn auf den Bauch, damit ich seine Wunden nicht noch weiter aufriß.

Dann rannte ich los. Wieder hörte ich das Schaf. Es tat mir leid. Ich rannte hin. Es war auch fast zerrissen, aber es winselte noch. Ich packte es neben den Onkel Otto auf den Wagen, vielleicht konnten die vom Krankenhaus auch diesem Schäfchen helfen. Es fiel auf dem holprigen Weg herunter, aber ich lud es wieder auf, quer über Onkel Ottos Beine.

Im Volkspark hatten sie auch gehaust. Die Gaststätte war verschwunden, Bäume brannten, der Turm war halb eingefallen. Ich mußte um Bombenkrater herumfahren.

Ich lief, so schnell ich konnte. Unten hatte die Kolonie Tante Tine überhaupt nichts abbekommen. Dort war schon wieder alles wie im Frieden, keine Menschen auf den Straßen.

Auf den glatten Straßen lief der Wagen ohne jede Erschütterung. Das war gut für den Onkel Otto und das Schäfchen. Es jammerte auch nicht mehr. Ich drehte mich nicht um, ich wollte es nicht sehen. Ich erreichte das Krankenhaus, ließ den Wagen unten stehen und stürmte die Treppe hoch. Abgeschlossen. Ich schellte. Und als sich nicht sofort einer rührte, noch einmal, lauter und länger.

Dann hörte ich schlurfende Schwesternschritte über den Fliesenflur kommen, das Klappern eines Schlüsselbundes. Dann eine aus dem Schlaf gerüttelte Stimme: »Langsam, langsam.«

Durch eine Luke sah die Haube und das Gesicht einer Nonne heraus.

»Mein Onkel ist von einer Bombe getroffen worden«, stotterte ich, »und das Schaf auch.«

»Wo ist er denn?« fragte die Nonne kühl.

»Unten im Wagen«, antwortete ich.

»Bring ihn rauf«, befahl mir die Schwester. »Was soll das Schaf da? Laß es unten.«

»Ich kann den Onkel nicht tragen«, sagte ich. »Der ist zu schwer.«

Die Augen der Schwester hatten sich an die Dunkelheit gewöhnt. »Wie siehst du denn aus?« fuhr sie mich an.

»Tut mir leid«, entschuldigte ich mich.

Sie kam dann mit hinunter, aber sie nahm sich Zeit. Unten

beugte sie sich über den Onkel Otto, sah sich auch seine Augen an. Ich konnte es nicht mit ansehen. Ich blickte weg.

Dann richtete sich die Schwester wieder auf: »Katholisch?« fragte sie mich.

»Nein«, stotterte ich überrumpelt, weil ich mit dieser Frage gar nicht gerechnet hatte.

»Protestant?« fragte sie richtig böse.

»Gar nichts«, gestand ich die Wahrheit. Ich hätte lieber gelogen, den Onkel Otto, der zu keiner Kirche gehörte, katholisch gemacht, doch sie hatte mich überrumpelt, und ich hatte Angst vor ihr und vor ihrer großen Haube. Ich wußte auch nicht, was diese Nonnen in den dunklen katholischen Kirchen und Schwesternhäusern machten.

»Ein Atheist«, stellte sie fest, »ein Gottesleugner. Bring ihn nach hinten in die Leichenhalle und nimm das Schaf mit nach Hause.«

Sie stieg wieder die Treppe hoch. Doch ich wollte den Onkel Otto nicht in die fremde Leichenhalle bringen. Ich wußte nicht, was sie dort mit ihm machen würden. Ich tat so, als ob ich zu der Leichenhalle fahren würde, doch dann rannte ich los. Nach Hause, mit dem Onkel Otto und dem Schäfchen hinten auf dem Wagen.

Die Mutter wartete schon vor der Kolonie auf mich. Sie sah mich und ich sie im Feuerschein der Brände vom Rübenberg. Dort oben knallte es noch immer.

»Gott sei Dank!« rief die Mutter und kam mir entgegengerannt. Doch dann sah sie alles. Sie nahm mich in die Arme. Ich heulte. Ich erzählte ihr alles, doch sie verstand es schon, als ich kaum ein paar Sätze herausgebracht hatte.

Sie überlegte. Sie weinte um den Onkel Otto. Ihre Schwester hatte nun keinen Mann mehr und die Kinder keinen Vater. Dann sagte sie: »Wir bringen den Onkel Otto zum Krankenhaus in der Stadt.«

Das taten wir dann auch. Dort erledigte sie alles, mit zwei Schwestern, während ich unten am Wagen wartete.

Den zogen wir dann zusammen nach Hause, mit dem Schaf hinten drauf, das auch tot war.

»Mutter«, fragte ich sie, »ist dann alles vorbei, wenn man tot ist?«

»Ich hoffe nicht, Kalle«, antwortete sie.

Schwere Jahre für Heidi

Ihre Eltern hatten ihr Leben lang hart arbeiten müssen. Der Vater untertage in einem Erzbergwerk im Siegerland, die Mutter auf dem steinigen Acker, den sie gekauft hatten. Sonntags gingen sie zur Kirche, am Mittwoch und Sonntagabend in die Gemeinschaftsstunde. So wuchs Heidi auf, viertes Kind in der Familie. Schon von klein auf mußte sie mit anfassen. Sie hatte keine großen Träume für ihr Leben, sie wußte, daß sie hart arbeiten mußte. Sie fiel nicht besonders auf, war klein, rund und kernig.

Nach der Schule bekam sie eine Lehrstelle bei einem Metzger in der nahegelegenen Stadt. Zunächst hatte die Meisterin sie nicht gewollt, doch als sie sah, wie Heidi arbeiten konnte, da zeigte sie ihr ihre Dankbarkeit. Heidi lernte auch schnell, daß Freundlichkeit und Geduld mit den Kundinnen zum Geschäft gehörten. Das lernte sie genauso, wie den Acker roden und Koteletts hacken.

Sie hatte noch nicht ihre Lehre beendet, da schmiß sie eigentlich den Laden. Sie wußte, was die Kundinnen haben wollten, und wann, und gab das nach hinten in die Wurstküche. Und wehe, wenn das nicht zeitig in die Ladentruhen kam, dann konnte sie auch dem Meister sagen, was sie von ihm dachte.

Neben dem Meister und der Meisterin gab es noch einen Sohn. Um ihn machten sich die Eltern Sorgen. Der war zuviel mit Fußball und Motorrad beschäftigt. Andere Gedanken entwickelte er kaum. In der Wurstküche tat er nur mürrisch seine Arbeit und lief Mädchen hinterher, die seine Mutter nie als Schwiegertöchter anerkannt hätte. Christoph, der Sohn, war alles andere als ein junger Metzgermeister. Als der Meister schwer erkrankte und die Meisterin sich sehr um ihn kümmern mußte, leitete Heidi das Geschäft. Sie achtete auch darauf, daß es in der Wurstküche lief. Sie schrie sogar den Junior an, forderte ihn auf, daß er den anderen ein Vorbild sein und nicht seine Eltern noch schädigen sollte. Der war wütend über die Dahergelaufene und nutzte die Zeit für sich aus, als seine Eltern sich nicht mehr so intensiv um ihn kümmern konnten.

Heidi war erst im dritten Lehrjahr, doch sie kam sich vor, als ob sie schon ein Leben lang in dieser Metzgerei gearbeitet hätte. Der Meister starb. Heidi mußte sich noch mehr um das Geschäft kümmern. Besonders um die Wurstküche und dem Vieh- und Fleischeinkauf, weil die Meisterin davon nichts verstand. Heidi konnte auch einen gutmütigen Meister vom Schlachthof dazu überreden, nun zu ihnen zu kommen.

Der Sohn war durch den Tod des Vaters doch tief getroffen und versuchte, sich zu ändern und sein Leben umzustellen. Er suchte nach einem Mädchen, die ganz anders war als jene, mit denen er sich vorher vergnügt hatte. Er brauchte sich nicht lange umzudrehen, er fand sie im Laden neben seiner Mutter: Heidi. Als seine Mutter das merkte, freute sie sich sehr. Sie mußte an sich halten, um die beiden nicht sofort zusammenzubringen.

Aber dann zweifelte sie wieder. Würde die Heidi es schaffen, eine Meistersfrau zu werden, verantwortlich für ein Geschäft? Sie dachte an die kleinen Verhältnisse, aus denen Heidi kam. Ihr wäre eine Meisterstochter gelegener gekommen. Sie hatte auch schon ihre Augen auf die geworfen, die sie bei Festen der Fleischerinnung traf. Doch damals war nicht daran zu denken gewesen, diese Töchter für einen Herumtreiber zu interessieren.

Zwar fing Christoph auch an, die Metzgerei ernster zu nehmen, als der Vater gestorben war, aber er besaß kein Durchhaltevermögen, fand die Mutter. Er legte seine Meisterprüfung ab, wenn auch mit Hängen und Würgen, wie man so sagt. Es rettete ihn, daß er der Erbe einer Metzgerei sein würde.

Heidi hatte nie daran gedacht, den Sohn ihrer Chefin zu heiraten. Eigentlich war der gar nicht ihr Typ. Er kam aus einer anderen Klasse, mit der sie eigentlich nichts zu tun haben wollte. In ihrer Freizeit ging sie lieber zum Fußballplatz und sah zu, wie ihre Schulkameraden die Mannschaften aus den anderen Dörfern schlugen oder auch gegen sie verloren.

Sonst konzentrierte Heidi sich auf das Geschäft. Langsam aber sicher übernahm sie es. Die Meisterin gab ihr immer mehr Verantwortung ab. Heidi wandelte den Laden um. Sie ließ ihn renovieren, richtete einen Partyservice ein, und viele Kunden kamen, um kalte Platten für ihre Familienfeste zu bestellen.

Da sie auch mehr in der Wurstküche zu tun bekam, arbeitete sie immer wieder mit Christoph zusammen. Sie übernahm dabei die Initiative, bestellte, was sie wollte, und sorgte auch dafür, daß es nicht zu spät geliefert wurde. Sie war schon lange die Chefin im Laden, und die Lehrmädchen und der Geselle nannten sie auch so.

So war die Heirat zwischen Heidi und dem Erben der Metzgerei einfach selbstverständlich. Sie heirateten. Aber es war trotzdem für die Heidi keine Vernunftehe. Erst hatte sie zu dem Sohn des Hauses ein kühles Verhältnis, dann entwickelte sich so eine Beziehung wie zwischen Schwester und Bruder. Und als beide feststellten, daß sie es eben doch nicht waren, fingen sie an, sich zu mögen. Zunächst war es eine Arbeitsgemeinschaft gewesen, ehe ein gutes Verstehen und Mögen daraus geworden war.

Es ging dann ganz gut, mit der Ehe und dem Geschäft, zwei Kinder kamen, und dann noch eines hinterher. Christoph war ein anderer Mensch geworden. Heidi sorgte auch dafür, daß er der Mann in der Familie war und der Chef des Geschäftes. Sie wollte es so. Sie dränge sich nicht nach vorn, aber sie schubste den Christoph dahin. Er wuchs an seinen Aufgaben, und Heidi stand ihm bei. Sie baute sich immer wieder ab, trat an die zweite Stelle zurück, doch sie war es, die die Übersicht hatte und behielt. Ihre Ideen brachte sie so vor, daß Christoph dachte, sie wären ihm gekommen.

Seine Mutter bemerkte das. Zunächst hatte sie geglaubt, daß ihr Sohn eine solche Wandlung genommen habe, oder daß er schon immer so war und sie ihn zu kritisch gesehen hatte. Doch als es ihr auffiel, daß Heidi doch der Chef war, ging sie dagegen an. Sie fühlte ihren Sohn zurückgesetzt. Es entwickelte sich ein Kleinkrieg mit häßlichen Szenen, über die Heidi aber hinwegkam, indem sie vergab. Es traf sie natürlich, wenn die Schwiegermutter behauptete, sie hätte Heidi von der Straße aufgelesen, aus einer Familie, in der es noch nie einer zu etwas gebracht hätte. Heidi kam darüber hinweg. Sie arbeitete dafür, daß ihre Kinder einmal einen guten Laden übernehmen konnten.

Sie bildete sich weiter, denn sie lernte sehr bald, daß es heute gar nicht mehr so sehr auf die Produktion ankam, sondern auf die Art und Weise, wie man diese verkaufte. Entsprechend besuchte sie Kurse und Fortbildungslehrgänge und wendete das an, was sie dort lernte.

Ihr kleiner Ortsladen bekam ein elegantes Delikatessenangebot, für das sich Kunden aus dem ganzen Kreis interessierten. Sie eröffnete noch ein Geschäft, in dem sie Käse aus Frankreich und andere Spezialitäten, die nicht in einen Metzgerladen paßten, verkaufte.

Ihr Geschäft war ihr Hobby. Sie ging ganz darin auf. Aber ihre

Liebe gab sie der Familie, ihren drei Kindern, ihrem Mann. Mit ihm waren es eigentlich vier Kinder. Sie liebte ihn. Er war ein lieber Mensch, das hatte sie schnell gelernt. Sie fand, daß er viel netter in seinem Charakter war als sie, weicher und angenehmer. Sie liebte ihn so, wie er war. Und wenn sie damit einmal Schwierigkeiten hatte, befahl sie sich: »Er ist dein Mann, und so mußt du es halten.«

Sie ging auch seinen Ideen nach, die er entwickelte. Er legte sich ein Rennpferd zu und meinte, damit Geld verdienen zu können. Heidi wußte, daß es dazu kaum kommen würde, aber sie ließ ihn gewähren. Eine gute Idee aber war es, als er eine Schafszucht begann. Es machte ihm viel Spaß, und er verbrachte die meiste Zeit damit. Oft fiel es ihm schwer, die Tiere zu schlachten, so sehr gewöhnte er sich an sie. Doch Heidi schickte dann den Meister hin, den sie damals vom Schlachthof geholt hatte. Der schlachtete die Schafe, so daß Heidi das Fleisch verkaufen konnte. Die Türken vom Ort und aus der Umgebung wurden zu guten Kunden, auch für die Rindswurst, die sie herstellen ließ.

Heidi war froh, daß sie den Meister hatte, weil sie noch einen Mann brauchte, der kräftig zufassen konnte. Sie merkte, wie Christophs Kraft nachließ, obwohl er sich bemühte.

Er klagte ihr, daß er nicht schlafen könne und daß er sich dauernd Gedanken über den Tod mache. Heidi, resolut wie sie war, beruhigte ihn und meinte, ihr kämen auch manchmal solche Gedanken, doch die müsse man wegschieben. Ihr kämen auch Gedanken wegen des Geschäftes und der Zukunft der Kinder, doch man dürfe sich nicht zu lange damit aufhalten.

Sie hielt es auch für gut, daß ihr Mann sich wieder stärker der christlichen Gemeinschaft zuwenden sollte, was er auch tat.

Sie sagte ihm: »Wenn du dich schuldig fühlst, dann sage es Gott. Du weißt doch, daß Jesus uns alle unsere Sünden vergibt und daß er der Herr über Leben und Tod ist.«

So einfach war das bei der Heidi. Dann faßte sie wieder an. Das war nicht gespielt, sie wurde von ihrem Glauben getragen, stand aber gleichzeitig mit beiden Beinen auf den Fliesen ihres Metzgerladens.

Christoph schloß sich dem Gemeinschaftschor an. Er sang gerne, und es tat ihm gut. Er schloß sich auch enger an die Stunde an und seine Frau und Mutter freuten sich sehr darüber. Die Mutter hatte schon gedacht, daß Heidi ihn abgehalten hätte, und meinte, sie hätte ihren Sohn wieder auf den rechten Weg gebracht. Sie hielt die Heidi nicht für besonders fromm, weil die nie darüber redete und am Bett nur die Kindergebete mit den Kleinen betete.

Heidi hatte gedacht, daß Christophs Depressionen nur eine vorübergehende Angelegenheit seien, doch dem war nicht so. Sie peinigten ihn nun jede Nacht. Er habe Angst, zu ersticken, wachte schweißgebadet auf und konnte nicht wieder einschlafen. Er weckte Heidi, und morgens war er so erschlagen, daß er oft den frühen Termin, an dem er beim Schlachthof sein mußte, verschlief. Dann fuhr Heidi mit dem Meister. Der war ein guter Metzger, doch um die Preise feilschen konnte er nicht. Das mußte die Heidi tun.

Sie versuchte ihrem Mann gut zuzureden. Es fiel ihr schwer, weil sie sich in seine Situation nicht hineinversetzen konnte. Am Anfang dachte sie sogar, es wäre eine Einbildung von ihm, aber bald merkte sie, daß der arme Kerl mit den Mächten, die in ihm wüteten, nicht fertigwerden konnte.

Sie meinte: »Rede doch mal mit Onkel Eduard.«

Das war ein führendes Mitglied der Gemeinschaft, ein frommer Mann, der dort die Bibel auslegte und zu dem viele in die Seelsorge gingen. Es war ein ziemlich starrer Mann, der jeden anderen Verkündiger, auch den Pfarrer am Ort angriff, wenn er meinte, das Evangelium sei nicht richtig verkündigt worden. Wobei er feststellte, was richtig sei oder was nicht.

Er sah sein »Amt« auch darin, darüber zu wachen, daß alles so gepredigt wurde, wie es »im Wort« stand. Gemeint war die Bibel.

Zu diesem Mann ging Christoph mit seinem Problem. Der hörte nur kurz zu, unterbrach den Christoph schon nach wenigen Sätzen: »Christoph«, fuhr er ihn an, »denke an das sündige Leben, das du früher geführt hast. Denke über alles nach, was noch zwischen Gott und dir ist. Was dich quält, ist unvergebene Schuld.«

Und in dem ernsten Gebet, das dann folgte und Christoph bis an den Rand des Selbstmordes brachte, predigte der fromme Mann ihm Hölle und Fegefeuer, wenn er nicht alle seine Schuld vor Gott bringen würde.

Dieses Gespräch wütete noch lange in Christophs Kopf. Es ging ihm danach schlechter als vorher. Er konnte keine Nacht mehr schlafen. Er bohrte in sich herum und sah überall seine Schuld. Der Mann hatte ihn zerschmettert, ihm die Schuld an allem gegeben, und Christoph glaubte es ihm. Er traute sich damit gar nicht vor Gott. Er wollte selbst damit fertig werden, doch daran zerbrach er.

Heidi fuhr mit ihm zu einem bekannten Psychotherapeuten. Sie mußte Christoph fahren, er war dazu nicht mehr in der Lage. Er sah überall Schuld auf sich zukommen. Auch hatte er bemerkt, daß sich Lähmungserscheinungen in einem Arm einstellten.

Der Arzt war sehr teuer, doch das war für Heidi kein Problem. Er nahm sich sehr viel Zeit für Christoph. Er arbeitete nach der Freudschen Methode und suchte nach Schuldigen in Christophs frühester Kindheit.

»Nein, nein«, beruhigte er Christoph. »Sie haben überhaupt keine Schuld. Wir sollten auch gar nicht von Schuld und Sünde reden, eher von menschlichem Versagen.«

Er stocherte in Christophs Vergangenheit herum, bis er meinte, den Schuldigen oder die Schuldigen an Christophs Misere gefunden zu haben. Die Mutter hätte ihn zu protektiv, überbehütend erzogen und der Vater zu hart. Christoph meinte sich zu erinnern, daß der Vater ein Alkoholiker gewesen war. Das stimmte aber nicht. Sicher hatte der Vater nach Feierabend eine Flasche Bier getrunken, oder auch zwei. Es gab auch Abende und Feste, an denen er zuviel trank, aber ein Trinker war er nie gewesen.

Doch der Therapeut bestärkte Christoph darin, sich durch diese Schuldzuweisung frei zu machen.

Heidi war darüber nicht glücklich. Ihr gefiel beides nicht, weder die Behauptung des Bruders mit der unvergebenen Schuld noch die Schuldzuweisung an den Schwiegervater. Aber sie wußte auch nicht, wie sie Christoph helfen konnte. Sie liebte ihn in diesen schlimmen Wochen noch viel mehr als vorher. Oft mußte sie wie eine Mutter zu ihm sein. Sie nahm alles auf sich, wachte neben ihm, ging nachts mit ihm spazieren, wenn er es im Haus nicht mehr aushalten konnte, weil er meinte, darin zu ersticken. Sie ließ ihn morgens schlafen, während sie aufstand, sich hinters Steuer klemmte, ins Schlachthaus zu den rüden Viehhändlern fuhr, mit ihnen handelte, dann wieder nach Hause eilte, den Verkaufsbetrieb vorbereitete, die Kinder zur Schule schickte und zu allen Kunden, auch den Schwierigen, einen ganzen Tag lang lächelte.

Die Schwiegermutter half der Heidi im Geschäft. Dort war sie sehr gut, aber die Blicke, die Heidi von ihr zugegiftet bekam, wenn die Mutter von den Problemen ihres Sohnes erfuhr! Sie war wohl doch der Meinung, daß Heidi an allem schuld sei. Sie sei zu grob mit ihrem Sohn umgegangen, hätte zuviel von ihm erwartet. Die Schwiegermutter sagte es nicht, aber sie deutete es an.

Heidi mußte hart sein, sonst wäre alles zusammengebrochen, der Laden und die Familie. Sie hätte vielleicht alles einschränken, den Delikatessenladen aufgeben können. Doch als die Klatschbasen des Ortes sie im Geschäft fragen: »Wollen Sie alles jetzt aufgeben, und muß Ihr Mann auf Rente gehen?«, da versteifte sich die Heidi darauf: »Nein, denen werde ich nicht den Gefallen tun. Wir machen weiter.«

Christoph redete auch schon davon, daß er wohl bald ein Rentner werden würde. Doch Heidi bat ihn, mit Tränen, das nicht zu tun. Sie fuhr mit ihm überall hin. Zu erfolgreichen Ärzten, Kombinationen von Medizin und Seelsorge in christlichen Heimen. Sie besuchten auch medizinische Institute, die Depressionen sehr rational mit Apparaten und Chemie angingen.

Christoph verbrachte Monate bei Kuren und in Sanatorien. Heidi ertrug alles mit Geduld und Hoffnung.

Manchmal kamen ihr auch Zweifel: Liegt es nicht auch an ihm? Kann er sich denn nicht zusammenreißen?

Aber wenn sie sah, wie sehr er sich Mühe gab, dann schämte sie sich.

Die Nächte wurden immer schlimmer. Keine Nacht schlief Christoph durch. Schweißgebadet wachte er auf, japste nach Luft und fürchtete sich vor dem Ende.

Immer öfter sprach er auch darüber, daß er seinem Leben ein Ende setzen wollte. Er hielt es nicht mehr aus. Er hatte sich schon einen Platz dafür ausgesucht, unter einer Linde oben auf dem Berg, von wo aus man weit über das Siegerland sehen konnte.

Heidi suchte auch Hilfe für sich, doch keiner hatte Zeit dafür. Alle hatten Mitleid mit ihrem Mann, keiner dachte an sie. Manchmal ein paar mitleidige Worte, aber nur so im Vorbeigehen, das war alles. Sie betäubte sich mit der Arbeit. Es blieb ihr auch nichts anderes übrig. Sie konnte aufgeben oder hart weitermachen. Sie tat das letztere. Sie war eine robuste Frau, wäre aber viel lieber anders gewesen.

Sie arbeitete und sie aß gut, das Beste, was es in ihrem Laden gab. Sie fuhr mit dem Mann und den Kindern zum guten Essen und Spazierengehen aufs Land. Tagsüber konnte sie ihre Probleme und den Schmerz darüber mit der Arbeit betäuben, doch abends und nachts brach es über sie herein. Aber meistens war sie am Abend so müde, daß sie wie tot ins Bett fiel und sofort einschlief, bis Christoph sie gegen Morgen wieder weckte.

Tagsüber mußte sie auch die Wurstküche führen. Noch vor dem Meister und den Gesellen stand sie auf den Fliesen. Sie schimpfte und kommandierte nicht herum. Sie mischte sich nicht in den Betrieb dort ein, sie ließ den Meister gewähren, doch der wußte, daß sie die Chefin war, und kam zu ihr, wenn eine Entscheidung gefällt werden mußte. Sie sprach immer alles mit Christoph durch und ließ ihn entscheiden, nachdem sie vorher alles vorbereitet hatte.

Christoph war sehr traurig über seinen Zustand. Er wehrte sich, aber dann gab er wieder auf und weinte. Zu Heidi sagte er: »Ich hab mir das doch ganz anders vorgestellt, mein Leben. Ich wollte für euch arbeiten, für dich und die Kinder. Ich wollte, daß du dich nur um sie zu kümmern brauchtest. Ich wollte dir schöne Kleider kaufen und mit dir im Urlaub überall hinfahren, wo es schön ist. Nun sind wir zu nichts gekommen. Du mußt arbeiten und arbeiten, und ich laufe mit diesen Depressionen herum.«

»Ich arbeite doch gerne«, versuchte Heidi ihn zu trösten. »Und am wohlsten fühle ich mich zu Hause und bei dir und den Kindern.«

Immer schlimmer wurde es mit ihm. Sie versuchten alles. Noch einmal machte Christoph eine intensive Kur und ging auch in die Seelsorge zu einem verständigen Mann. Heidi betete und arbeitete. Beides so intensiv, wie sie konnte.

Keine Nacht gab es mehr Ruhe. Jede Nacht mußte Christoph das Haus verlassen, weil er es dort nicht mehr aushielt.

Er sagte zu seiner Frau: »Heidi, ich kann es nicht mehr mit ansehen, wie du dich quälen mußt. Du arbeitest für mich noch mit. Sollen wir nicht alles aufgeben, und ich gehe in Rente?«

Das wollte Heidi nicht.

Eines Nachts, während eines furchtbaren Anfalls, sagte er zu ihr: »Heidi, es ist besser, daß ich mir das Leben nehme, das ist besser für euch alle.«

Heidi weinte, bat ihn: »Versündige dich nicht. Ich tue das doch gerne für meine Familie. Ich bin eben so ein Arbeitstier. Du würdest doch das gleiche tun, wenn ich krank wäre.«

Bei einer der Untersuchungen meinten die Ärzte feststellen zu können, daß Christoph einen Schlaganfall gehabt haben müßte, bei dem einige Zellen des Gehirns beschädigt und abgestorben seien. Es traten auch Lähmungserscheinungen an einer Hand auf.

Aber Heidi versuchte ihn zu ermuntern.

Es ging auf Weihnachten zu. Sie hatte sehr viel im Geschäft zu tun. Feiern überall, wozu ihre kalten Platten sehr beliebt waren. Sie kam den Anfragen kaum nach. Auch wurde auf fast allen Weihnachtsmärkten der Umgebung ihre heiße Fleischwurst angeboten. Das war der Knüller. Das Geschäft lief also so gut wie nie zuvor.

Sie war auch froh, daß Christoph weiterhin zum Chor und in die Gemeinschaftsstunde ging. Auch sie saß jeden Sonntag in der Kirche und mittwochs in der Bibelstunde, das war selbstverständlich für sie. Dort bekam sie auch Kraft, aber oft reichte die nicht bis dorthin, wo sie die brauchte. Manchmal blieben von den Stunden nur fromme Worte zurück, losgelöst von ihrem Alltag, die zwar gut für den Kopf und die Logik waren, aber nicht für ihre Seele und ihr Gemüt.

Es fand eine Evangelisation mit einem berühmten Prediger statt.

Heidi erwartete sehr viel davon, für den Christoph und für sich. Sie betete intensiv dafür.

An einem Abend behandelte der Redner auch das Thema Depressionen. »Ausgezeichnete Exegese« sagte Heidi nicht, denn sie kannte das Wort ja nicht, aber so hätten es Fachleute ausgedrückt. Es hörte sich alles zwingend an, aber so einfach ging es dann doch nicht. Christoph wurde im Kopf erreicht, in seiner Glaubensroutine, aber tiefer nicht.

Heidi hatte sich auch etwas für sich selbst erhofft. Aber von jenen, die unter einer solchen Krankheit als Angehörige litten, sprach der Prediger nicht. Immer wieder stellte Heidi das fest: Man dachte immer nur an den direkt Betroffenen, aber nie an jene, die darunter fast genauso litten.

Christoph war kaum noch im Betrieb, auch in den hektischen Tagen vor Weihnachten nicht. Er bemühte sich zu helfen, doch dann stand er im Weg herum. Er wollte nicht aufgeben. Doch er hatte keine Kraft mehr. Immer mehr war er oben bei seinen Pferden, die er hegte und pflegte.

Wenn es ihm nur hilft! hoffte Heidi.

Kurz vor Weihnachten, nur noch drei Tage bis zum Fest, auf dessen Ruhe sich Heidi schon freute. Zwischendurch hatte sie auch noch schnell alle Geschenke eingekauft. Sie war dankbar dafür, wie gut das Geschäft lief. Sie hoffte, daß sich Christoph durch die Gedanken auf das Fest auch etwas entspannen könnte. Aber bis es soweit war, mußte sie noch schwer und lange arbeiten.

So auch an jenem Morgen. Christoph war mit dem Wagen zu seinen Pferden gefahren, als Heidi vom Schlachthof zurückkam. Bei den Pferden konnte er sich besser entspannen als im Haus.

Als er zum Mittagessen nicht nach Hause kam, schickte sie ihren ältesten Sohn hoch: »Sag mal dem Papa, es ist Zeit zum Essen. Sicher hatte er seine Uhr nicht mitgenommen.«

Der Junge fuhr mit seinem Rad hoch. Er sah den Wagen des Vaters schon von weitem unter der Linde stehen.

Dann auch den Vater. Er lag blutend hinter dem Steuer, hatte sich mit einem Schlachtdorn in die Schläfe geschossen ... drei Tage vor dem Fest.

Heidi ... sie arbeitet und arbeitet sich durch die Tage. Ist für die Kinder da. Fällt am Abend wie tot ins Bett. Doch an den langen Sonntagen, wenn die Kinder ihre eigenen Wege gehen, weint sie all ihr Elend heraus.

Die Nachtigallen im Stielmuspark

Als ich noch auf Zeche war*, wie man bei uns sagte, arbeitete ich zunächst vor Kohle**, doch später wurde ich als »Spezialräuber« eingesetzt. Mit dem Alfred, einem Masuren ohne Nerven, allerdings auch ohne Fantasie, mußten wir die Stempel unter dem Gestein wegziehen. Das war eine gefährliche Arbeit.

Diese Stempel, Eisenpfähle, hielten meistens einen sogenann-

* in der Zeche gearbeitet habe
** als Kohlenhauer beim Kohleabbau

ten Sargdeckel gerade noch so fest. Sargdeckel, das waren größere Felsstücke, die sich schon aus dem Gebirge gelöst hatten und die die andern Kumpels wegen der Gefahr stehengelassen hatten. Wenn wir den Stempel wegzogen, zerschmetterten sie alles, was unter ihren Fall geriet.

An jedem Stempel befand sich eine Kette, mit der wir den Stempel schnell noch wegzerren konnten, wenn das Gestein herunterkrachte. Das wurde von uns erwartet, denn jeder Stempel war teuer, und man zog uns die nicht geborgenen vom Lohn ab.

Alfred war der beste Räuber der Zeche. Keinen Stempel ließ er stehen, und es war ihm auch noch nichts passiert, obwohl es eine Reihe von Räubern gab, die dabei schwer verletzt oder umgekommen waren.

Ein Blechtrog stand immer bereit, wenn wir raubten, um uns schnell nach oben zu schaffen, wenn uns etwas passierte. Denn der Pütt* wurde hart bestraft, wenn einer von uns untertage oder auf dem Wege zum Krankenhaus nach einem Unfall starb.

Den Alfred aus Masuren störte das alles nicht. Der nahm das Leben so, wie es kam, allerdings schwermütig. Sprach man ihn an, war alles Mist. Jede Sonne war ihm zu heiß, und der Regen brachte auch nichts. Kam er von der Arbeit, schlief er sich zunächst einmal gründlich aus, aß zwei Portionen in der Kantine des Bergarbeiterheims, wo er wohnte, trank ein paar Bier, und ging dann wieder zum Pütt.

Nur sehr selten betrank er sich, dann aber richtig. Wenn er sich von sich und seiner Schwermut gelöst hatte, sang er immer sein Lieblingslied, ein schwermütiges Volkslied aus Masuren: »Es dunkelt schon in der Heide, nach Hause laßt uns gehn...«

Aber das kam, wie gesagt, sehr selten vor.

Es war sehr schwierig, den Alfred aus seiner täglichen und nächtlichen Routine herauszubewegen. Aber einmal gelang es mir doch, ihn mit nach Italien zu nehmen.

Ich fuhr ihn direkt an den Lago Maggiore heran, so daß er den See vor sich sah, die Borromäischen Inseln; die Alpen thronten mit dem Monte Rosa im goldenen Abendsonnenschein darüber.

»Na?« fragte ich ihn. »Ist das nichts?«

Alfred antwortete: »Wenn du die Berge wegnimmst, dann sieht datt hier auch nicht anders aus als am Halterner Stausee.«

* die Zeche

Meistens stand der Alfred so in seinem Leben herum, als ob ihm gerade der Bus weggefahren sei.

Mit dem Alfred war ich also in jener Nacht eingefahren. Wir hatten eine krumme Schicht*, kamen erst nach Mitternacht hoch. Als wir am Nachmittag in den Korb stiegen, regnete es draußen, und es war kalt. Ein Sauwetter zum Grippe kriegen nach einem Winter, der zwar nicht kalt gewesen war, aber nicht aufhören wollte.

Alfred war so sauer und mißmutig, wie er nur sein konnte. Kein Wort fiel, jeder, der ihm begegnete, war sein Feind. Mich beachtete er überhaupt nicht. Er war erkältet. Die Nase lief ihm.

Doch mit den schwierigen Stempeln, die man uns stehen gelassen hatte, paßte er auf. Es war sehr anstrengend. Einige hatten sich ganz übel verklemmt, besonders jene, die an den Rändern standen.

Weil er so mißmutig war, butterte er auch nicht. Er ließ seine Stullen liegen und vertrocknen.

Endlich war es Zeit, daß wir ausfahren konnten. Im Korb zog es auch noch erbärmlich. Alfred nieste von der siebten Sohle bis zum Schacht hoch. Wir hasteten schnell zur Waschkaue, achteten gar nicht darauf, wie das Wetter war.

Natürlich lief das Wasser noch nicht, der Kauwärter** war auf seinem Stuhl eingeschlafen.

»Wasser!« schrie ich, als wir den großen Duschraum erreichten. Da ließ er es rauschen. Erst zu kalt, dann zu heiß. Das dauerte, ehe wir uns darunter stellen konnten.

Tat gut. Ich genoß es immer, unter dem heißen Wasser zu stehen. Ich rieb mich dick mit Seifenschaum ein, Alfred tat es langsamer, aber gründlicher.

Wenn viele Kumpels in der Kaue waren und sich den Rücken waschen wollten, rief einer: »Buckeln!« und wir alle stellten uns so in einem Kreis auf, daß jeder seinem Vordermann den Rücken mit Seife einreiben konnte.

Aber zu zweit ging es nicht. Ich wusch also zunächst dem Alfred den Buckel und dann er meinen.

Wieder zurück in die Umkleidehalle. Wir hatten unsere Ha-

* Die normalen Schichten fingen um 6 Uhr, 14 Uhr und 20 Uhr an; die »krummen Schichten« wurden dazwischengeschoben.

** der Duschwärter, der zentral das Wasser andrehen mußte

ken mit der Kleidung schon heruntergezogen, kleideten uns an, hingen unsere Zechenklamotten an den Haken, zogen ihn zur Decke hoch und riegelten ihn mit unseren Schlössern ab. Von der Decke baumelten Hunderte von Püttklamotten: Jacken, Hosen, Schuhe, und was sonst noch alles zu einem Bergmann gehört.

Ich war müde, konnte kaum meine Augen aufhalten. Es war eine schwere Arbeit gewesen, und dann hatte mich das heiße Duschen auch noch eingelullt. Ich fror von der Kälte und der Müdigkeit. Versuchte mich in meine Jacke zu kuscheln, stopfte die Fäuste so tief in die Taschen, wie es ging.

Traurig sah so ein Pütt in der Nacht aus. Nur wenige Lampen flimmerten im langen Gang an der Waschkaue entlang. Überall Kohlenstaub, die Farbe des Estrichs war schon durchgelaufen und schwarz getreten. Die Stufen der steilen Treppe waren so glatt, daß man aufpassen mußte.

Dann die große, zugige Lohnhalle, mit den geschlossenen Klappen und Türen der Steigerzimmer*.

Wir warfen unsere Nummernbleche auf das Holz vor dem Schalter. Ein müder Halbinvalide erhob sich von seiner zerlesenen Bildzeitung und stapfte mit seinem Holzbein an den Schalter heran.

»... auf!« grüßte ich ihn. Sollte eigentlich »Glück auf« heißen. Der Alfred knurrte nur. Aber verkneifen konnte sich keiner diesen wichtigen Gruß auf der Zeche.

Draußen erwartete ich Kälte und Regen. Wir hatten noch einen weiten Weg vor uns. Der Alfred mußte noch weiter als ich, durch die ganze Kolonie hindurch, bis zum Wohnheim.

Auf dem Zechenplatz glänzte das Pflaster zwar noch von der Nässe, aber es regnete nicht mehr. Auch war es gar nicht kalt. Ein milder, leichter Wind streichelte mein glattes Gesicht und die noch feuchten Haare wie ein Föhn. Erstaunt sah ich hoch. Sterne am Himmel, nur noch einzelne Wolkenfetzen verdeckten sie kaum länger als eine Sekunde. Zwar jaulte gerade ein Haspel auf, aber das klang fast so wie Vogelgesang. Auch die Rangierlok, die einen leeren Waggon über Weichen bugsierte, puffte wie eine Kindereisenbahn. Unter dem schwankenden Licht der Platzlaterne sah ich, daß das Gras zwischen den Pflastersteinen

* Arbeitszimmer der Zechen-Ingenieure

Farbe bekommen hatte. Und sogar die struppigen Birken auf den Bombentrümmern gegenüber zeigten auf einmal Blätter.

Ich schob meinen Kopf höher aus der Jacke heraus und vom Nacken weg.

Der Alfred sah und roch das alles nicht. Der hielt sich so in seiner Jacke verstopft, als ob draußen noch immer ein kalter Winter wäre und ein Schneesturm wütete.

Wir waren allein in dem großen Zechenhof, marschierten auf das Tor zu, ich fröhlicher werdend, doch der Alfred mürrisch neben mir. In dieser Woche stand der Krim* Leo Wache am Tor, den keiner leiden konnte. Das war ein übler Bursche, der fast jeden Kumpel filzte, wenn der ziemlich allein aus dem Tor herauswollte. Leo erstattete sogar Anzeige, wenn einer der Kumpels sich ein paar Nägel in die Tasche gesteckt hatte.

Der war schlimmer als der alte Krupp, von dem man erzählte, daß er morgens mit seiner Kutsche zum Pütt gefahren kam und auf seiner Taschenuhr kontrollierte, ob auch alle Kumpels pünktlich zur Arbeit kamen. Auch regte er sich furchtbar auf, wenn er mal rostige Nägel auf dem Pflaster fand. Dann stieg er aus und fing an, diese zu sammeln und dabei murmeln: »Das ist mein Geld, das hier herumliegt. Jeden Nagel mußte ich teuer kaufen.« Später warfen dann die Kumpels alte Nägel und verrostete Bolzen hin und grinsten, wenn sie dem Stahl- und Kohlenbaron beim Sammeln zusahen.

Dieser Leo war noch schlimmer. Der wurde auch nicht mehr Leo genannt, sondern der Mutterklötzchenmörder. Und das kam so: Als es auf dem Pütt statt der Eisenstempel noch Holzstempel gab, sägten sich die Kumpels diese Stämme so zurecht, daß sie zum Abstützen genau unter das Gebirge paßten.

Der Klotz, den man überbehielt, wurde dann mit der scharfen Axt, die auch zum Gezäh** eines Hauers gehörte, zu dünnen Stöckchen geschlagen. Mit denen konnte die Mutter zu Hause das Kohlenfeuer anmachen.

Daher nannte man die Klötzchen auch Mutterklötzchen. Es gab natürlich auch Kumpels, die nicht das übriggebliebene Klötzchen mitnahmen, sondern extra den besten Stempel an-

* Zechenwärter

** Werkzeug

schnitten und ihn dann einfach liegen ließen, wenn er nicht mehr für seinen eigentlichen Zweck paßte.

Das so geschlagene Klötzchen wurde wieder mit Schießdraht*, auch vom Herrn Krupp, zusammengebunden und im blaugewürfelten Handtuch durch das Tor nach Hause getragen. Die meisten Torwärter übersahen das, aber nicht der Mutterklötzchenmörder. Der holte jeden Kumpel heraus und zeigte den an, den er zweimal damit erwischte. Darum redete auch keiner mehr mit ihm.

Mit dem Mutterklötzchenmörder wurden wir Kinder zur Ruhe gebracht. »Warte, ich rufe den Mutterklötzchenmörder!« drohte meine Mutter, wenn ich abends nicht ins Bett wollte. Dann kroch ich schnell hinein.

Wir hatten keine Mutterklötzchen, der Alfred und ich, doch man näherte sich dem Tor immer mit großem Unbehagen. Schon das Angehaltenwerden war keine angenehme Sache, dann glotzten immer die anderen Kumpels so oder grinsten schadenfroh. Nachts war zwar keiner von ihnen zugegen, doch der Leo konnte uns unnötig aufhalten, wenn er in unsere Jackentaschen sehen wollte. Aber der stand gar nicht im Tor, wie er es sonst immer tat. Erstaunt sah sogar der Alfred hoch. Ich entdeckte den Mutterklötzchenmörder drüben auf der anderen Straßenseite. Er sah über den Holz- und Rangierplatz auf die dürren Kronen des Stielmusparkes, doch auch die waren grün geworden, konnte ich im Schein der Bogenlampen feststellen. Ich konnte mich nicht erinnern, daß ich sie schon einmal so grün und frisch gesehen hatte. Leicht spielte der Wind mit ihnen und wischte ihnen die Tropfen ab, die noch vom Regen auf ihnen glänzten. Alles war so frisch und rein, als ob es hier bei uns keine Zechen und Kokereien geben würde.

Erst dachte ich, der Mutterklötzchenmörder würde drüben nach einem Dieb auf dem Holzplatz suchen, doch dann winkte er uns plötzlich. Ich wollte schon weitergehen. Wir standen nicht mehr auf dem Zechengelände, er konnte uns nichts mehr anhaben. Ich wollte dem Leo nicht helfen, eventuell einen zu fangen, der zu Hause fror und sich hier ein wenig Holz besorgte. Aber dann sah ich, daß sein Winken gar nicht fordernd, sondern einladend war. Und dabei lächelte er sogar, kaum zu glauben. Als

* Zündschnur

ich meine nägelbeschlagenen Schuhe auf dem Pflaster klirren ließ, legte er einen Finger an die Lippen und bat mich, doch heranzuschleichen.

Alfred hatte gerade einen aus seiner siebten Sohle hochgezogen, aber er traute sich nicht mehr, den auszuspucken. Wir gingen zu dem Mutterklötzchenmörder hinüber. Seine Visage paßte genau zu ihm. Schnapsrot. Seine Nase zernarbt wie der Mond. Düstere Augen, die sich auch zu scheinheiligen und kriecherischen Blicken zusammenziehen konnten, wenn sich ein »Zechenbeamter« näherte.

Doch nun versuchte er uns sogar anzulächeln. Das fiel ihm zwar schwer, weil er ganz aus der Übung geraten war, doch ich verstand ihn. Der Alfred war noch immer überrascht und konnte gar nicht fassen, daß das der Mutterklötzchenmörder war.

»Pst!« flüsterte er und legte noch einmal einen Finger an die Lippen. Dann zeigte er auf die Bäume des Stielmusparkes hinter dem Holzplatz.

»Nachtigall«, flüsterte er.

Wir horchten.

Und dann schlug eine an. Einsam, sehnsuchtsvoll. Wir lauschten. Und dann antwortete eine, vorsichtig, zögernd.

Das Gesicht des Mutterklötzchenmörders leuchtete auf.

Und wieder schlugen sie an.

Wir standen da und lauschten, wie die beiden Vögel sich in der Nacht suchten.

Doch dann verstummten sie. Wir warteten, aber sie kamen nicht mehr wieder.

»Nachtigallen«, sagte der Leo ganz sanft, fast ohne Ton und mit Tränen in den Augen.

Otteks Auftrag

Der Otto, wie der Ottek richtig hieß, kam aus einer anderen Kolonie unserer Stadt. Sein Vater war auch Kumpel, genauso wie meiner. Doch der starb schon sehr früh an dieser furchtbaren Steinstaublunge. Seine Mutter hatte es sehr schwer, ihre vier Kinder durchzubringen.

Ottek war schon als Junge ein wilder Draufgänger. Von ihm sagten die Tanten in der Kolonie: »Der wird noch mal im Kittchen landen.« Immer war er der Anführer. Größere Jungen ließen sich sogar von ihm als Pferde einspannen, wenn wir Pferd und Wagen spielten. Mit den Stricken, die unsere Schwestern durch eine leere Garnrolle zogen, war es schön bunt.

Beim Fußballspielen drängte sich der Ottek immer als Mittelstürmer nach vorn. Der riskierte alles und riß sich oft genug in der Schlackenasche der Steinhalde die Knie auf. Machte dem aber nichts aus.

Alle dachten schon, der würde während der Schulzeit ganz hinten in den Bänken sitzen, doch genau das Gegenteil fand statt, Ottek war immer der Beste der Klasse. Ihm fiel alles zu. Darum holten ihn auch die Nazis auf eine ihrer Eliteschulen, obwohl sich Otteks Mutter dagegen sträubte.

Ottek wußte schon sehr früh, was er werden wollte. Wenn man ihn danach fragte, antwortete er, ohne zu zögern: »Jagdflieger und Ritterkreuzträger.« Nur wer ihn nicht kannte, lachte darüber. Seine Kumpels und auch die Lehrer wußten, daß er es bestimmt schaffen würde.

Ottek kam auf eine Hitlerschule mit Internat. Dort wurden die sogenannten Jungmannen auf eine Führungsrolle im Krieg, der damals noch tobte, vorbereitet. Jeder durfte sich eine Waffengattung aussuchen, obwohl man hoffte, daß sich die meisten für die Waffen-SS entscheiden würden.

Aber der Ottek wollte ja Jagdflieger werden, und darum fing er mit dem Segelfliegen an. Seinem Lehrer bekannte er: »Wenn es eine fliegende Waffen-SS geben würde, würde ich mich dafür melden.« Aber die gab es noch nicht.

Der Ottek hatte Eile, mit seiner Segelfliegerausbildung fertig zu werden, denn er fürchtete, daß der Krieg schon zu Ende war, ehe er eingesetzt werden konnte. Das war zu jener Zeit, als Deutschland noch mit Blitzkriegen an allen Fronten siegte.

Doch das änderte sich schnell, wie wir alle wissen. Bald ging es überall zurück. Aber der Ottek glaubte noch immer an den Endsieg und an des Führers Wunderwaffen.

Als er mit seiner Segelfliegerausbildung fertig war, meldete er sich freiwillig zur Luftwaffe, obwohl er gerade erst sechzehn Jahre alt geworden war. Doch es wurde ihm bedeutet, daß es für Jagdflieger keine Ausbildungsmöglichkeiten mehr gab. Der

Treibstoff war den Jägern ausgegangen, und der deutsche Himmel wurde von feindlichen Bombenverbänden und ihrem Jagdschutz beherrscht.

Aber eine Chance würde es noch geben, in den Einsatz zu kommen, erfuhr der Ottek. Für Sondereinsätze wurden Lastenseglerpiloten gesucht. Otto meldete sich sofort für einen Kurs.

Er war noch nicht ganz damit fertig, als für einen speziellen Auftrag bei Berlin ein besonders draufgängerischer und geschickter Pilot gesucht wurde. Der Ottek meldete sich sofort, und seine Fluglehrer bescheinigten ihm, daß sie sich keinen besseren als ihn vorstellen könnten. Aber sie deuteten ihm auch privat an, daß sie sich nicht für so ein Himmelfahrtskommando melden würden.

Der Ottek fuhr nach Berlin. Das war damals nicht ganz einfach, um es einmal milde auszudrücken. Die Amerikaner hatten schon den Rhein überschritten und waren dabei, das Ruhrgebiet einzukreisen. Die Russen standen an der Oder und hatten im Oderbruch über den Fluß weg einen Brückenkopf gebildet, aus dem heraus sie wohl ihre letzte, tödliche Offensive gegen Berlin und Deutschland ansetzen wollten.

Otteks Auftrag sollte es sein, die Brücke, die von der Roten Armee über den Strom geschlagen worden war, mit einem Lastensegler voller Dynamit zu sprengen. Ottek war bereit, das zu tun, obwohl die Chancen, daß er noch aus dem Segler herauskam, sehr gering waren.

Erstens einmal reizte den Ottek alles, was etwas Besonderes war, und dann glaubte er noch an seinen Führer. Er war bereit, für ihn zu sterben und zu kämpfen, so wie es die Nibelungen am Hofe des Königs Etzel taten und in den Trümmern der Burg umkamen.

Auf einem Flugplatz bei Berlin meldete sich der Ottek. Mit einem starkbelasteten Lastensegler machte er Probeflüge, die gut gelangen. Otteks Auftrag war es, einen mit Dynamit beladenen Segler mitten auf die schmale Brücke zu setzen, die Ladung zu zünden und dann in die Oder zu springen, sich vom Fluß treiben zu lassen, bis er nach dem Brückenkopf wieder die deutsche Front erreichte.

Man erzählte ihm, daß das gar kein Problem sei, falls er gut schwimmen konnte. Das konnte der Ottek natürlich. Das hatte er im Kanal, obwohl das Schwimmen dort verboten war, gelernt.

Nach wenigen Probeflügen waren alle Beobachter der Meinung, daß der Ottek seinen Auftrag ausführen konnte. Wenn der nicht, dann keiner. Er war auch noch jung genug, um sich keine unnützen und selbstquälerischen Gedanken zu machen.

Der Lastensegler wurde mit Dynamit vollgepackt und die Zündungen gelegt. Dann wurde dem Ottek in einer feierlichen Zeremonie das Ritterkreuz im voraus um den Hals gebunden. Mit der Begründung, daß diese riskante Tat den Beginn der zu erwartenden russischen Offensive solange bremsen konnte, bis des Führers Wunderwaffen, V 3 und 4, zum Einsatz kommen konnten.

Der Ottek war der erste Hitlerjunge, der so jung diese hohe Auszeichnung verliehen bekam. Er war sehr stolz darauf. Ein Ziel von seinen beiden hatte er erreicht, er war schon Ritterkreuzträger geworden, Pilot war er auch, wenn auch nicht am Knüppel eines Jagdflugzeugs. Doch in dieser Situation war ein Lastensegler auch etwas Riskantes; den konnte nicht jeder segeln und vor allem landen.

Wegen der geplanten anschließenden Flucht mußte sich der Ottek bis auf die Badehose entkleiden. So kletterte er dann in sein Flugzeug, nackt bis auf die Badehose, aber mit dem Ritterkreuz um den Hals. Man hüllte ihn in Decken ein, aus denen er sich aber schnell befreien konnte. Dann wurde er angeschnallt.

Alle Soldaten hielten einen weiten Abstand von der Dynamitmaschine, denn wenn die Last beim Start in die Luft flog, nahm sie den halben Flugplatz samt Personal mit. Und bei der groben Grasnarbe, über die der Lastensegler poltern mußte, wußte keiner, ob sich da nicht die Zündung auslöste.

Eine Ju 88, also ein Bomber, stand bereit, um den Ottek und seinen schwerbeladenen Segler in die Luft zu zerren. Ein Seil wurde zwischen den beiden gespannt und befestigt. Zwei Soldaten mußten die Tragfläche, welche die Neigung hatte, sich auf einer Seite auf den Boden zu stützen, beim Start festhalten. Sie mußten auch noch ein paar Schritte mitlaufen, bis der Lastensegler genügend Fahrt hatte und der Ottek die Flächen mit dem Knüppel selbst halten konnte. Den Soldaten gefiel das riskante Unternehmen gar nicht. Der Ottek wußte, daß sie die Fläche viel zu früh loslassen würden, obwohl sie dafür erschossen werden konnten. Er hatte ein frühes Halten mit dem Knüppel trainiert, denn er wollte nicht schon beim Start in die Luft fliegen.

Dann war das Seil gespannt. Der Offizier gab mit einer roten Fahne das Startkommando. Die Motoren des Bombers brüllten auf. Ottek war bereit, der Bomber zog an, und Ottek hätte bei dem Ruck, mit dem sein Segler plötzlich vorgezerrt wurde, fast den Knüppel aus der Hand verloren und damit die Gewalt über den Segler. Doch im letzten Moment konnte er die Fläche noch abfangen, die ein Soldat schon losgelassen hatte.

Er rumpelte hart über die grobe Startfläche des Platzes. Obwohl er sich ganz auf den Start konzentrieren mußte, sah er, wie sich alle Soldaten auf den Boden geworfen hatten. Die warteten darauf, daß seine Kiste explodierte. Da mußte der Ottek sogar grinsen.

Mit einem Ruck hing er dann in der Luft, nur knapp über dem Boden, so daß er noch durchsacken und schwer aufschlagen konnte – und das noch am Seil des Bombers. Aber dann flog er und wurde mächtig hochgezogen. Sie mußten schnell Höhe gewinnen, ehe sie in den Bereich der russischen Flugabwehr gerieten.

Von oben sah alles nach Frieden aus. Ein milder Frühlingsabend mit langsam untergehender Sonne. Schäfchenwolken am Himmel. Unten grünte schon alles. Nirgendwo eine Bewegung. Nur im Hintergrund böse Abschuß- und Einschlagwolken. Doch lange konnte der Ottek diesen milden Lenzabend nicht genießen, bald sah er schon die Oder und dann seine Brücke. Er stellte sofort fest, wie wichtig sie war. Auf der Ostseite drängte und staute sich der Verkehr aus Panzern, Lastwagen und Marschkolonnen, die alle über den Fluß und den Brückenkopf wollten. Auf der deutschen Seite aber keine Bewegung, als ob es dort gar keine Soldaten mehr geben würde.

Der Ottek dachte darüber nach, was ein Offizier, der für den politischen Unterricht und die Propaganda verantwortlich war, erzählt hatte: »Die Amerikaner sind bereit, sofort mit uns gegen die Russen zu kämpfen, sobald sie Berlin erreicht haben. Dann setzt der Führer seine Wunderwaffen ein, und der Krieg ist gewonnen. Es ist sehr wichtig, daß wir die Russen daran hindern, nach Berlin zu kommen. Darum ist Ihr Einsatz kriegsentscheidend.«

Der Ottek konnte das nicht ganz glauben, aber er hoffte, daß es doch so kommen würde. Dann war er ein großer Held.

Jetzt sah der Ottek auch, daß die deutschen Jagdflieger ein

Ablenkungsmanöver für ihn starteten, wie es geplant war. Sie griffen Truppenansammlungen auf der entgegengesetzten Seite der Brücke an, beschossen russische Truppen und Panzerkonzentrationen. Auch die Luftabwehr der Brücke beteiligte sich an dem Geschieße gegen die Deutschen. In jener Zeit kamen deutsche Flieger nur noch selten zum Einsatz. Darum wurde Otteks Anflug auch gar nicht beachtet.

Sie holten weit über russischem Gebiet aus, so daß die Truppen unten auch verwirrt wurden und dachten, der komische Zug über ihnen, der Bomber mit dem Segelflugzeug hinten dran, sei eine Erfindung der Roten Armee. Der Bomber brachte Ottek genau in Anflugrichtung, Ottek klinkte aus und stürzte auf die Brücke zu. Die russische Flak war noch immer mit den deutschen Jägern beschäftigt, von denen einer brennend vom Himmel fiel. Ottek schlich sich mit seinem Segler tief heran. Dicht über die Köpfe der Soldaten hinweg. Er sah ihre Gesichter die ungläubig zu ihm hochstarrten. Der Gestank der Abgase von den Fahrzeugen drang bis zu ihm in die Kabine hinein.

Ottek legte einen kurzen Slip ein, stellte den Vogel kurz quer, damit er Höhe verlor, weil er meinte, zu hoch angeflogen zu sein.

Die Brücke war leer, sie war wegen des Angriffs der Jagdflugzeuge geräumt worden. Die Wölkchen der explodierenden Granaten aus den Flugabwehrstellungen heraus standen hoch über ihm. Auf ihn schoß keiner. Das war seine Rettung, denn sonst wäre er in der Luft zerrissen worden.

Die Überraschung war vollkommen gelungen. Vor ihm lag die Brücke, leergefegt wie zu einer Paradelandung. Der Ottek hob den schweren Vogel noch einmal an. Der ächzte und bäumte sich dagegen auf, hing dann so richtig durch und mit der Schnauze nach oben, als Ottek ihn auf die Fahrbahn setzte.

Was dann geschah, ging in Bruchteilen von Sekunden vor sich. Ottek riß die Gurte auf, zog den Kopf gleichzeitig ein, sprengte das Kabinendach weg, ließ die Decken fallen, war mit einem Satz auf der Brücke und mit dem nächsten auf dem Flug ins Wasser.

Fast elegant schoß er ein und wurde schon durch den Fluß gedeckt, als die Ladung hinter und über ihm in die Luft flog und die Brücke zerriß. Der Ottek spürte den Druck bis in die Tiefe und hörte das Prasseln der Brückenteile, die auf das Wasser klatschten.

Er blieb solange unter Wasser, wie er konnte. Der Fluß nahm

ihn mit, aber nicht so schnell, wie er es sich vorgestellt hatte. Ottek half mit Arm- und Beinbewegungen nach.

Dann mußte er auftauchen, um Luft zu schnappen. Über ihm dröhnte und rauschte es noch immer. Aber schon fegten Schüsse und ratterten Maschinengewehre über das Wasser. Noch weit weg von ihm, doch sie wußten wohl, wohin der Pilot floh.

Der Ottek tauchte wieder, zog ruhig und sicher Arme und Beine durch, damit man oben keine Kräuseln entdecken konnte. Er meinte, jetzt schon die deutschen Stellungen erreicht zu haben. Er hoffte es. Er mußte wieder hoch, nur ganz kurz, doch dabei entdeckten sie ihn, ohne daß Ottek es merkte. Mehrere Sturmboote rasten auf ihn zu. Und als Ottek wieder auftauchen mußte, waren sie um ihn. Ehe er wieder wegtauchen konnte – er war ganz außer Atem –, schlug ihm ein Soldat mit seinem Gewehrkolben auf den Kopf, und ein anderer zerrte den Ottek aus dem Wasser heraus. Doch das bemerkte der Ottek nicht mehr, er war ohnmächtig geworden. Er kam erst wieder zu sich, als er am Ufer lag. Als er die Augen öffnete, standen Soldaten um ihn herum.

Der Ottek schüttelte den Kopf. Er merkte sofort, daß sie ihm das Ritterkreuz abgerissen hatten.

Ein Offizier beugte sich zu ihm herunter und fragte, was der Ottek in dieser Situation nie erwartet hätte, nämlich: »Wo ist Hitler?«

Natürlich wußte Ottek es nicht.

Noch einmal fragten sie ihn, und Soldaten drohten, ihn zu erschießen, wenn er nicht die Wahrheit sagte.

Kein Wort fiel über die Brücke.

»Wo ist Hitler?« schrie ihn einer an.

Wieder Tritte, Stöße und Drohungen mit den Waffen.

Dann sagte der Ottek einfach, obwohl er gar nicht wußte, ob das stimmte: »In der Reichskanzlei.«

Das rettete ihn. Sofort zog sich der Offizier zurück und befahl den Soldaten etwas. Dann rannte er zu einem Auto und raste damit davon. Der Ottek begriff das alles nicht.

Er wurde abgeführt. Erst dachte er, daß sie ihn erschießen würden. Damit rechnete er, denn er war ja kein Soldat, und jeder konnte sehen, daß er noch sehr jung war. Er hatte auch keine Uniform getragen und ihnen die wichtige Brücke zerstört.

Doch er wurde nicht erschossen. Sie brachten den Ottek in ein

Gehöft. Vier Häuser umstanden den Innenhof, der mit Panzern und russischen Soldaten gefüllt war. Auch in den Häusern lagerten sie. Das Glas hatten sie aus den Fensterrahmen geschlagen und die Lücken mit Kopfkissen verstopft, von denen sie die weißen Bezüge gezogen hatten. Überall leuchteten die Kissen rot auf. Es war zu sehen, daß die Rote Armee hier die Eroberin war.

Überall Soldaten, Panzer und Geschütze, die auf den Angriff auf Berlin warteten.

Im Hof wurde eine Eisenklappe geöffnet, und sie stießen den Ottek über einige Stufen in den Keller hinunter. Dann warfen die Soldaten die Eisenklappe wieder zu und legten einen Riegel davor.

Ottek atmete auf. Er war dankbar dafür, daß er lebte. »Ich danke dir, lieber Gott«, betete er.

Er betrat den dunklen Keller. Der war hoch mit Stroh belegt. Das raschelte unter seinen Schritten und piekste und stach ihn. Ein enges Fenster ließ von draußen etwas Licht herein. Ein dicker Eisenbalken raubte dem Ottek jede Illusion, sich durchzwängen zu können.

Der Ottek begann zu frieren. Er zog sich die Badehose herunter und wrang sie aus. Mit Stroh versuchte er sich den Körper zu trocknen und zu wärmen. Ottek wollte tiefer in den Keller hineingehen, sich ins Stroh legen, doch da stieß sein Fuß gegen etwas unter dem Stroh. Er drückte dagegen. Es fühlte sich zunächst an wie ein schwerer Ball, oder eine Kugel. Dann berührte sein Zeh etwas, das davon abstand. Es war ein Ohr. Der Ottek erstarrte.

Als er den anderen Fuß nachzog, stieß er gegen den Körper unter dem Kopf.

»Hier erschießen die Russen ihre Gefangenen«, fürchtete der Ottek. Er blieb eine Weile stehen, dann aber beugte er sich doch hinunter und tastete den Toten ab.

Er wunderte sich, daß die Haare vom Kopf geschoren waren. Dann bekam er den Kragen zu fassen, der war auch anders als an deutschen Uniformen, nicht umgeknickt. Die Schulterklappen waren viel breiter und steifer. Plötzlich blieben seine Finger an Orden aus Blech und Glas auf der Brust hängen.

Das war ein russischer Soldat! Und bald entdeckte Ottek, daß sich mehrere dort befanden. Er sah dann auch die Einschüsse an der Wand, und Blutflecken.

Die Russen, die ihn hereingestoßen hatten, wußten sicher nicht, was hier geschehen war. Wenn sie ihn am nächsten Morgen abholten, war sein Tod gewiß. Vielleicht würden sie auch vorher ihre Wut an ihm auslassen.

Der Ottek zitterte am ganzen Körper, und das war nicht nur von der Kälte. Was sollte er tun? Er wollte fliehen, aber wie? Er rüttelte an der Stange im Fenster, doch sie rührte sich nicht. Er versuchte die Eisentür anzuheben, mit all seiner Kraft, doch er bekam sie nur an der Auflage einige Millimeter hoch, und dann hörte er schon, wie das Eisen gegen den Riegel schlug und sich nicht mehr bewegen ließ.

Der Ottek hätte gerne geheult in seiner Angst, doch die Tränen kamen nicht. Er hoffte, daß das alles ein übler Traum war, aber das war es leider nicht.

Der Ottek begann zu beten, wie es seine Mutter immer für ihn getan hatte: »Lieber Gott, lieber Gott . . .«, stammelte er, doch mehr bekam er nicht heraus.

Er fror. Die Zähne schlugen gegeneinander. Da kroch in ihm ein Gedanke hoch: Sollte er sich eine russische Uniform anziehen? Aber war das nicht auch übel und Leichenfledderei?

Der Ottek verkroch sich unter das Stroh. Er dachte schon daran, sich am nächsten Morgen tot zu stellen. Vielleicht vergaßen sie ihn auch. Der Gedanke blieb: Ich zieh' mir eine Uniform an und stell' mich tot.

Er suchte nach einer passenden Größe und fand sie bei einem Soldaten. Setzte sich das Käppi auf. Das paßte.

Er wollte sich für das entschuldigen, was er tat, aber bei wem? Das ist doch eine Sauerei, daß wir Gefangene erschossen haben, dachte er.

Er sah auch die Bilder vor sich, wie die russischen Gefangenen bei ihm zu Hause behandelt wurden, wie sie hungerten, wie sie sich zur Zeche schleppten und dort solange untertage bleiben mußten, bis sie ihren Kohleknapp herausgewuchtet hatten, was ihnen sehr schwer fiel, unterernährt, wie sie waren. Wenn die Russen sich an ihm rächten, dann mußte es ihm sehr übel ergehen, wußte der Ottek. Und er war ja auch noch ein begeisterter Hitlerjunge gewesen und mitverantwortlich für all das, was in Deutschland geschah und geschehen war.

Vorsichtig knöpfte er dem Soldaten die Bluse auf und zog sie sich an. Sie paßte, wenn die Ärmel auch ein bißchen zu kurz waren und die Schultern zu breit. Der Ottek war ein hochaufgeschossener Jüngling mit viel zu langen Armen.

Die Orden auf der Brust irritierten ihn, er wollte sie schon abreißen, aber dann berührte er sie doch nicht, aus Pietät dem eigentlichen Träger der Uniform gegenüber.

Es fiel ihm sehr schwer, dem auch noch die Hosen auszuziehen. Die Unterhosen faßte er nicht an. Dann deckte er den Soldaten schnell wieder mit Stroh zu.

Er legte sich die Lappen um die Füße und zog sich die Stiefel über. Dann verkroch er sich unters Stroh, weil er sich schämte und weil er glaubte, daß sie bald nach ihm suchen würden. Er horchte, er versuchte, sich wach zu halten, schlief aber doch erschöpft ein. Später wurde er brutal aus dem Schlaf gerissen. Die Artillerie um das Haus herum schoß ihre Rohre leer. Überall dröhnten Geschütze auf, die Luft war voll mit dem Geheul von Granaten und Raketen, die ihre Bahn auf die deutschen Stellungen zogen und dort einschlugen. Das Haus bebte von den Abschüssen. Die schweren Panzermotoren wurden angeworfen, und die Ungetüme dröhnten aus dem Hof heraus und am Haus entlang. Eilige Soldaten- und Kolonnenschritte, heiser schreiende Offiziere.

Die Russen waren zu ihrer Offensive auf Berlin angetreten. Der Himmel wurde aufgerissen und blieb hell. Jetzt konnte der Ottek alles im Keller erkennen. Mindestens ein halbes Dutzend russische Soldaten waren dort erschossen worden. Grausam und ekelerregend die Blut- und Hirnflecken an der Wand. Ottek fand auch Patronen der Todesmunition, und im Schein des Himmels, der in den Keller brach, konnte er deutsche Inschriften und Marken auf den Hülsen erkennen.

»Lieber Gott«, betete der Ottek, »wenn ich hier rauskomme, dann werde ich ein anderer Mensch. Dann möchte ich so sein, wie du es willst.« Ottek hatte noch nie so gebetet, aber es tat ihm gut.

Er mußte reden; so in sich hineinschweigen, den Tod um sich haben, das konnte er nicht mehr ertragen.

Draußen wurde es langsam hell. Die Sonne stieg auf und drang nur langsam durch den dichten Pulver- und Motorenqualm hindurch.

Dann starben die lauten Geräusche langsam ab. Keine Panzer fuhren mehr vorbei, und man hörte auch keine Kolonnen im Anmarsch. Die Einschläge der Artillerie suchten weiter vorn ihre Ziele.

Aber dann hörte der Ottek wieder was. Er fürchtete, daß sie ihn holten. Wenn es die gleichen waren, würden sie ihn noch schwerer bestrafen, weil er nun auch noch eine russische Uniform trug. Er wollte sie schon ausziehen. Da drangen Schritte in den Hof hinein. Die hörten sich aber ganz anders an als die von den Soldaten, die zum Angriff angetreten waren. Das waren müde und traurige Schritte. Russische Befehle und Flüche, dann ein Gemurmel von müden Stimmen. Der Ottek hörte genau hin. Das waren deutsche Laute!

Deutsche Kriegsgefangene, die in den Hof getrieben wurden. Andere Töne als jene, die bei den Siegeszügen im Reich zu hören waren. Ottek konnte sich deutsche Soldaten gar nicht so vorstellen.

Obwohl Otteks Herz schon vor Freude hüpfte, weil er hier eine Rettung sah, fürchtete er doch noch, daß man ihn abholen und dann alles entdecken würde.

Er wartete eine Weile. Aber der Hof wurde immer voller mit Kriegsgefangenen. Dazwischen russische Befehle und Flüche. Als es draußen richtig hellgeworden war, hörte Ottek, wie sich einige Soldaten vor die Eisentür setzten. Er klopfte gegen die Tür. Rief: »Ich bin auch ein Gefangener, macht doch bitte auf.«

Die draußen zögerten.

Der Ottek wiederholte seine Bitte. Dann hörte er, wie sie den Riegel bewegten. Es war für ihn wie ein Wunder, wie im Märchen, als sich plötzlich die Tür öffnete. Sie war nur verriegelt, aber nicht abgeschlossen gewesen. Die Russen hatten den Ottek vergessen.

Ottek dachte im ersten Augenblick nicht daran, daß er eine russische Uniform trug.

Die Gefangenen starrten ihn an. Sie begriffen nichts mehr. Erst hatte er sie auf Deutsch angerufen, nun stand ein russischer Soldat vor ihnen. Otteks Verstand arbeitete blitzschnell. Nun mußte er seine Chance ergreifen, jetzt oder nie! Wie konnte er sonst später seine Uniform erklären, ohne daß es mit dem Keller herauskam.

Er drängte sich durch die Gefangenen durch, ohne ein Wort zu sagen. Sie machten ihm sofort Platz, wegen seiner Uniform. Sie waren immer noch so überrascht, daß sie ihm nur stumm nachstarrten.

Ottek sah, daß sich im Hof zwischen den Gefangenen einige russische Soldaten befanden, die alles vom Tor weg und tiefer in den Hof hineindrängten, denn immer mehr Gefangene wurden von draußen hereingetrieben. In den Gesichtern der müden Soldaten stand das Grauen geschrieben. Der Angriff mußte furchtbar gewesen sein.

Den Ottek hielt keiner auf.

Vorne am Tor standen russische Wachen, rauchten und redeten miteinander. Hinter ihnen war drohend ein Panzer aufgefahren. An ihm lehnte eine Russin, die ein Blatt aus einer Bibel herausriß und sich eine Machorka-Zigarette drehte. Sie sah nur kurz auf, als Ottek vorbeimarschierte.

Es war sehr riskant, was er da tat. Doch kein Rotarmist beachtete ihn. Ottek schritt aus dem Gefangenenlager hinaus und an den Gefangenenkolonnen entlang, die in den Hof getrieben wurden. Panzer parkten am Straßenrand, darauf und daneben schliefen erschöpft, russische Soldaten. Es fiel nicht auf, daß Ottek an den Kolonnen entlangging. Durch das Dorf und heraus.

Zwischendurch hörte die Kolonne einmal auf, aber dann kamen wieder gefangene Soldaten heran. Ottek marschierte so geradeaus, als ob er einem dringenden Befehl folgte.

Doch dann hörte er, daß er sich der Front bedrohlich genähert hatte. Er sah, wie sich Soldaten zum Angriff formierten, Offiziere pfiffen und riefen ihre Kompanien zusammen. Ottek hatte keine Waffe, er versuchte so zu tun, als ob er ein Melder sei, und entfernte sich in einem leichten Bogen von der Front.

Dann kam er an einem verlassenen Verbandsplatz vorbei. Dem Ottek kam eine Idee. Er umwickelte sich den rechten Arm mit einem dicken Verband und blieb dann hocken, als ob er auf seinen Abtransport wartete. Wo er saß, mitten im Feld, kamen keine Fahrzeuge und Truppen vorbei. Er beobachtete alles ganz genau. Fand sogar Brot und Zucker in einer Tüte.

Dann kam die Nacht. Ottek rückte wieder vor. Mit der Front. Am nächsten Tag versteckte er sich in einem Wäldchen. Er traute sich doch nicht, näher an die Front heranzurücken. In der Nacht bewegte er sich etwas von der Hauptstoßrichtung der Front weg, nach Nordwesten. So würde er auch an Berlin vorbeikommen, falls man ihn nicht unterwegs erwischte.

Ottek konnte es gar nicht fassen, als er die Elbe vor sich sah. Er packte seine Sachen zusammen und durchschwamm sie. Nachts tat er es. Nun hörte er andere Laute, englische. Er umging jeden Ort und hielt sich weit von jeder Straße entfernt, immer Richtung Westen und dann nach Süden.

Ottek trennte die Schulterstücke von seiner Uniform und nahm die Orden ab. Er erfuhr in den Dörfern, daß auch die Engländer noch Gefangene machten. Doch die Menschen halfen ihm und versteckten ihn tagsüber, steckten ihm auch etwas zu essen zu, und nachts marschierte Ottek wieder weiter.

So erreichte er das Ruhrgebiet, seine Heimat. Zu Hause sagte er: »Es ist ein Wunder, daß ich hier bin. Ihr werdet es mir nicht glauben, wie alles passiert ist. Ich bin sicher, daß Gott mich gerettet und etwas Besonderes mit mir vor hat.«

Alle wunderten sich, als der Ottek auf einmal fromm wurde. Er ging zu einer Bibelstunde in die Stadt. Es war nicht üblich, daß in seiner Kolonie einer fromm wurde. Besonders vom Ottek hatte es keiner erwartet. Er wollte weiter zur Schule gehen, doch man verbot es ihm, weil er eine Nazischule besucht hatte. Statt dessen wurde er im Bergbau zwangsverpflichtet, wie viele junge Männer damals. Die alliierten Sieger brauchten deutsche Kohlen.

In der Bibelstunde wurde der Ottek Christ. Er drückte das so aus: »Ich weiß auch nicht, wie es eigentlich passiert ist, aber auf einmal habe ich begriffen, daß mein Leben nur dann einen Sinn hat, wenn ich es Gott und meinen Mitmenschen gebe, wenn ich seine Botschaft der Liebe teile und mitteile.«

Auch untertage redete der Ottek über seinen jungen und frischen Glauben. Die meisten schüttelten den Kopf darüber, doch einige hörten zu.

Viele sagten: »Du, der ehemalige HJ-Führer, der Fanatiker, jetzt auf einmal fromm? Das ist doch nicht normal!«

Dann endlich durfte Ottek wieder die Schule besuchen und sich aufs Abitur vorbereiten. Aber in den Ferien arbeitete er noch untertage, damit seine Mutter mit ihrer kargen Rente ihn nicht auch noch durchschleppen mußte. Ottek sparte für sein Studium, er wollte Theologie studieren, worüber seine Lehrer die Köpfe schüttelten. Der Ottek war doch gar nicht der Typ dafür.

Während seiner Schulzeit fing der Ottek auch bei uns mit der Jungschar an. Das war die einzige »religiöse« Aktivität in der Kolonie. Es gab da zwar einen Betsaal, doch der stand meistens leer, bis auf die beiden Diakonissen, die dort wohnten, die sich aber wie in einer Ordensburg mitten im heidnischen Umland fühlten.

Sonntags saßen nur ein paar Ömakes zum Gottesdienst auf den harten Bänken, und zwei Männer, die fromm, aber keine Kumpels waren. Einer mußte das Harmonium quälen, der andere sammelte die Kollekte ein. Pastoren aus der Stadt kamen schnell zu uns herüber, sahen während der Predigt schon dauernd auf die Uhr und waren froh, wenn sie den trostlosen Betsaal hinter sich gebracht hatten. Dort probierten sie ihre Predigten aus oder ließen alte Platten ablaufen. Ich muß zugeben, daß wir ihnen das Leben auch nicht leicht machten. Das Desinteresse unsererseits brachte sie zum Frösteln.

Eines Nachmittags erschien der Ottek bei uns. Wir spielten gerade Fußball auf dem Schulhof, was verboten war, doch der Schuldiener Ignaz Erbse mit seinem Hund war gerade in die Stadt gegangen. Einer von uns saß auf dem Zaun, um uns zu warnen, falls der Ignaz erscheinen sollte.

Der sah auch den Ottek von der Stadt kommen. Zu unserer Schule stieg ein steiler Knapp* hoch. Die Bergleute, die von der Schicht kamen, stiegen immer ab und schoben ihr Rad hoch, doch der Ottek, den wir damals noch nicht kannten, nahm den Berg voll an und wollte ihn hochtrampeln. Unser Wächter rief uns: »Da will einer den Knapp hochtrampeln!«, und sofort ließen wir den Ball liegen, liefen zum Zaun und sahen schadenfroh zu, weil wir sicher waren, daß er es nicht schaffte.

Der Ottek schaffte es auch nicht im Sitzen. Der mußte stehend in die Pedale steigen, bis ihm der Schweiß ausbrach, und das ganze Gesicht knallrot wurde.

Er nahm den Knapp, und wir klatschten, obwohl wir das sonst für Fremde nie taten. Noch erstaunter waren wir, als er, fast ein Erwachsener, zu uns in den Schulhof bog. Erst dachten wir schon, das sei ein Inspektor, von der Stadt, der uns vom Schulhof jagen und dem Ignaz melden würde. Doch er grüßte uns freundlich.

Er spielte sogar eine Runde mit. Wir sahen sofort, daß er nicht das Training von Emscheraue genossen hatte. Unter uns waren Jungen, die später in der Nationalmannschaft spielten. Die umfummelten den Ottek, wann immer sie wollten.

Erst lachten wir ihn aus, das war eben so ein Dummer aus der

* Hügel

Großstadt, aber dann wunderten wir uns, daß er nie für sich alleine spielte, sondern immer abgab. Wie der Benno Heu von unserem Verein, der beste Spieler, der schon einmal für Deutschland aufgestellt worden war. Doch die Jungen von uns hatten vom Benno noch nicht gelernt. Ich hörte einmal, wie auf dem Platz ein Invalide sagte: »Der Benno spielt so, weil er manchmal in die Messe reingeht. Viel zu vornehm geht der mit die Verteidigers um, wie ein Kaplan.«

Der Ottek spielte so ähnlich, wenn auch nicht so gut. Als wir vom Fußball genug hatten und neugierig waren, was dieser Fremde eigentlich wollte, erzählte er uns, daß er hier oben eine Jungschar aufmachen wollte. Keiner von uns wußte, was das war. Er meinte: »Wir werden Fußballspielen, aber ich erzähle euch auch eine spannende Geschichte, und anschließend halte ich eine Andacht.«

Wir sahen uns an und verzogen unsere Gesichter, das war so eine Art Kirche und Schule, also nichts für uns.

Aber der Ottek versprach, daß es eine ganz spannende Geschichte sein würde. Er wollte uns dazu in den Betsaal locken, doch das wollten wir nicht.

»Wenn die so spannend ist«, schlug ich vor, »dann fang doch hier damit an.«

Was der Ottek auch tat. Seine Geschichte hieß: »Mit fünfundzwanzig Pfennig um die Welt.«

Doch vorläufig kam er erst bis Wanne-Eickel, weil dort ein Mord geschah, den er aufklären mußte. Warum, weiß ich auch nicht. Auf jeden Fall führte die Spur des Mörders, die nur der Ottek fand, bis zu uns in den Zechenbusch*. Und dort, im verfallenen Bunker, vor dem wir uns auch fürchteten, weil davon üble Geschichten erzählt wurden, stand der Mörder plötzlich vor dem Ottek und riß seinen Arm mit einem Messer hoch.

Wir hielten den Atem an, doch der Ottek erzählte nicht weiter: »Beim nächsten Mal, nächste Woche Mittwoch, drüben im Betsaal.«

Wir bettelten, wir drohten ihm, daß wir nicht wiederkommen würden, doch der Ottek blieb hart.

Aber dann erzählte er uns eine andere Geschichte. Die war auch spannend, und erst ganz am Schluß merkten wir, daß sie

* Zechenwäldchen

aus der Bibel war. Beten konnte der auch. Wir sahen erstaunt zu, wie so ein junger Mann seinen Kopf senkte und die Hände faltete.

Am nächsten Mittwoch waren wir doch wieder da und brachten noch einige mit. Die spannende Geschichte zog uns an und andere Jungen auch.

Bald war der Betsaal voll mit Jungen. An sich hätten sich doch die beiden Diakonissen, die dort wohnten, darüber freuen sollen, doch es gefiel ihnen gar nicht, daß wir da waren. Erstens einmal sah der Flur schon ganz schön dreckig aus, wenn die Stunde vorbei war. Dann pinkelten die »kleinen« Jungen neben die Brille, und das stank. Der Ottek wischte zwar alles auf, aber trotzdem nörgelten die Schwestern. Ganz schlimm wurde es, als einer der Jungen dem Ottek helfen wollte und mit den Arbeitsschürzen der Schwestern den Flur und das Klo reinigte.

Wie wir sangen, gefiel den Schwestern auch nicht. Ottek war nicht der beste Sänger der Welt und gab immer den verkehrten Ton an. Aber er sang laut und wir auch, und da kam es auf ein paar Töne nicht drauf an. Einer von den Jungen, der Egon, mußte immer auf die Gänse seiner Eltern im Zechenbusch aufpassen. Doch der wollte die Geschichten hören. Also trieb er seine Gänse zum Betsaal, sperrte sie im Keller ein und kam zu uns hoch zum Zuhören.

Mit dem Ottek bereisten wir die ganze Welt, und spannend war es an jeder Straßenecke. Wir wurden auch so richtig fromm, alles, was der Ottek uns erzählte, glaubten wir ihm, und sein Herr Jesus war ein ganz anderer als der im Religions- und Konfirmandenunterricht. Der von ihm war einer aus der Kolonie und nicht »vonne Stadt«. Der hatte auch keinen Talar an. Der war so wie der Ottek, fanden wir. Auch beim Spiel immer abgeben und nicht für sich fummeln.

Dann aber hatten die Schwestern genug von uns. Sie setzten sich hinter den Pastor und das Presbyterium, und die verwarnten uns und warfen uns hinaus. Erst wollten wir alle Scheiben vom Betsaal zertrümmern, doch dann überzeugte uns der Ottek, daß das nicht richtig war und nichts mit dem zu tun hatte, was er uns in den Andachten erzählte.

In der letzten Stunde, die wir im Betsaal halten durften, erschien der Ignaz Erbse. Wir alle wunderten uns, was der bei uns wollte. Sein Sohn kam zwar auch, doch was wollte der Alte, den wir alle fürchteten?

Ignaz trug immer einen blauen Arbeitsanzug und eine dunkelblaue Arbeitnehmermütze, die heute Prinz Heinrich heißt. An seiner Seite war meist sein dressierter Schäferhund Harras. Der Ignaz hatte bei den Nazis gesessen und nach dem Krieg die Hausmeisterstelle bekommen. Da die Lehrer alle eine braune Vergangenheit hatten, fürchteten sie den Ignaz, und der war eigentlich der Chef der Schule. Der hielt auch uns in Zucht und Ordnung und schlug mal zu, wenn das sein mußte.

Er kam zu uns in den Betsaal, den er vorher noch nie betreten hatte, und setzte sich hinten in die letzte Reihe. Als Ottek ihn fragte, was er wollte, antwortete er: »Die spannende Geschichte hören. Der Junge hat sie mir erzählt, weiß aber nicht, wie die weiter geht, und ich kann auch nicht mehr warten.«

Sein Hund hockte neben ihm und schien auch zuzuhören.

Der Ignaz rief genauso wie wir, daß der Ottek die Geschichte weitererzählen sollte, nur ein kleines Stückchen, doch da war nichts zu machen.

»Und wo treffen wir uns zum nächsten Mal?« riefen wir, aber das wußte der Ottek auch nicht.

Ignaz Erbse verstand nicht, was wir meinten, und wurde informiert. Er brauchte nicht lange nachzudenken: »Kein Problem. Ihr kommt zu mir in die Schule, in den Zeichensaal. Das ist zwar verboten, doch der steht meistens leer. Da ist am nächsten Mittwoch die Jungschar.«

Beim Beten nahm der Ignaz sogar seine Mütze ab, so sahen wir seine Glatze darunter. Wir trauten uns nur zu grinsen, aber mehr nicht.

Nächste Jungschar oben beim Ignaz, und er wieder dabei, mit Mütze und Hund.

Es gab auch Wettspiele zwischen den Jungscharen der Stadt. Beim Fußball gewannen wir immer. Die trauten sich gar nicht, auch nur an einen Sieg zu denken, wenn sie zu uns kamen, denn sie wußten, was ihnen anschließend blühen würde, trotz Otteks frommer Geschichten.

Aber wir waren auch sonst unschlagbar. Unsere Mannschaft war die komplette Schülermannschaft unseres Fußballvereins, später spielten vier von uns in der Nationalmannschaft.

Zu uns kamen alle Jungen aus der Emscheraue und auch die

Komischen aus den Steigerhäusern. Die wollten wir erst rausschmeißen, weil deren Eltern sich für besser hielten als unsere, doch Ottek setzte sich durch, und alle durften kommen und hinterher auch nicht gezwiebelt werden.

Einer der Jungen war der Sohn des Betriebsführers der Zeche. Das war der mächtigste Mann oben bei uns, denn unsere Väter gingen alle zum Pütt.

Was sehr ungewöhnlich war: Dieser Betriebsführer war ein radikaler Roter. Der hatte auch für die roten Falken eine ehemalige Nazivilla beschlagnahmen lassen. Dort trafen sie sich mit ein paar Mädchen und schmusten.

Dieser Sohn vom Betriebsführer durfte eigentlich nicht die Jungschar besuchen, der sollte zu den roten Falken gehen, doch er kam zu uns.

Als sein Vater das herausbekam, bestellte er den Ottek zu sich. Wir alle begleiteten ihn bis zum Zechentor und warteten dort auf ihn, bereit, die Zeche zu stürmen und in der Lohnhalle eine Andacht zu halten über das Thema: Jesus reinigt den Tempel.

Aber zu dem Betriebsführer ging der Ottek allein hinein.

Der Betriebsführer wurde gerade von der Journalistin seiner Parteizeitung interviewt, er ließ den Ottek warten. Nur der Qualm ihrer Zigaretten drang zu ihm ins Vorzimmer. Ottek wartete.

Dann wurde er endlich vorgelassen. Der Betriebsführer fuhr ihn an: »Was fällt Ihnen ein, meinem Jungen und den anderen so einen Unsinn zu erzählen?! Das sind ja Geschichten aus dem finsteren Mittelalter! Und das habe ich auch gehört, daß Sie früher ein ganz aktiver Nazi gewesen sind. Ich würde mich nicht wundern, wenn diese Ideologie auch bei der Jungschar wieder auftauchen würde. Dann erzählen Sie den Kindern auch diese Geschichten von Wundern, das ist doch wohl in diesem Jahrhundert nicht mehr möglich.«

»Doch«, unterbrach ihn der Ottek, und er erzählte dem Betriebsführer, wie sich bei ihm alles gewandelt hätte. Und schloß damit ab: »Eigentlich ist das Wort Christ nur ein Verlegenheitswort. Wir sollten alle zu den Menschen werden, wie Gott sie sich vorgestellt hat. Jesus Christus hat uns dieses Leben vorgelebt, bis durch den Tod zum ewigen Leben. Das ist die Botschaft, die ich den Jungen gerne weitergeben möchte.«

Der Betriebsführer schüttelte seinen Kopf, aber seinen Jungen konnte er nicht von der Jungschar abhalten. Einmal fuhr er den Sohn an: »Ich glaube nicht an Gott, kein vernünftiger Mensch kann an diese alten Märchen glauben!«

Da antwortete der Kleine: »Aber der Ottek glaubt an Gott, und ich auch.«

So war das mit dem Ottek, der brachte den Glauben in unsere Kolonie hinein.

Dann meinte einer, wir müßten auch Schaukästen haben, genau wie der Fußballverein. Sofort erklärten sich ein paar Jungen bereit, solche zu zimmern. Der Onkel von einem war Anstreicher, und von dem konnten wir uns billig Glasscheiben und Kitt besorgen.

Heinzie, ein ganz Wilder, der neben dem Heim der roten Falken wohnte, wollte dort auch einen Kasten anbringen, was er auch tat. Stolz schrieb er einen Bibelspruch hinein, allerdings nach seiner Version: »Ich bin der Herr, dein Gott. Du sollst keine anderen Götter neben mir haben und auch nicht schmusen.«

Jeder wußte, für wen dieser Spruch war. Und die Leute, die aus der Emscheraue an dem Kasten vorbeikamen, grinsten und sahen zu der Falkenvilla hinüber.

Dieser Spruch gefiel denen gar nicht, und am nächsten Morgen war die Scheibe eingeschlagen und der Spruch entfernt.

Schnell sprach sich das in der Schule herum, und wir Jungscharler schworen Rache, wollten aber dem Ottek nichts davon sagen. Wir schmiedeten einen Plan. Während der Jungscharstunde erfuhr jeder, daß wir uns hinterher im Zechenbusch treffen würden. Kommen war Pflicht, doch Ottek durfte nichts erfahren.

Er wunderte sich, daß wir ihn nach der spannenden Geschichte nicht drängten, sie uns weiterzuerzählen. So etwas war ihm noch nicht vorgekommen. Er fragte uns immer wieder, ob denn diese nicht spannend gewesen sei, doch wir trösteten ihn. Ich sagte ihm: »Da ist heute was los, da müssen wir hin.«

Er fragte nicht weiter nach, er stand damals gerade in der letzten Runde vor dem Abitur.

Heinzie hatte schon eine Idee, als wir uns zusammenrotteten: »Nicht weit von der Falkenschmusebude ist der Rübenacker von dem Koppenberg. Da holt sich jeder eine, und wir donnern die den Falken in die Fenster rein.«

Der Vorschlag wurde mit Gebrüll angenommen. Wir formierten uns zu einer Marschkolonne und zogen mit unseren Jungscharliedern durch die Kolonie. So was war dort noch nicht gesehen worden, und auch nicht gehört. Wir sangen fromme Lieder, dazwischen aber auch »Negeraufstand ist in Kuba« und das Froschlied von dem Pastor, der sie so gerne aß. Dann wurde die Villa umstellt und auf einen Pfiff vom Heinzie, dessen Vater sogar der Vorsitzende der Roten war, flogen die Runkeln gegen das Haus und in die Fenster rein.

Verstecken brauchten wir uns nicht. Es waren ja alle Jungen aus der Emscheraue versammelt. Wir rannten noch einmal zu dem Feld zurück und warfen immer mehr Rüben ins Haus hinein. Dabei sangen wir die Lieder, die der Ottek uns beigebracht hatte. Erst als wir aus der Stadt das Heulen der Polizeisirenen hörten, hauten wir ab.

Wir kannten alle Schliche von der Emscheraue. Erst blieben die kleinen Jungen und Brüder zurück, als wir flüchteten. Die heulten schlimmer als die Polizeisirenen, da kehrten einige von uns schnell wieder zu ihnen zurück und versteckten sie auf dem Friedhof gegenüber. Denn von den Kleinen konnte die Polizei, auch wenn sie sie fand, nichts herausbekommen.

Emscheraue hatte dann schon am Abend ein Tagesgespräch. Fast jede Familie war betroffen, doch keine wollte, daß gerade ihr Junge bestraft wurde. Auch die Roten überlegten, was sie machen sollten. Die Polizei riet natürlich zur Anzeige, was die erst auch wollten, doch dann dachten sie daran, daß es bald Wahlen gab; die Eltern der Kinder würden es sich bestimmt überlegen, ob sie der Partei ihre Stimme geben sollten, die ihnen und ihrem Sohn eine Strafe aufgebrummt hatte. Man versuchte dem Ottek alles zuzuschieben, das war für die Partei die einfachste Sache. Die Väter, die dort führend tätig waren, nahmen sich ihre Söhne vor und versuchten ihnen vorzudrehen, daß der Ottek ihnen das eingeredet hätte. Doch wir Jungen hatten schon vorher beschlossen: »Wir nehmen alle Schuld auf uns. Wir sagen jedem, der es hören will, oder auch nicht: ›Wir haben es getan, und der Ottek hat nichts davon gewußt.‹«

Als sogar der Ottek zur Polizei bestellt wurde, marschierten wir dorthin und schrien vor dem Revier im Chor: »Wir haben es getan. Wir haben es getan.«

Als die uns dann verscheuchen wollten, wichen wir nur bis in die Seitenstraße zurück und schickten dann einige von uns vor, die der Polizei erzählten, was geschehen war.

Wir zogen auch vor die Villa, wo gerade wieder neue Scheiben eingesetzt wurden, und drohten: »Wenn ihr den Ottek nicht in Ruhe laßt, hauen wir euch immer wieder die Scheiben ein. Dann könnt ihr uns ja alle einsperren lassen.«

Komisch war, daß der Ottek die Schuld auf sich nehmen wollte. Das verstanden wir überhaupt nicht. Mit Tränen baten wir: »Ottek, tu das nicht, die sperren dich sonst für uns ein.«

Der Ottek holte uns alle zu einem besonderen Treffen zusammen: »Jungens, so geht das nicht. Ich bin ja sehr gerührt. Muß auch zugeben, daß ich mich sogar gefreut habe, als ich es hörte, obwohl es nicht richtig war. Und vielleicht habe ich euch doch zu all dem angestiftet. Ich war ja früher selbst so einer und hab im Krieg üble Sachen gemacht. So soll das nicht sein in dieser Welt. Wir müssen zu den Leuten gehen und uns entschuldigen.«

Wir sträubten uns, wir meinten, wir würden den Heinzie in die Pfanne hauen, und der heulte auch schon, der harte Bursche.

Aber wir ließen den Ottek nicht alleine gehen. Der kriegte uns nicht los, wir marschierten alle mit. In das Haus paßten wir nicht alle hinein, nur eine Gruppe von uns. Der Vorstand von den Roten erwartete uns schon. Der Betriebsführer mit Zigarre und roter Nelke mitten unter ihnen. Und der Vater vom Heinzie.

Ehe der Ottek dazu kam, nahmen wir die Schuld auf uns. Wir meinten es ganz ehrlich. Nichts sollte am Ottek klebenbleiben, und er hatte auch recht damit, daß wir uns entschuldigen sollten.

Der Egon war unser Sprecher. Der sagte: »Es tut uns leid. Wir haben schuld, weil der Ottek es gesagt hat. Aber der nicht.«

Da mußte sogar der Betriebsführer grinsen.

»Wir werden es auch nie mehr wieder tun«, versprach Heinzie für uns.

Ich weiß nicht, wer die Scheiben bezahlte, aber auf jeden Fall waren sie am nächsten Tag alle drin.

Das war Ottek, unser Jugendleiter.

Johannes, Handlanger und Pastor

Er machte seinen Eltern fast nur Freude, und seinen Lehrern auch. Sogar die Nachbarinnen mußten zugeben: »Sie haben aber einen lieben Jungen.« Dem Johannes gefiel das gar nicht, er wollte ein Junge sein wie alle andern. Doch er spürte überall Verantwortung, und helfen mußte er auch. Seinen Klassenkameraden gefiel es nicht, daß er immer der Erste war, doch sie akzeptierten ihn lieber als einen anderen. Denn er ließ sie abschreiben und sagte ihnen vor. Wenn er ihnen auch hinterher eine Moralpredigt hielt.

Als er in der Christenlehre* genausoviel Interesse zeigte wie in der Schule, riefen ihm die anderen schon »Pastor« nach. Was nicht gerade ein Ehrentitel war.

Johannes' Eltern waren einfache Leute, die oben im Erzgebirge lebten, wo sie erst bei einem Bauern und dann in einer LPG beschäftigt waren. Wie es dort oben üblich ist, gehörten sie nicht nur zur Kirche, sondern auch zu einer pietistischen Gemeinschaft. Sonntags besuchten sie den Gottesdienst und die Stunde am Nachmittag und mittwochs die Bibel- und Gebetsstunde. Während seine Geschwister nicht gerade fröhlich mitgingen, war Johannes immer ganz aufmerksam dabei. Er las auch zu Hause die Bibel und sagte zu seinen Eltern, als er gerade zwölf Jahre alt geworden war: »Ich glaube jetzt daran, daß Jesus Christus mein Herr und Heiland ist.« Dabei blieb er dann auch.

Seine Leistungen in der Volksschule brachten ihn auf die Oberschule, obwohl man ihn dort eigentlich ablehnen wollte, weil er weder zur FDJ** gehörte, noch sonst sich politisch betätigte. Im Gegenteil, als man ihn mit Bedenken zuließ, stellte er sofort auf dem Schulhof und auch dem Lehrer gegenüber fest, daß er an Jesus Christus glauben und für sie alle beten würde.

Man nahm es mit einem überlegenen Lächeln hin. Johannes war fleißig. Er ließ sich nicht ablenken. Während der langen Busfahrten in die Stadt paukte er. Besonders viel Zeit verbrachte er mit Mathe und den naturwissenschaftlichen Fächern, weil die ihm nicht lagen. Aber er büffelte solange, bis er eine zwei erreichte und sie auch halten konnte.

Es wunderte keinen, als Johannes sich entschied, Theologie zu

* Konfirmandenunterricht
** Freie Deutsche Jugend

studieren. Er war eben einer von den Frommen, denen nicht zu helfen war. Man hatte sich ja bemüht, Johannes' Glauben wissenschaftlich zu zertrümmern, doch das Gegenteil war passiert. Johannes ging durch das alles hindurch, es erreichte ihn nicht.

Einer der Lehrer sagte zu der Klasse und seinen Kollegen: »Der geht durch diese Welt durch, als ob sie gar nicht da wäre und auf eine zu, die es gar nicht gibt.«

Eigentlich verstand Johannes nicht, daß ein Mensch nicht an Gott glaubte. Für ihn war das alles selbstverständlich, was er glaubte. Auch das Theologiestudium unter liberalen und textkritischen Professoren konnte seinem Glauben nichts anhaben. Er lernte das, was er lernen mußte, erledigte seine Pflichtexamen mit den höchsten Noten und einem wissenden Lächeln.

Auch in der Stadt blieb er ein Fremder. Um Frauen und Bier schlug er einen weiten Bogen. Er wußte, was er wollte, und entwickelte sich zu einem ruhigen Lutheraner, der Gott gab, was Gottes war, und dem Staat, was dem gehörte. Nicht eine Sekunde dachte er daran, in den Westen zu gehen. Sein Ziel war eine Pfarrstelle auf dem Dorf, die er dann auch erhielt. Er zog sich ins Erzgebirge zurück und ging dort an die Arbeit. Mit Ruhe und Geduld besuchte er jede Familie. Kein Weg war ihm zu weit, mit dem Fahrrad und zu Fuß. Seine Predigten zogen weniger die Menschen an, aber der Seelsorger, der auf ihre Nöte und Probleme einging, der von ihnen wußte. So füllte sich langsam, aber sicher sein Kirchlein.

Bald war es jeden Sonntag voll bis auf den letzten Platz. Oft reichten die Bänke nicht, wenn die jungen Leute aus der Stadt hochkamen oder anderer Besuch.

Jeder, der dort saß, fühlte sich angesprochen, wußte, was er dem Johannes erzählt hatte, erwartete und bekam eine Antwort auf das, was ihn bewegte. Bei Johannes gab es Ratschläge fürs Leben und solide Grundlagen für den Glauben. Hoffnung und Liebe verkündigte und lebte er. Keine Sensationen und rasanten Formulierungen waren von ihm zu erwarten, doch klare Richtlinien. Er war ein Mann ihrer Dörfer. Es verging auch keine Predigt, in der Johannes nicht verkündigte, daß jeder Mensch ein Sünder ist, der Gottes Gnade und Erlösung braucht.

Johannes war aber kein Jäger, der auf der Pirsch einen Blattschuß für seinen Glauben anbringen wollte, sondern ein geduldiger Fischer, der seine Netze weit auslegte. Jeder wußte, daß Johannes das, was er verkündigte, selbst lebte. Wenn er seine Gemeinde besuchte, packte er mit an. Er mistete Ställe aus, trug alten Leuten die Kohle hoch, kaufte für sie im Dorf ein, beantwortete Briefe, aber kniete sich dann auch mit ihnen nieder und betete.

Die Jugendlichen sahen ihn verwundert wie einen Heiligen an. Der paßte gar nicht in die Welt, wie sie sie sahen, und doch faszinierte er sie.

Auch die wenigen Außenstehenden im Dorf wußten, daß Johannes den Menschen helfen wollte. Das mußten sie anerkennen.

Der Kirchenvorstand setzte sich aus Männern und Frauen zusammen, denen er Seelsorger war, die ihm aber auch halfen. In der Welt fand er sich nicht so gut zurecht wie die Bauern, Arbeiter und Hausfrauen. Sie brachten ihre Erfahrungen in den Kirchenvorstand ein.

Natürlich war seine Gemeinde kein Paradies und auch keine Idylle. Es gab dort Krankheit, Feindschaft und Tod wie überall in der Welt. Doch Johannes milderte das alles. Er besuchte einfach jeden, auch jene, die ihn nicht mochten und die böse waren. Wenn man ihm die Tür vor der Nase zuschlug, kam er wieder. Er betete für alle.

Johannes hatte auch Fehler. Seine Buchführung befand sich oft in einem Chaos, obwohl er nicht viele Gelder zu verwalten hatte. Dann griff eben der Kirchenvorstand ein und regelte das. Auch drückte er sich vor fast allen Sitzungen und pastoralen Treffen, die außerhalb seiner Gemeinde stattfanden und eigentlich Pflichtveranstaltungen waren. Er war einseitig, eben ein Dorfpastor, der nichts anderes sein wollte. Aber seine Fehler trug die Gemeinde gerne mit. Er war ihr Hirte, wenn es um ihre Seele ging, aber ein großer, naiver Junge in den alltäglichen Dingen. Darüber lächelte man, es störte keinen. Johannes lebte in einer Welt, um die man ihn beneidete.

Wenn er eine Familie besuchte oder Männer, die vor dem Fernseher saßen, hockte er sich dazu. Er sah sich das spannende Fußballspiel mit an, wußte aber nicht genau, um was es da ging und für wen er sich erwärmen und klatschen mußte. Sogar kleine Jungen versuchten ihm dann die Spielregeln zu erklären, doch Johannes bekam sie nicht in seinen Kopf hinein, obwohl der eigentlich sehr trainiert war, wenn auch hauptsächlich mit Griechisch und Hebräisch. Das Leben unten in der Ebene hatte er längst hinter sich gelassen. Er baute oben im Gebirge am Hause seines Herrn, weniger als Architekt und Baumeister, sondern eher als ein Handlanger. So fühlte er sich auch, ein Handlanger seines Meisters.

Als dann die Zeit reif war, suchte er sich eine Frau. Er fand ein frommes Mädchen in einem Nachbardorf. Sie war ein mütterlicher Typ. Man merkte ihr schon an, daß sie einmal Mutter vieler Kinder werden wollte. Johannes sah den armen, aber ordentlichen Haushalt, aus dem sie kam, und entschied sich dann schnell für sie. Es fiel ihm aber schwer, sich ihr verständlich zu machen. Doch Ruth wußte schon, was er wollte. Sie hatte schon daran gedacht, wie schön es wäre, mit ihm verheiratet zu sein, und kam ihm entgegen, worüber Johannes in seiner Naivität sehr verwundert war.

Sehr schnell machten sie sich daran, eine Familie zu gründen. Knapp hintereinander kamen bei ihnen fünf Kinder an. Ruth übernahm den Haushalt, die Kinder, den Garten, während Johannes seine Gemeinde besuchte.

Ruth half aber auch, wenn sie konnte. Sie gehörte zur Frauenhilfe und leitete den Mütterkreis, sang auch mit den jungen Mädchen und brachte ihnen bei, was sie später zur Führung eines Haushaltes brauchen würden. Sie predigte mit ihren Händen und mit ihrem Lächeln genauso überzeugend wie Johannes mit seinen Worten.

Trotz ihrer großen Familie fand sie Zeit, Kranke zu besuchen, ihnen Blumen zu bringen, Gräber von Verstorbenen zu pflegen, deren Angehörige nicht mehr im Dorf wohnten. Schon früh stellte sie ihre älteren Kinder an, den jüngeren zu helfen.

Das Dorf, oder besser die zwei kleinen Dörfer, die zu Johannes' Pfarrbezirk gehörten, wuchsen zu einer Familie zusammen. Die Höhepunkte waren die sonntäglichen Gottesdienste.

Diese Jahre oben im Erzgebirge waren für Johannes und seine Familie sehr glückliche, fast ohne Abstriche. Nur eins betrübte Johannes. Er mußte ein neues Gemeindehaus bauen, das auch als Kirche benutzt werden konnte. Das alte war viel zu klein geworden. Er sträubte sich dagegen, denn er hatte keine Ahnung davon, doch er mußte es tun.

Langwierige Verhandlungen mit den staatlichen und kirchlichen Behörden, Feilschen um Handwerker und Baumaterialien. Wertvolle Zeit, die er eigentlich für Hausbesuche brauchte, ging dabei verloren. Es lag ihm gar nicht, mit Materialien und Geldern umzugehen. Doch dann stand endlich das neue Gemeindehaus, und die Leute feierten ihn wie einen Helden, was ihm gegen den Strich ging. In der Predigt schimpfte er darüber, daß seine Schäflein dem Materialismus verfallen seien und die äußere Schale der Kirche mehr schätzten als den inneren Gehalt.

Zu seiner Frau sagte er: »Nie wieder, das ist mein letzter Kirchenbau. So eine Zeitverschwendung! Es hat mich auch ganz nervös gemacht, und gelogen habe ich auch dabei, um Zement und sonstigen Kram und Kredite zu bekommen.«

»Gelogen hast du bestimmt nicht«, versuchte Ruth ihn zu beruhigen, »das kannst du doch gar nicht. Du wirst sofort rot dabei, und jeder kann sehen, daß du nicht genau das sagst, was du weißt.«

Ruth kannte ihren Johannes. Und das Dorf auch. Die Schwestern und Brüder beruhigten ihn: »Johannes, du brauchst ja nicht mehr zu bauen, aber eine Kirche im Dorf ist auch wichtig. Freu dich doch daran, wenn du das Türmchen über unserem Dorf siehst.«

Später tat das Johannes auch, aber zunächst sah er lieber daran vorbei, wenn er mit seinem Rad auf das Dorf zutrampelte.

Er ging die Sache mit dem Hausbau aber auch theologisch an und kam dabei zu dem Bibelwort: »Einer trage des anderen Last.« So war es also, mit dem Hausbau mußte er die Last der Gemeinde tragen, die ja keine Zeit für die Vorbereitung und Bauleitung hatte. Er nahm es so an, und das milderte seinen Zorn.

Dann fragte ihn eine Gemeinde aus der Ebene an, ob er zu ihr herunterkommen würde. Johannes wies dieses Angebot zunächst schroff ab. Er wollte von seinem Dorf nicht weg, hier lagen seine Wurzeln in der kargen, aber nun fruchtbargewordenen Erde. Er mochte die Ebene nicht, die Unruhe dort, den Dialekt der Menschen, ihre Überheblichkeit den Gebirglern gegenüber.

Doch die Menschen von unten kamen immer wieder zu ihm und baten: »Wir brauchen Sie. Bei uns geht es nicht voran. Immer weniger Menschen gehen zur Kirche und kaum noch ein Kind zur Christenlehre. Bald wird es in unseren Orten keine Gemeinde mehr geben. Alle sind gleichgültig geworden. Bei uns ist Gott tot. Bitte, lassen Sie uns nicht sterben.«

Das traf den Johannes. Das war für ihn Gottes Stimme, obwohl er sie nicht hören wollte.

Er sprach mit Ruth darüber. Die war eigentlich noch stärker an das Dorf gebunden als er. Sie kam von nebenan. Hier lebte sie mit ihren Kindern. Hier hatte sie Ruhe und Sicherheit gefunden, hier ging alles so seinen Gang, wie es sich eine Mutter wünschte.

Aber nach einer Weile des Nachdenkens und Betens sagte Ruth zu Johannes: »Es fällt mir sehr schwer, es zu sagen, ich möchte es auch nicht, aber ich kann nicht anders. Ich denke, du mußt diesen Ruf annehmen.«

Das hatte Johannes nicht von ihr erwartet. Aber als er dem Kirchenvorstand andeutete, was man ihm angetragen habe, stand der auf wie ein Mann. Im wahrsten Sinne des Wortes. Sie standen auf und riefen: »Nein!« Und dann schossen sie ihre Argumente auf ihn zu. Das konnte er ihnen doch nicht antun! Ohne ihn war das Dorf doch wie eine Herde ohne Hirten!

Aber je härter sie ihn drängten zu bleiben, um so deutlicher wurde ihm, daß er gehen mußte. Ihm fielen Parallelen aus der Schrift ein, wie sein Herr Jesus sich auch immer wieder von Menschen getrennt hatte, die für ihn und für sich Hütten bauen und dort bleiben wollten.

Johannes und Ruth beteten und entschieden sich. Sie nahmen den Ruf in die Ebene an. Vorher hatte Johannes noch dafür gesorgt, daß das Dorf einen ordentlichen neuen Pastor bekam. Er hatte eine Gemeinde aufgebaut und die blieb auch so, als er sie verlassen hatte, nach einigen Umstellungsschwierigkeiten und Delegationen, die sich bei ihm über seinen Nachfolger beschwerten, die er aber schroff abwies, so, wie sie ihn gar nicht kannten.

Unten in der Ebene konnte er nicht pflügen und säen wie ein Bauer, sondern er hatte es mit hartem Pflaster zu tun, das bis in die Menschenherzen hineinreichte. Oben auf dem Gebirge kamen die Menschen aus einer christlichen Tradition und lebten darin, schon seit Generationen, doch unten im Tal herrschte die gottlose Welt. Kein ordentlicher Pastor hatte je dort Dienst getan oder es ängstlich vermieden, die Menschen mit der frohen Botschaft, aber auch mit der von Sünde und Schuld herauszufordern.

Johannes ging den unteren Weg, er donnerte nicht von der Kanzel auf die wenigen alten Frauen herunter, die sowieso als einzige zur Kirche kamen, sondern er begann wieder mit seinen Hausbesuchen und ließ keinen aus. Die Leute waren noch von keinem Menschen besucht worden, der ihnen zuhörte, nicht aus Neugier, sondern um ihnen zu helfen, ihre Last zu tragen. Der mit ihnen betete.

»Herr Pastor«, hörte er oft, »für mich hat noch nie ein Mensch gebetet. Ich wußte auch gar nicht, wie man das macht. Es tut so gut.«

Auch von der Kanzel donnerte Johannes keine Bußpredigten herunter, sondern er lud die Zuhörer ein, ihre Last bei ihrem Heiland abzuladen. Manche fanden sein Predigen ein wenig zu naiv, aber sie spürten seinen Glauben und seine Wärme.

Zwei Dörfer gehörten zu Johannes' Pfarrei. In einem stand eine Kirche, in dem anderen versammelten sich die wenigen Gläubigen im Wohnzimmer einer Familie.

Johannes hatte damit gerechnet, unten weniger zu tun zu haben, bei der kleinen Gruppe von Interessenten. Doch er mußte alles doppelt machen, zweimal predigen am Sonntag, zweimal Bibelstunde und so weiter. Aber er nahm diese Last gerne auf sich. Er war jung und stark, und auf seinem Fahrrad konnte er die Strecke wie ein Rennfahrer zurücklegen. Oft fuhr er Wettrennen mit den Jungen, die auch unterwegs waren, oder mit seinen Katechumenen, und schlug sie alle auf der langen Strecke.

Bald füllte sich seine Kirche, wie oben in den Bergen. Auch junge Leute kamen, das freute ihn ganz besonders. Das Wohnzimmer reichte nicht mehr, sie mußten ein verkommenes Ladenlokal anmieten, das war aber bald auch gefüllt, und die älteren Leute beschwerten sich, weil es dort zog und alles verschimmelt war. Sie fürchteten, sich Rheuma und Ischias zu holen.

In den Bibelstunden erschienen auch junge Männer, die sich mit Johannes über politische Fragen unterhalten wollten. Doch das lehnte er in der Öffentlichkeit ab.

»Ich bin kein Politiker«, sagte er, »sondern ein Prediger in der Wüste, der dem Herrn den Weg bereiten will.«

Sicher, er hatte eine politische Meinung, und jeder wußte, welche. Bei den Wahlen und Demonstrationen stellte es sich heraus; an beiden nahm er nicht teil.

Eins hatte sich Johannes vorgenommen, er wollte nie mehr in seinem Leben bauen. Es war für ihn eine Qual gewesen. Vor dem Antritt seiner neuen Stelle hatte er aber nicht darauf geachtet, ob unten in der Ebene eine eventuelle Bauerei fällig sei.

Eines Tages fingen seine neuen Schwestern und Brüder an, ihn zu bedrängen: »Johannes, wir müssen eine Kirche bauen oder wenigstens ein Gemeindehaus. Das reicht doch nicht mehr für uns, und es ist auch eine Schande und Undankbarkeit, wenn wir unsere Gottesdienste weiterhin in diesem verschimmelten Loch feiern.«

Johannes sträubte sich. Er wollte nicht. Doch dann wurde ein

Bauausschuß gebildet. Johannes wehrte sich: »Ich habe weder Zeit noch Begabung. Es ist auch nicht meine Aufgabe, Häuser zu bauen. Ich muß die Menschen besuchen. Das darf ich nicht vernachlässigen.«

Seine Mitarbeiter versprachen, alles für ihn zu tun. Sie versuchten es auch. Doch schon bei der Vorbereitung wurde deutlich, daß das meiste an Johannes hängenbleiben würde. Die Männer mußten während der Behördensprechzeit arbeiten und die Frauen sich um ihre Familien kümmern. Johannes machte also wieder die demütigenden und langwierigen Gänge durch die Instanzen. Er nahm es auf sich, wenn auch mit Murren. Ruth sagte zu ihm: »Es ist der Beschluß deines Kirchenvorstands, und alle in der Gemeinde wollen es. Es geht auch nicht mehr so weiter, das weißt du.«

Johannes erinnerte sich an seinen Ordinationsspruch, den er sich selbst gewählt hatte: »Einer trage des anderen Last.« Also tat er es. Wie er von den Hausbesuchen wußte, trugen viele Menschen in seiner Gemeinde noch viel schwerere Lasten.

In den Behörden wurde Johannes als ein geduldiger, aber auch zäher Verhandlungspartner bekannt, der nicht abzuweisen war. Er kam immer wieder. Er verlor nie die Nerven, schrie nicht herum, bekam aber doch das, was er für den Bau brauchte.

Schneller als erwartet wurde ihnen die Baugenehmigung erteilt. Manchmal hatte Johannes schon im Stillen gehofft, daß man sie ihnen verweigern würde.

Alle freuten sich darüber und wollten es so richtig feiern. Man erwartete vom Pastor einen Jubelgottesdienst, doch Johannes wollte nicht darauf eingehen. Aber als er es ganz kurz in den Bekanntmachungen erwähnte, stimmte die Gemeinde das Lied »Nun danket alle Gott« an, und Johannes fiel dann auch ein und freute sich mit. Jeder wußte, es war schon ein Wunder, dieses Geschenk.

Doch die Baugenehmigung hatte eine Auflage, nämlich die, daß alle Bauarbeiten von der Gemeinde ausgeführt werden mußten. Das war ein schwerer Schlag für Johannes. Hätte er das im voraus gewußt, wäre der Antrag von ihm sicher nicht gestellt worden. Denn seine Gemeinde war noch ein sehr schwankendes Gebilde und eigentlich nur im Ansatz vorhanden. Zwar kamen schon viele Leute zu seinen Gottesdiensten, doch als Mitarbeiter konnte er sie noch lange nicht bezeichnen. Er durfte sie nicht zu schnell und zu intensiv engagieren. Sie sahen noch zu sehr auf den Pfarrer, hatten zuviel Respekt vor ihm und erwarteten zuviel.

Johannes wollte nicht den zweiten Schritt vor dem ersten tun. Erst mußte eine Gemeinde entstehen, dann das Haus, falls es nötig war. Johannes wollte die Menschen motivieren, böse gesagt überreden, Jesus Christus als ihren Heiland anzunehmen, doch nun mußte er sie überreden, ihm auf dem Bau zu helfen. Das lag ihm gar nicht. Denn vom Handwerk verstand er nichts. Oben im Gebirge hatte er nur die behördlichen Sachen erledigt, und die Gemeinde weiterhin betreut. Zu einer Mitarbeit auf dem Bau war ihm keine Zeit geblieben. Das hatten die Helfer dort auch nicht gewollt: »Johannes, du mußt dich um die Kranken und Einsamen kümmern, und dann brauchen wir sonntags auch eine ordentliche Predigt und am Mittwoch eine Bibelstunde, die uns aufbaut. Wir machen das schon auf dem Bau, davon verstehst du sowieso nichts.«

Doch unten in der Ebene war das ganz anders. Da antworteten ihm die Handwerker und die anderen Männer zögernd: »Also, wir kommen nur, wenn Sie mit uns auf dem Baugerüst stehen.«

Johannes wußte, daß er dort nicht viel bringen würde. Mauern und Installieren konnte er nicht. Aber er mußte auf dem Bau erscheinen und betätigte sich dort als Handlanger. Schob die schweren Schubkarren, schleppte Speis und Steine auf den wakkeligen Gerüsten hoch. An allem mußte gespart werden, denn die Gemeinde besaß nicht genug Geld, und die Baumaterialien waren nur schwer und in viel zu kleinen Mengen zu bekommen.

Nicht nur an den Wochenenden und Abenden stand Johannes auf dem Bau, er mußte auch während der Woche Hand anlegen. Da viele Mitarbeiter Schichtdienst hatten, erschienen sie auch morgens und an ihren freien Tagen, und Johannes mußte immer da sein, sie ermuntern, ihnen helfen, sich auch anrüffeln lassen, wenn sie schlechter Laune waren, und geduldig auf die ewigen, dummen Fragen hören: Wo nahm denn der Abel seine Frau her? Wie kann denn die Sonne auf einmal stille stehen*? Er ging aber geduldig darauf ein und wurde so auch auf dem Bau zu einem Pastor. Er trank mit den Arbeitern aus einer Flasche, obwohl Bier

* Josua 10,12–13

ihm eigentlich gar nicht schmeckte und seine Eltern immer Mitglieder im Blaukreuzverein waren.

Doch diese Arbeitsumgebung tat dem Johannes auch gut. Er lernte eine Gesellschaft kennen, die ihm vorher fremd gewesen war. Langsam begriff er, was Fußball war, und wurde zu einem Anhänger des Vereins, zu dem die meisten treuen Helfer hielten. Doch mit groben Worten und Flüchen hielt er sich sehr zurück.

Wenn ein Spezialauftrag ausgeführt werden mußte, brachten die sogenannten kirchlichen Arbeiter auch solche mit, die mit dem Glauben nichts zu tun hatten. Die konnten gar nicht verstehen, daß der Handlanger auf dem Bau gleichzeitig ein studierter Pfarrer war, der an das alles glaubte, worüber sie nur lachen konnten. Mit denen kam aber Johannes auch ins Gespräch, wenn sie mit einer »Bemme«, und einer Flasche Bier eine Pause einlegten.

Da sie im Sommer arbeiteten, bekam Johannes nicht nur stärkere Muskeln und einen stabileren Körperbau, sondern wurde auch braun. Alle meinten: »So gut hat unser Pastor noch nie ausgesehen.«

Johannes brachte die Kirche wieder zu den Menschen zurück, um die sie sich jahrhundertelang nicht gekümmert hatte. Oft wurden die Pausengespräche zu Andachten, und Johannes konnte den Leuten die frohe Botschaft verkündigen, die nicht zur Kirche gehörten und sich wohl auch nie dorthin trauen würden. Er wurde ein Kumpel. Einigen Frommen und »Eingebildeten« in der Gemeinde gefiel es gar nicht, wie der Pastor durch den Ort lief, wie ein Arbeiter, und sich auch noch mit den fremden Arbeitern duzte. Johannes konnte zu dieser Zeit nur wenig Hausbesuche machen und bekam ein schlechtes Gewissen, dafür aber traf er auf dem Bau ganz Fremde.

Er lernte auch immer mehr und konnte schon bald als Handwerker eingesetzt werden. Besonders geschickt mauerte er, aber noch nicht so schnell wie die gelernten Maurer. Johannes sah das Gemeindehaus wachsen. Er war stolz darauf, denn in diesem Bau steckten auch sein Fleiß und Schweiß. Es war ein echtes Gemeindehaus, von den Menschen des Ortes gebaut, wie die Kirchen und Kathedralen im Mittelalter.

Dann kam das Richtfest. Es sollte erst festlich, aber dann auch fröhlich begangen werden. Johannes sah zu beidem einen Anlaß. Die Leute aus der Gemeinde übten Choräle ein und stellten zwei

Chöre zusammen. Die Dekoration wurde entwickelt und bemalt. Die Arbeiter, die nicht in die Kirche gingen, organisierten schon lange im voraus Bier, damit keiner verdursten mußte, wie sie sich ausdrückten. Johannes ahnte nicht, daß sich an diesem Tag sein Leben total verändern würde.

Kurz vor der Feier mußte er mit den Zimmerleuten noch einmal auf das Gerüst bis unters Gebälk hochsteigen. Er kannte sich nun bestens auf dem Bau aus und bewegte sich über die Gerüstbretter wie ein Seiltänzer. Während Johannes oben eine Querverbindung annagelte, wurde unten der Rohbau noch einmal für die Festversammlung leergefegt. Johannes stand stolz auf dem Brett. Das Bauen hatte sich doch gelohnt, ein prächtiges Haus war entstanden, viele sagten, das schönste vom Ort.

Da, auf einmal krachte es unter Johannes, und dann hörte er nichts mehr. Stunden später wachte er im Krankenhaus auf. Das Brett, auf dem er gestanden hatte, war plötzlich in der Mitte zerbrochen und er abgestürzt. Daß er bei diesem Sturz nicht ums Leben kam, sei ein Wunder, meinten die Ärzte. Johannes befand sich plötzlich in einer Lage, die er vorher nie gekannt hatte. Furchtbare Schmerzen peinigten ihn. Sein Kopf, ein Arm, die Beine waren verbunden, er durfte sich nicht rühren. Jede Bewegung tat ihm weh. Er war schwach und hilflos, ganz auf die Hilfe von anderen angewiesen. Er mußte still liegen, das war seine einzige Chance, am Leben zu bleiben.

Die ärztliche Diagnose lautete: Zerschlagene Stirnwand, mehrere ausgedehnte Schädelbasisbrüche, zertrümmerte Kniescheibe, ein gebrochener Arm, eine zweifach gebrochene Hand. Das sah alles sehr schlecht für ihn aus. Johannes erkannte das auch an den Mienen der Ärzte und am Mitleid der Schwestern. Sie hatten getan, was sie konnten. Nun sagten sie: »Es liegt an Ihnen, ob Sie noch einmal einigermaßen gesund werden.«

Johannes wußte, daß es noch an einem ganz anderen lag, ob er jemals wieder gesund werden würde und sich aus dem Bett erheben könnte.

Leid hatte Johannes reichlich kennengelernt, aber an fremden Krankenbetten und in fernen Häusern. Er hatte die Kranken getröstet, mit ihnen gebetet, von der Liebe Gottes geredet. Er hatte den Leidenden, Sterbenden und ihren Angehörigen versichert, daß Gottes Gnade hinter allem war, auch wenn man es nicht verstand. Doch nun war er selbst ein zerschlagener Mann, zweifelte und versuchte, sich gegen das Ende seiner »Karriere« aufzubäumen. Johannes war gerade 39 Jahre alt geworden. Im vollen Schwung seines Lebens, er wollte noch soviel für seine Gemeinde tun, jetzt gerade, wo das Haus fertig war. Er konnte sich gar nicht vorstellen, wie es dort ohne ihn weitergehen sollte. Wie konnte so etwas passieren? Wie hatte Gott das zulassen können, wie konnte er seinen treuen und fleißigen Diener so außer Gefecht setzen?

Johannes stellte sich harte Fragen, auch: »Wo war denn mein Herr, in dessen Auftrag ich doch auf dem Bau stand, als das Brett mitten durchbrach und ich abstürzte?«

Johannes fragte und zweifelte. Er fühlte sich alleingelassen, von allen Menschen und von seinem Herrn. Spürte, wie der Abstand zu den Gesunden immer mehr wuchs, auch zu seiner Familie. Sie verstanden ihn nicht, sie konnten ihm nicht helfen. Er hatte den Eindruck, daß alle immer mehr von ihm abrückten, dem Krüppel und Sterbenden. Sie ließen ihn allein mit seinen Zweifeln und Ängsten. Er war den Ärzten ausgeliefert, den Fremden, die von seinem Glauben nichts hielten. Die ihn professionell und kühl, wie es ja sein mußte, behandelten, aber nicht auf seine Seelenlage eingingen. Er litt. Er war sehr schwach, körperlich und auch seelisch. Immer wieder mußte er operiert werden, es traten Komplikationen auf, Trombosen wurden befürchtet. Er sah auch, wie ernst die Gesichter der Behandelnden dabei wurden, wie einige schon aufgeben wollten, es aber dann doch nicht taten. Die medizinische Behandlung war anstrengend und äußerst schmerzhaft. Johannes erlitt sie und verlor immer mehr Kraft dabei.

Er begann zu fühlen, daß er gar nicht mehr er selbst war. Er meinte, in einen bodenlosen Abgrund zu fallen. Der Sturz hatte mit dem vom Gerüst begonnen. Johannes gab sich auf, er konnte sich nicht mehr halten.

Manchmal versuchte er sich gegen diese Haltung aufzubäumen. Er streckte seine Hände und seine Hoffnung nach einem Halt aus. Er wollte nicht aufgeben, doch er war viel zu schwach, er fand keinen Halt.

So fiel und fiel er in das Nichts hinein, doch plötzlich verwandelte sich sein Gefühl, er hatte den Eindruck, in etwas Weiches und Liebes gefallen zu sein, er lag wie ein Kind im Schoß seiner Mutter. Johannes fühlte sich plötzlich geborgen. Er war in die

Arme seines Heilandes gefallen. Erklären konnte er das nicht, aber er fühlte es.

Ärzte und Schwestern fragten ihn: »Was ist denn los mit Ihnen? Auf einmal lächeln Sie wieder. Das wird den Heilungsprozeß erleichtern.«

Sein Körper war zerstrümmert, verkrüppelt, doch nun wurde Johannes' Geist wieder aufgebaut. Resignation verwandelte sich in Hoffnung. Jetzt nahm er alles so hin, wie es kam. Er hatte nicht das Nichts, sondern die ewige Liebe erfahren. Die Unruhe wich einer Geborgenheit. Er war noch immer sehr krank und matt und konnte kaum sprechen, doch an seinen Augen sahen die Ärzte und Besucher, daß er nun auf dem Weg zum Leben war.

Er sagte zu seiner Ruth: »Ich habe den Eindruck, daß ich hier gar nicht liege. Ich komme mir so vor, als ob ich aus mir herausgetreten wäre und mich und meine Krankheit von außen her betrachtete, wie ein Zuschauer, der auf die zerbrochene Hülle, auf den verkrüppelten und leidenden Körper sieht, von außen, von der Krankheit weggenommen.«

So ging es langsam, sehr langsam aufwärts mit ihm.

Die Ärzte bestätigten ihm: »Wir hatten Sie schon aufgegeben.« Sie hatten es auch schon der Ruth angedeutet, daß es da kaum noch eine Hoffnung gab, die Verletzungen waren zu stark für den geschwächten Körper. Aber dann freuten sie sich mit ihm. Sie schoben es seinem Willen zu und bewunderten den.

Johannes versuchte ihre Meinung zu korrigieren, doch sie glaubten ihm nicht, oder verstanden nicht, wenn er sagte: »Nein, nein, es ist nicht mein Wille. Es ist der Glaube, der mir geschenkt worden ist, der steht außerhalb von mir. Der ist eben ein Geschenk.« Sie sahen ihn zweifelnd an, ließen ihm aber seinen Glauben, und der Chef sagte zu seinen Assistenten: »Na ja, er ist eben ein Pastor und muß so reden. Hauptsache, er wird gesund.«

Mitten im Aufschwung, als Johannes schon meinte, nun das Ärgste überwunden zu haben, geschah plötzlich ein anderer Absturz. Eines Morgens wurde er wach und konnte nichts mehr hören. Die Welt um ihn herum war in Schweigen und Totenstille versunken. Er sah, wie sich die Tür öffnete, doch er hörte sie nicht. Sein Bettnachbar sprach ihn an, Johannes sah, wie sich seine Lippen bewegten, doch er hörte nichts.

»Sprich doch lauter«, bat Johannes ihn.

Der öffnete erstaunt seinen Mund noch mehr, doch Johannes

verstand ihn nicht. Schwestern und ein Arzt kamen herbeigeeilt, redeten auf ihn ein, doch Johannes hörte nicht ein Wort, auch nicht den Schrei, den der Arzt ausstieß. Er war taub geworden. Sein Gehör war weg. Er stellte Fragen, der Arzt beantwortete sie, doch Johannes verstand nichts. Er wurde untersucht, Mittel wurden ihm eingegeben, doch er blieb taub. Er lebte wie in einem Stummfilm. Die Welt zog ohne ihn an ihm vorbei.

Man hoffte, daß sich die Taubheit so wieder geben würde, wie sie gekommen war. Doch sie blieb.

Johannes mit seinem geschwächten Körper und im Aufschwung begriffen, fiel wieder zurück: Warum auch das noch? Er ließ sich fallen. Er kam nicht so schnell darüber hinweg.

Wichtige Mitteilungen wurden ihm auf einen gelben Krankenhauszettel geschrieben. An den Gesichtern, Lippen und Gesten lernte er abzulesen, was die Menschen von ihm wollten. Er tastete sich in eine neue, schwierige Welt hinein. Mit dem geschundenen Körper. Er war nun wieder kalt zur Seite gestellt worden. Wußte noch nicht einmal, ob die Menschen das verstanden, was er sagte. An ihren Gesichtern sah er, daß sie Schwierigkeiten hatten, ihn zu verstehen, oft aufgaben und ihn baten, es doch niederzuschreiben. Er kam sich vor wie in eine Röhre gepreßt, die Ohren fest zugedrückt; draußen, am Ende der Röhre, oben, spielte sich das Leben ab, und nach unten konnte er jeden Moment in das Nichts abgleiten.

Ruth tat ihm dabei auch so leid. Sie hatte ihre Probleme lange bei sich behalten, solange Johannes um sein Leben kämpfen mußte, doch dann, als er auf dem Weg zur Besserung war, hatte sie ihm erzählt, wie schwer es ihr fiel, in dieser Gemeinde unten in der Ebene Fuß zu fassen. Sie war ein Bauernmädchen oben vom Gebirge und die Menschen hier unten waren ihr so fremd. Sie kam an sie nicht heran. Besonders die Frauen schienen ihr unerreichbar. So selbstbewußt, fast wie Männer. Sie als Mutter mit so vielen Kindern wurde beinah wie eine Asoziale betrachtet, wie eine, die eigentlich nichts anderes konnte, als mit einem Mann Kinder zu »produzieren«. Darüber hatte sie angefangen, sich mit Johannes zu unterhalten, doch nun verstand er sie nicht mehr. Er wußte auch nicht, ob das, was er ihr sagte, überhaupt einen Sinn hatte.

Johannes schrieb Briefe an die Ärzte, verzweifelte, bat um Hilfe. Er schrieb an seine Amtsbrüder und an die Gemeinde und bat um Gebete. Er schrieb an seine Frau und Kinder. Er wollte sich darin positiv ausdrücken, doch es waren Dokumente der Verzweiflung.

Als er schon alle Hoffnung aufgegeben hatte, vernahm er eines Tages eine Stimme. Es war kein mystisches Erlebnis, sondern eine ganz normale, alltägliche Stimme, wie von einem, der neben seinem Bett saß. Sie war nicht so wie die innere Stimme, die er von seinem Gewissen her kannte. Es war eine fremde Stimme.

Erst dachte er daran, daß diese Stimme eine Einbildung sei, doch sie blieb nicht aus, sie kam immer wieder. Nicht nachts, sondern tagsüber, wenn alles ganz hell und nüchtern war. Johannes hatte ein neues Gehör bekommen, einer konnte mit ihm reden.

Manchmal schreckte er auf und meinte, es sei doch sein Nachbar gewesen. Doch der lag da, blätterte in einem Buch oder schnarchte vor sich hin.

Diese neue Stimme gab ihm Befehle: »Du wirst schon gesund. Halte am Sonntag hier einen Gottesdienst.«

Er versuchte sich dagegen zu wehren: »Wie kann ich das? Wie weiß ich, was ich da rede? Hier liegen doch nur noch drei Männer auf dem Zimmer, und keiner von ihnen ist an der Botschaft der Kirche interessiert.«

Doch die Stimme blieb dabei: »Halte am Sonntag hier im Zimmer einen Gottesdienst.«

Die Stimme mußte ihn noch mehrere Male daran erinnern, ehe sich Johannes traute, die Schwester zu fragen. Er rechnete mit einem Nein von ihr, denn sie hatte ihm noch nie zu verstehen gegeben, daß sie einen Pfarrer für etwas Wesentliches hielt.

Er fragte sie dann aber doch und wunderte sich, daß sie nichts dagegen hatte. Sie meinte zwar: »So etwas ist hier noch nicht vorgekommen, und auch dort nicht, wo ich früher tätig war.« Aber damit war der Fall für sie erledigt.

Doch am Sonntagmorgen erschien sie wieder, bettete Johannes etwas höher, so daß er sie etwas besser sehen konnte und sie ihn. Er hatte auch seine Kumpels im Zimmer gefragt, ob die etwas dagegen hätten. Die sahen sich verlegen an, gaben ihm aber dann mit einem vagen Handzeichen zu verstehen, daß er es ruhig tun dürfe, wenn es ihm Spaß mache. Sie könnten sich ja sowieso nicht aus dem Zimmer begeben.

Noch einmal kam die Schwester und stellte Johannes eine brennende Kerze auf das Nachttischchen. Das fand er so rührend.

Johannes feierte einen richtigen Gottesdienst. Er bat seinen Herrn, bei ihnen zu sein nach der Verheißung: Wo zwei oder drei in meinem Namen versammelt sind, da bin ich mitten unter ihnen.

Zum Schluß sah Johannes, wie zwei von den drei Männern ihre Hände falteten und mitbeteten. Das ermunterte ihn, auch am nächsten Sonntag einen Gottesdienst zu halten.

Hinzu kamen noch zwei Kranke aus den Nachbarzimmern, die es wohl von der Stationsschwester erfahren hatten, und eine jüngere Schwester. Die Schwester sang das von Johannes angegebene Lied.

Er hatte zu diesem Gottesdienst auch den Predigttext von der Stimme gesagt bekommen: »Ich bin das Licht der Welt, wer mir nachfolgt, der wird nicht wandeln in der Finsternis, sondern er wird das Licht des Lebens haben.«

Es war ein Text, der dem Johannes eigentlich gar nicht lag. Er hätte lieber über etwas stärker Soziales gesprochen, über die Verantwortung des Christen in dieser Welt, über die Heilung von Kranken, doch nun diese starke, christologische Aussage. Aber er predigte darüber. Sagte das, was er sich mit Gebet und Fleiß erarbeitet hatte.

Er hatte den Eindruck, daß seine Predigt nicht ankam. Die Gäste verließen ohne besondere Bemerkungen und ohne ein Lächeln das Zimmer. Johannes ließ sich wieder in seine alte Wundlage zurückbetten. Wie gerne hätte er Reaktionen gehört, oder den Gesang, oder sonst irgend etwas. Die Stimme schwieg auch. So lag er verzweifelt im Bett.

Aber dann legte ihm sein sonst so schweigsamer Nachbar einen Zettel aufs Bett. Darauf stand: »Es ist in unserem Zimmer gleich wieder heller geworden.« Johannes sah dankbar zu ihm hinüber.

Später kam ein verunglückter Bergmann zu ihm ins Zimmer gehumpelt und schrieb mit seiner schweren und ungelenken Hand: »Wenn Du wieder Messe hältst, sag Bescheid, ich komme wieder.«

Johannes faßte wieder Mut und setzte die Gottesdienste von seinem Krankenbett aus regelmäßig fort. Menschen, die früher nie daran gedacht hatten, zu einem Pastor oder einem Gottesdienst zu gehen, kamen nun. Es bildete sich eine regelrechte Gemeinde in dem weltlichen Krankenhaus. Menschen kamen nicht nur zu seinen Predigten, sondern setzten sich an sein Bett und klagten dem Johannes ihr Leid. Er lernte es, von den Lippen zu lesen. Er bat seine Besucher, langsamer zu sprechen, und wenn er etwas nicht genau verstand, dann schrieben sie es ihm auf.

So wurde Johannes wieder zu einem Pastor, kam zu dem Beruf und der Berufung zurück, die sein Leben ausmachen sollte. Alltäglich und normal, wie die fremde Stimme zu ihm geredet hatte, sprachen die Menschen nun auch zu ihm. Er hörte sie auf der gleichen Wellenlänge. In all ihren Nöten und Sorgen erklangen keine sogenannten frommen Töne, Alltagsmenschen sprachen zu ihm, über das, was sie bewegte.

Als sein Krankenzimmer für den Zustrom zum Gottesdienst nicht mehr reichte, wurde dieser auf den Flur der Station gelegt, und der füllte sich auch. Johannes war eben ein Leidensgenosse, er konnte ganz anders zu den Betroffenen reden. Beim Singen bat er darum, daß einer dirigierte und den Ton angab.

Johannes nahm seine neue Pfarrstelle wie ein Geschenk an. Er war in sie hineingeschubst worden. Doch dann blieb die Stimme aus, die er die ganze Zeit innen gehört hatte, so, als ob er sich nun auf dem richtigen Weg befand und sie nicht mehr brauchte. Johannes war zum Teilhaber Christi geworden, er nahm die Lasten anderer Menschen auf sich. Die waren meistens leichter zu tragen als seine eigenen. Gottes Solidarität mit den Menschen verkündigte und lebte er: »Einer trage des anderen Last, so werdet ihr das Gesetz Christi erfüllen.« So einfach war das ausgedrückt, doch so schwer zu tun.

Johannes war wieder zu einer großen Freude gekommen, und das wirkte sich auch auf seinen Genesungsprozeß aus. Er erholte sich nun viel schneller. Rechnete auch fest damit, daß er wieder ganz gesund werden würde und auch das Gehör erlangen könnte. Er meinte, das müsse doch wieder kommen, wenn der Körper und der Kopf sich ganz erholt hätten. Ein Wunder war es schon, daß im Kopf keine Schäden zurückgeblieben waren und er genauso denken und formulieren konnte wie früher.

Johannes hielt seinen jetzigen Zustand für eine Durchgangsstation auf dem Wege zu einer völligen Genesung. Er sah sich schon wieder in seinem neuen, schönen Gotteshaus auf der Kanzel, hörte die Stimmen der Menschen und das Singen der Vögel in seinen Gedanken. Wie dankbar würde er sein, wenn sich das alles wieder einstellen würde! Jeden Tag als ein neues Geschenk hinnehmen.

Er arbeitete nun auch wieder, bereitete Predigten für ein ganzes Jahr vor, ließ sich von der Frau die Gemeindelisten bringen und bereitete einen Plan der Hausbesuche vor. Aber bauen wollte er nie mehr wieder, das nahm er sich ganz fest vor. Das konnte auch nicht mehr Gottes Plan mit ihm sein. Er wollte den Menschen erzählen, wie ihn der furchtbare Sturz erst recht in die Arme seines Erlösers hatte fallen lassen.

Sicher war diese Krankheit eine Prüfung für ihn, eine Möglichkeit, wieder in aller Ruhe Gottes Wort zu betrachten und auszulegen. Das war ja sein Leben. Gott, der heilen konnte, würde auch ihn wieder voll rehabilitieren, wie man sich im Krankenhaus ausdrückte.

Nach fünf Monaten Krankenhausaufenthalt wurde Johannes entlassen. Wie er sich freute, wieder zu seiner Familie zurückkehren zu können! Aber es fiel ihm auch schwer, die Kranken und Schwestern zu verlassen, denen er das Evangelium hatte verkündigen dürfen, die ihm sagten, was er ihnen bedeutet habe und wie sie ihn vermissen würden. Das rührte ihn sehr.

Er kehrte wieder nach Hause zurück, doch es war ganz anders, als vor seinem Unfall. Er war der Vater und Herr des Hauses gewesen, von dem fast alles ausgegangen war, doch nun kam er als Krüppel und Hilfloser zurück. Sie umarmten ihn alle, sie lachten, weinten und freuten sich mit ihm. Sie vergaßen ganz, daß er sie nicht hören konnte, und er kam sich vor wie ein Fremder, ohne Sprache. Auch in seinen Beruf konnte er nicht sofort wieder zurück, wie er es sich erträumt hatte. Er mußte noch lange liegen und konnte sich nur mühsam auf seinen Krücken bewegen, brauchte eine lange Rast, wenn er ein paar Schritte gehumpelt war. Er fühlte sich so schuldig und unnütz, noch mehr als im Krankenhaus, weil er von seiner Frau und den Kindern alle Kräfte und Geduld forderte. Wie gerne hätte er sich richtig mit den Seinen unterhalten, doch er verstand sie nicht. Sein Taubsein baute Barrikaden auf, die kaum zu überwinden waren. Die Kinder hatten auch eine gewisse Scheu vor ihm, wegen der Gebrechen. Er nahm es ihnen natürlich nicht übel, er verstand sie und war wütend auf sich selbst, daß er sich in so einem Zustand befand.

Johannes erlitt auch wieder einen Rückfall. Er hatte sich zu früh auf seine Beine gewagt. Die gaben nach, er stürzte schwer und gerade geheilte Wunden brachen wieder auf. Auf Monate wurde er wieder zurückgeworfen. Doch er wollte den Kindern ein anderes Bild geben als das eines hilflosen und ans Bett gebundenen Krüppels. Erst Monate später, nach unsäglichen Mühen, gelang es ihm, wieder auf die Beine zu kommen, und einige Schrittchen auf Krücken zu gehen. Nach wenigen, wackeligen Bewegungen mußte er wieder eine Pause einlegen. Wenn er matt und nach Luft ringend wieder auf seinem Bett saß oder lag, zweifelte er daran, ob er jemals wieder richtig laufen lernen könnte. Doch Johannes gab nicht auf. Er versuchte sich aufzuraffen. Er brauchte ein Ziel. Er fühlte sich noch immer als ein Pastor, der für die Spanne seines Lebens berufen und in die Pflicht genommen war. Er sah, wie die Gemeinde vernachlässigt wurde, seitdem er sie verlassen hatte. Ein sowieso schon überlasteter Pastor aus der Nachbarpfarrei hatte seinen Dienst auch noch übernommen, doch der schaffte seine eigenen Gemeindepflichten kaum, wie konnte er sich da noch um die in der Nachbarschaft kümmern!

Eineinhalb Jahre mußte Johannes warten, bis er wieder versuchsweise seinen Dienst aufnehmen durfte. Er versuchte, mit dem Dienst da weiterzumachen, wo er ihn verlassen hatte. Besuchte an Krücken die Menschen im Ort. Manchmal wurde er sogar in einem Trabi transportiert.

Er zog sich auf die Kanzel hoch und predigte. Die Kirche füllte sich wieder. Auch an die Christenlehre machte er sich wieder heran. Der Kollege und die Helferin, die in der Zwischenzeit mit den unruhigen Zeitgenossen nicht fertiggeworden waren, wunderten sich, wie brav die Katechumenen bei Johannes waren.

Er entschuldigte sich: »Bestimmt nehmen sie Rücksicht auf meine Krankheit. Einen Vorteil muß die ja haben.«

Johannes versuchte, die Schwäche seines Körpers mit dem Geist und Willen und mit Gebeten zu überwinden. Doch jeder Schritt war eine Qual für ihn. Hinzu kam, daß er seine Augen ungeheuer anstrengen mußte, und seine Fantasie, um mitzubekommen, was die Menschen ihm erzählen wollten, die ihn ansprachen. Er war diesen Anforderungen eigentlich nicht gewachsen, doch er zwang sich, weiterzumachen.

Dann wurde ihm eine große Freude beschert. Ausgehend von einer Idee seiner dankbaren Konfirmanden – so etwas war ihm vorher auch noch nicht vorgekommen! – sammelten alle Ortsbewohner Geld, darunter auch eigentlich unerschwingliche Devisen, und besorgten dem Johannes das teuerste und beste Hörgerät, das es auf dem Markt im Westen gab. Wie freute sich Johannes, als die ersten Geräusche und sogar Stimmen an sein Ohr drangen! Doch dann erhielt diese Freude einen mächtigen Dämpfer. Johannes konnte nicht verstehen, was die einzelnen Leute sagten. Es mußte schon einer laut, deutlich und scharf akzentuiert sprechen, damit Johannes sich zusammenreimen konnte, was er sagen wollte. Wenn er über seinen Hörschatten mutig wegsprang und meinte, etwas verstanden zu haben, dann war das manchmal noch falsch. Was Anlaß zu Mißverständnissen gab, die von seinen Partnern zu Johannes' Ungunsten ausgelegt wurden. Die konnten sich ja nicht in seine Taubheit hineinversetzen.

Ein Jahr lang quälte sich Johannes auf Krücken und taub durch seinen Pfarrdienst. Der Zustand seines Körpers verbesserte sich nicht, sondern wurde schlechter. Dann zwangen ihn die Ärzte und die Kirchenleitung, seinen Dienst aufzugeben. Johannes fügte sich nur widerwillig. Aber Ruth sagte auch: »Johannes, es geht doch nicht mehr. Du siehst es doch selbst.«

Er wehrte sich: »Die Gemeinde will mich, sie braucht mich. Sie haben mir doch den Hörapparat geschenkt, sie nehmen mich in ihren Fahrzeugen mit.«

Doch er wurde zum Frührentner degradiert. So empfand er es. Der offizielle Brief, kurz und unfreundlich, brachte ihn einem Nervenzusammenbruch nahe.

Das geschah in einem sonnigen und fröhlichen Frühling, um Johannes herum erwachte das Leben. Er lebte mehr mit den Augen als vorher, sah, wie die Felder und Bäume grün wurden. Lächelnd schaute er jungen Liebespaaren nach. Die Frauen, auch seine Mädchen und Ruth, zogen sich fröhlich und bunt an, doch in Johannes' Herzen herrschte eine Stimmung wie im Herbst. Der war nun für ihn angebrochen, wenn es nicht schon Winter geworden war. Er fühlte sich so nutzlos und zerschmettert.

Mit dem Gemeindehausbau war es auch nicht so recht vorangegangen. Keiner hatte sich so darum gekümmert wie er. Er versuchte noch, sich einzuschalten, doch er konnte alleine nichts mehr tun. Er brauchte ein Fahrzeug, aber davon gab es nur wenige im Ort, und die brauchten die Arbeiter für ihren Weg zur Arbeit. Wenn sie ins Dorf zurückkamen, waren die Behörden und Baufirmen schon geschlossen. Endlich dann, im Herbst, konnte das Gemeindehaus eingeweiht werden, an dem Johannes als Handlanger mitgewirkt hatte. Es war ein großes Fest, die Gemeinde feierte es eigentlich für ihn. So daß es ihm schon richtig peinlich wurde; immer wieder erwähnte man seinen Namen und lobte ihn. Das war ihm eigentlich zuviel, aber trotzdem freute es ihn. Es tat ihm gut, nach all den Monaten der Demütigung.

Aber das alles täuschte Johannes nicht darüber hinweg, daß er nun als Statist dabeisaß. Sein Dienst war vorbei; noch einmal ein großes Fest, und dann wurde er nicht mehr gebraucht. Er war zu einer Last für seine Familie, für die Gemeinde und für die Gesellschaft geworden. Das meinte er auch überall zu fühlen. Es ärgerte ihn, daß er so überempfindlich geworden war, doch er kam nicht dagegen an. Die Wartezeit, die nun für ihn anbrach, war noch schlimmer als die erste. Seine Träume waren zerplatzt wie Luftballons.

Von der Eingangspredigt verstand er kein Wort. Es traf ihn noch schwerer, als eine gute Seele ihm auch noch ein Tonband vom Gottesdienst überreichte. Er ließ es ablaufen und sah, wie sich die Spule bewegte. Das war aber auch alles.

Johannes war 42 Jahre alt. Was sollte er mit dem Rest seines Lebens tun? Welche Perspektiven konnte er noch sehen? Er fühlte sich auf ein Abstellgleis geschoben, auch von dem Herrn seiner Kirche. So rostete er vor sich hin.

»Ruheständler«, nannte ihn ein Mann der Gemeinde. Es war die Wahrheit, und der Gute meinte es sicher nicht schlecht, doch Johannes machte dieses Wort bitter. Ein Ruheständler, der noch nicht einmal stehen konnte, sondern Krücken dazu brauchte.

Johannes hoffte noch, daß sich seine vorgesetzte Kirchenbehörde Sorgen um ihn machte und überlegte, wo er noch einzusetzen sei. Das wollte er, er hoffte auf einen Dienst. Es traf auch ein Brief von seinem obersten Chef ein. Wie Johannes sich freute, als Ruth ihn zum Sofa brachte! Sein Herz begann zu hüpfen wie das eines jungen Zickleins im Frühling. Er erwartete nun eine, wenn auch kleine Berufung. Für die Erziehung seiner Kinder brauchte er auch etwas mehr Geld.

Mit großer Erwartung öffnete Johannes den Brief und wurde dann wie von einem Hammer getroffen. Es war ein unpersönlicher Brief voll mit Paragraphen. Von einem untergeordneten

Verwaltungsangestellten unterzeichnet. In dem Brief stand, ohne Anrede: »Durch Ihre frühzeitige Versetzung in den Ruhestand haben Sie auch das Recht auf eine Dienstwohnung verloren. Sie müssen diese innerhalb von sechs Wochen verlassen.«

Johannes ließ sich noch einmal zum Kirchenamt fahren, doch er wurde nur zu dem Sachbearbeiter vorgelassen, und der bezog hinter den Paragraphen Stellung. Johannes drang bis zu einer Dienststelle vor, die immer darüber klagte, wie unterbesetzt sie sei und wie wenig sie in der Volksmission tun konnte. Er bot sich an, ohne Gehalt, aber mit der Bitte, in der Wohnung bleiben zu dürfen, weil er wirklich nicht wußte, wohin mit seiner großen Familie gehen und wovon er die Miete zahlen sollte. Er wurde abschlägig beschieden. Er hatte die Wohnung und seinen Beruf verloren. Man wollte ihn nicht mehr.

Das warf ihn mehrere Tage aufs Bett, und Ruth und die Kinder fürchteten schon, daß er sich nie wieder erholen würde.

Johannes wurde auch von Glaubenszweifeln geplagt, wie er sie vorher nicht gekannt hatte. Er fragte sich, ob sein Glaube nicht eine Illusion gewesen sei und er nun zum ersten Mal die trostlose Wirklichkeit erlebte.

Aber dann, als Johannes ganz unten war und sich wünschte, von der Erde abzuscheiden, um bei seinem Herrn zu sein (falls der überhaupt da wäre), wurde er unerwartet aufgerichtet.

Ein Arbeiter kam zu ihm, gesund und stark, doch sehr tief vom Leid getroffen, weil seine Frau sich das Leben genommen hatte. Johannes hatte sehr viel Zeit für ihn. Er hörte zu, und das war schon eine sehr große Hilfe für den Mann. Der Arbeiter hatte Zeit, nach Worten zu suchen, er konnte sich wiederholen, der Pastor verstand ihn.

Dieser Arbeiter war erst der Anfang einer Kette von Menschen, die zu ihm kamen, um Rat und Hilfe bei ihm zu suchen. Johannes betete für sie. Er hatte immer Zeit für sie. Es kam alles leise und kaum merkbar auf ihn zu, und doch veränderte sich sein Leben. Erst kamen die Kranken und Schwachen zu ihm, saßen an seinem Krankenbett. Dann schleppte er sich auf seinen Krücken zu ihnen hin. Es wunderte ihn, daß auch Jugendliche ihn aufsuchten. So wurde Johannes wieder Pastor, auch ohne Einstellungsurkunde und Gehalt. Besonders freute Johannes sich auch, wenn Jugendgruppen und Kirchengemeinden ihn zu Bibelstunden holten. Er versuchte sich bei den Jungen und Mädchen zu entschuldigen: »Ich kenne eure Ausdrücke gar nicht, ich bin mit dem, was euch interessiert, nicht so auf dem Laufenden.«

Doch da winkten die ab und riefen: »Wir möchten gerne das hören, was da in der Bibel steht, und Sie können uns ja sagen, was das für unser Leben bedeuten kann.«

Johannes besuchte auch die Rüstzeiten der Behinderten und war dort Teilnehmer, Leidensgenosse, aber auch Pastor.

Ein Behinderter sagte ihm: »Du bist einer von uns, du hast die gleiche Wellenlänge.« Das tat dem gebeutelten Johannes sehr gut.

Aber wenn er dann nach Hause kam, brach der Alltag wieder über ihm zusammen. Sie mußten das Pfarrhaus verlassen und mieteten sich in einem ehemaligen Futterladen ein. Das große Schaufenster mußten sie mit Decken zuhängen. Im Winter zog es, und Johannes wußte nicht, wie er die Heizung bezahlen sollte. Die Wände waren verschimmelt, und der Fußboden brach an mehreren Stellen durch. Das Plumpsklo befand sich auf dem Hof; für Johannes jedes Mal eine Qual, es zu erreichen.

Die Kinder wuchsen heran. Sie hatten Schwierigkeiten wegen seiner ehemaligen Stellung. Obwohl er es nicht mehr war, wurden sie als Pfarrerskinder geführt und benachteiligt. Das tat ihm weh. Wie gerne hätte er die Begabten als Studenten erlebt, doch sowohl die Universität als auch das Gymnasium war ihnen verwehrt. Weil sie Pfarrerskinder waren und sich auch zur Jungen Gemeinde hielten.

Dann wurde ihnen ein größeres Haus zum Kauf angeboten. Das war für Johannes ein Geschenk vom Himmel. Er konnte es erstehen, es war auch nicht mehr möglich, mit der Familie in dem alten Laden zu wohnen. Aber das Haus war so zerfallen, daß es wieder aufgebaut werden mußte.

Johannes wollte nicht mehr bauen, das hatte er sich vorgenommen, das verstand jeder, aber konnte er seiner Familie eine solche erbärmliche Unterkunft zumuten? Dann wieder zuckte er vor Schmerz zusammen, wenn er daran dachte, was ihm auf dem Bau zugestoßen war. Er hatte Angst. Zwar versprachen ihm alle Kinder, die nun ja schon groß waren, ihm beim Bauen zu helfen. Doch er kannte diese Zusagen; zum Schluß blieb doch der ganze Behörden-, Antrags- und Materialbeschaffungskram an ihm hängen. Aber dann sah er, wie enttäuscht seine Familie war, wenn er sich wehrte, und er sagte ja und begann sich um alles zu kümmern. Schleppte sich auf Krücken zu den Behörden. Seine Taubheit erleichterte nicht gerade die Verhandlungen.

Erschwert wurde Johannes' Leben und das seiner Familie auch dadurch, daß die Kirche ihm große Schwierigkeiten mit der Pension machte. Er begriff das nicht, das waren doch seine Brüder und Schwestern! Und als sich der sogenannte atheistische Staat einschaltete und ihm eine Pension gewährte, von der seine Familie einigermaßen leben konnte, begriff er noch weniger, doch er war natürlich sehr dankbar dafür.

Dann mußte Johannes nach einem Baukombinat suchen, das ihm den Umbau machte, ohne das er weder Material noch eine Genehmigung zum Bauen bekam. Das Haus mußte neu isoliert werden, und das konnten Johannes und seine Kinder nicht bringen.

Als er zu dem Chef der Firma humpelte, sah der ihn erstaunt an und fragte: »Sind Sie nicht der Pfarrer, der beim Bau des Gemeindehauses verunglückt ist?«

»Ja, der bin ich«, antwortete Johannes.

»Und trotzdem bauen Sie wieder?« wunderte sich der Baumeister.

»Was soll ich denn sonst tun?« fragte Johannes ihn, »unsere jetzigen Wohnverhältnisse sind für meine Familie unzumutbar und auch gesundheitsschädlich. Ich kann das nicht mehr ertragen.«

Der Bauführer half Johannes, so sehr er konnte. Johannes begab sich also wieder ans Bauen. Wie er das anderthalb Jahre durchhielt, das verstand keiner und er auch nicht. Er schleppte sich zu den Behörden, wartete dort geduldig. Er stellte sich um Baumaterialien an und ermunterte seine Mitstehenden dadurch, daß er einige fröhliche Wanderlieder brummte. Das brachte wenigstens die sonst so ernsten und brummigen Beamten zum Lächeln.

Bauen ist in der DDR schon für einen Gesunden eine kaum zumutbare Aufgabe. Darunter brechen starke Männer zusammen, und Ehen gehen in die Brüche, doch Johannes stand das durch.

Seine Frau sagte zu ihm: »Das ist so wie mit der Heilung des Gichtbrüchigen: Steh auf und nimm dein Bett und wandle. – Das hätte dir keiner zugetraut.«

Sein Geist war stärker als sein Körper. Das gab auch vielen

Kranken neuen Auftrieb. Immer mehr Einladungen kamen auf Johannes zu, er mußte leider viele Absagen geben. Aber Menschen drängten sich zu ihm, weil es wenige Kranke gab, die so ihre Krankheit überwunden hatten und die frohe Botschaft verkündigen konnten.

Aber auch seine Kinder, die nun erwachsen wurden, waren Johannes' große Freude. Die hielten sich an das, was ihre Eltern ihnen vorgelebt hatten. Sie nahmen es auf sich, daß sie durch ihren bezeugten Glauben von einer Karriere in ihrem Staat ausgeschlossen wurden. Sein ältester Sohn, der gerne Medizin studiert hätte und auch die Gaben und Zensuren dafür besaß, sagte zu seinem Vater: »Dann werde ich eben Krankenpfleger, dadurch komme ich vielleicht noch dichter an den Patienten heran und kann ihm nicht nur körperlich, sondern auch seelisch helfen.«

In der Jungen Gemeinde erlebte Johannes junge Leute, die sehr gebildet und aufgeweckt waren, denen ein Studium verschlossen blieb, die aber wie sein Sohn fröhlich ihren vom Staat beschränkten Weg gingen. Sie waren nicht bitter darüber. Sie holten sich oft Johannes, wenn sie wieder einen brauchten, der ihnen Mut für den unteren Weg machte. Denn er war ihn gegangen. Das war etwas ganz anderes als das, was sie jeden Tag hörten. Johannes wurde zum Seelsorger, Wegbegleiter und Prediger der Pfleger, Krankenschwestern und Kranken. Immer mehr konnte er mit seinem verkrüppelten Körper umgehen. Er lernte auch immer besser, den Menschen das, was sie ihm sagen wollten, von den Lippen abzulesen.

Auch beim Umbau machte Johannes mit und feuerte so seine Kinder an, die ihn bremsen wollten, weil sie einen Rückfall fürchteten, aber Johannes lächelte und half weiter. Nur wenn er Gerüstbretter brauchte, legte er zwei übereinander.

Eines Tages fuhr ihm ein Bauer mit seinem Pferdefuhrwerk Materialien auf den Bau, sechzig Zentner Zement und Kalk in Papiersäcken verpackt. Der Bauer lud sich die Last auf die Schultern und schleppte sie zu der Stelle, wo sie gelagert werden sollten. Es war ein alter Mann, dem diese Last viel zu schwer war. Johannes konnte es nicht mit ansehen und versuchte, wenigstens einen Sack zu tragen. Doch als er ihn vom Wagen heben wollte, verließ ihn der Mut, und er brach unter der Last zusammen. Schnell rappelte er sich wieder auf, damit es der Bauer nicht sah.

Dabei schickte er ein Stoßgebet gen Himmel: »Lieber Gott, ich kann das doch nicht mit ansehen, wie dieser Mann allein die Säcke schleppen muß. Gib mir doch bitte die Kraft, auch zu tragen.«

Er nahm all das zusammen, was er noch an Kraft besaß. Das Gebet hatte ihm Mut zum Neuanfang und zum Unmöglichen gegeben. Er faßte zu, bekam den Zentnersack auf seine Schultern, schwankte zwar noch unter der Last, aber es gelang ihm, den Sack auf den wachsenden Stapel zu bringen. Der Bauer protestierte, doch Johannes ließ sich nicht beirren. Er trug weiter und sagte dem Bauern: »Lieber Bruder, das ist doch ein wunderbares Fest für mich, daß ich nicht nur auf meinen zerbrochenen Knochen stehen, sondern sogar Säcke schleppen kann. Das ist doch mein Beruf, Lastenträger.«

Der Bauer nickte, das wußte er. So kannten sie alle den Pastor, als einen Lastenträger.

Johannes traute sich immer mehr zu. Menschen sahen das, wurden beschämt, kamen und halfen ihm. Sein Name änderte sich auch. Auf dem Bau paßten »Pastor« und »Johannes« schlecht. Johannes wehrte sich auch dagegen, als Pastor angesprochen zu werden; das hatte ihm noch nie gelegen, und jetzt, wo man ihn degradiert hatte, noch weniger. Er wurde Hannes, der Sackträger.

Endlich war das Haus fertig, nach einer großen Kraftanstrengung. Nachdem sie tagsüber eingezogen waren, versammelte Johannes seine Familie am Abend um den Küchentisch. Er schlug die Bibel auf und begann den 127. Psalm zu lesen:
»Ein Lied Salomos im höheren Chor.

Wo der Herr nicht das Haus baut, so arbeiten umsonst die daran bauen . . .«

Er stockte. Die Worte wollten ihm im Hals steckenbleiben, so bewegt war er. Alle begreifen, was der Hausbau für ihn bedeutet hatte. Doch Johannes zwang sich weiterzulesen: »Es ist umsonst, daß ihr früh aufsteht und hernach lange sitzt und eßt euer Brot mit Sorgen; denn seinen Freunden gibt er es im Schlaf.

Das hatte Johannes erlebt.

»Siehe, Kinder sind eine Gabe des Herrn, und Leibesfrucht ist ein Geschenk . . .«

Hannes konnte nicht weiterlesen. Er sah seine Kinder vor sich, die schon groß und stark waren. Er liebte sie alle; wie dankbar war er für sie, und daß sie nun in einem Haus wohnen konnten, wie es ihnen gefiel.

Ruth betete für sie alle. Dann umarmten sie sich und weinten vor Freude, auch über den Vater und daß er wieder seine Glieder gebrauchen konnte.

Sie feierten an diesem Abend, aßen gut, tranken den besten Wein, den Johannes auftreiben konnte, sie lachten und weinten und freuten sich am Häuschen und an der Familie.

Nun sah es so aus, als ob alles seinen guten Gang laufen würde. Das Häuschen stand. Alle Kinder waren in einer guten Ausbildung, beziehungsweise hatten sie abgeschlossen. Der Staat zahlte Hannes eine Rente, mit der er gut auskommen konnte. Sie verwandelte ihn nicht in einen reichen Mann, doch die Familie brauchte keine Not mehr zu leiden.

Johannes besuchte die Kranken und Entmutigten. Zwar schlaffte er nach der Bauanstrengung etwas ab, aber dann erholte er sich wieder. Er hatte sich auch langsam damit abgefunden, ein Rentner zu sein. Seine Frau Ruth aber, die vorher all die Last seiner Krankheit und der Familie auf sich geschultert, aber immer ihr fröhliches, liebes Wesen behalten hatte, beklagte sich nun über starke Schmerzen im Brustkasten. Erst versuchte sie, sie zu ignorieren, wegzuschieben, doch die Schmerzen verstärkten sich.

Die ersten medizinischen Untersuchungen ergaben, daß die Lunge nicht in Ordnung war. Ruth mußte ins Krankenhaus. Dort wurde festgestellt, daß ein Lungenflügel entfernt werden mußte. Das geschah. Johannes wurde in die Klinik gerufen, und die Ärzte teilten ihm den schrecklichen Befund mit: Lungenkrebs.

Er brach fast zusammen. Am liebsten hätte er die Krankheit seiner lieben Frau auf sich genommen. Er konnte sie nicht leiden sehen. Er fühlte sich auch schuldig dabei. Die Ärzte hatten Ruth nicht informiert. Sie wollten ihr das Leiden nicht noch erschweren, doch Ruth ahnte, wie es um sie bestellt war.

Am Krankenbett sagte sie zu Johannes: »Wir haben uns doch als Eheleute versprochen, daß wir uns immer die Wahrheit sagen wollen. Bitte sagt mir die Wahrheit: Ist es Krebs?«

Johannes nickte. Er nahm ihre Hand. Sie weinten zusammen. Nun versuchte er sie zu trösten, wie sie ihn immer getröstet hatte.

Aber sie erlebten auch noch einen ganz anderen Trost, der viel stärker war als das, was sie geben konnten.

Johannes besuchte sie jeden Tag, und dann wurde Ruth sogar

nach Hause entlassen. Die Krankheit schien zu einem Stillstand gekommen zu sein. Johannes fing schon an, an ein Wunder zu glauben. Es sah nach einer totalen Heilung aus. Auch den Ärzten war bei den Untersuchungen und danach ein, wenn auch gedämpfter, Optimismus anzusehen. Obwohl sie natürlich davor warnten, die Krankheit zu vergessen.

Doch plötzlich war die schreckliche Krankheit wieder da und griff um sich. Sie löste Siechtum, Atemnot und quälenden Schmerz in Ruths Körper aus. Dieser sonst so fröhliche und liebe Mensch fing an zu verfallen. Es war furchtbar für Johannes, vollkommen hilflos zusehen zu müssen. Er war immer bei ihr. Sein Leben fand eigentlich nur noch für sie statt. Obwohl sie ihn immer wieder zu den anderen Menschen schickte, die ihn auch brauchten.

»Dringender als ich«, sagte sie, »denn ich weiß doch, daß mein Erlöser lebt.«

Johannes machte Hausbesuche, predigte, hielt Wochenenden ab, doch er trug die Ruth immer mit sich auf den Schultern und in der Seele. Sehr dankbar war Johannes dafür, daß eine Ärztin jeden Tag Ruth besuchte und ihr den Schmerz zu lindern versuchte. Dadurch wurde Ruth davor bewahrt, in einem anonymen Krankenhaus, fern von ihren Lieben, sterben zu müssen.

Ruths letzte Wochen waren schrecklich, aber auch tröstlich. Johannes konnte nur noch bei ihr sein, ihre Hand halten, ihren Schweiß abwischen, für sie beten. Er verlor den liebsten Menschen, den er je besessen hatte. Was sie alles miteinander geteilt hatten. Er wußte nicht, wie er ohne sie weiter leben konnte.

Doch in diesem kaum zu ertragenen Schmerz und Leid zeigte Ruth ihren Glauben und ihre Hoffnung. Sie bäumte sich nicht gegen den Tod auf, sie nahm ihn hin. Als eine Probe, als eine harte Wegstrecke, die aber zum ewigen Reich ihres Herrn und Heilandes führte.

Sie las noch die Bibel, und als sie es nicht mehr konnte, bat sie Johannes, es für sie zu tun. Der saß oft mit den Kindern um ihr Bett, und sie ließen sich gemeinsam vom guten Wort Gottes trösten. Keiner hatte erwartet, daß die Mutter und Frau, die sonst so unscheinbar war, so stark und gefaßt dem Tod entgegenging.

Auf dem Sterbebett erklärte sie, wie man den Haushalt weiterführen müßte, und meinte mit einem Lächeln zu den Mädchen: »Ihr müßt euch ganz besonders um den Vater kümmern.

Der wird allein nicht mit dem Haushalt fertig. Der kann gut predigen und ein Haus bauen, aber einen Haushalt führen kann er nicht. Ich denke auch, daß er eine Frau braucht, eine ganz liebe, wenn ich gegangen bin.«

Sie traf auch Anordnungen für ihre Beerdigung. Sie hatte Mitleid mit Johannes und den Kindern. Es tat ihr so leid, daß sie ihnen so viele Ungelegenheiten machte.

Sie betete mit allen, und dann mit jedem Kind und für jedes Kind und nahm so betend Abschied von ihrer Familie. Sie tröstete den Johannes, die Kinder und jeden, der an ihr Krankenbett trat.

Die letzten Worte, die sie flüsterte, hießen: »So bleiben Glaube, Hoffnung, Liebe, diese drei . . . aber die Liebe, die Liebe ist das Größte.«

Damit umfing sie ihre Familie, ehe sie starb.

Johannes und die Kinder begruben Ruth. Der ganze Ort nahm Anteil daran. Johannes hatte eine furchtbare Angst vor dem Alleinsein. Die Kinder konnten nur wenige Tage bleiben, dann mußten sie in die Stadt zu ihren Ausbildungsstätten zurück.

Aber dann erfuhr Johannes, daß er doch nicht allein war. Denn auf einmal fühlte sich der ganze Ort für ihn verantwortlich. Das Mitleid der Menschen war erwacht. Sie hatten Johannes als ihren Träger und Seelsorger erlebt, nun wollten sie ihm helfen. Johannes wurde von der Liebe seiner Mitmenschen überwältigt. Frauen erschienen bei ihm im Haus, reinigten es, kochten für ihn. Ein Kühlschrank wurde ihm in die Küche gestellt, er wußte nicht von wem, und immer wieder gefüllt. Mettwürste tauchten auf, Gurkenfässer und liebe kleine Karten, ohne Namen, aber mit wunderbaren Worten der Teilnahme, mit Hoffnung und Liebe. Für Johannes wurde die Liebe der Menschen organisiert, die kühle Ansammlung von Häusern verwandelte sich in eine Familie. Johannes spürte die Hand seines Vaters dahinter. Er mußte nicht tragen, er wurde getragen.

Johannes dachte aber auch nach. Zwölf und ein halbes Jahr war er mit Ruth verheiratet gewesen, als er in die Baugrube stürzte und dem Tod nur knapp entkam. Auch zwölf und ein halbes Jahr lang half ihm Ruth, über seine schwere Krankheit hinwegzukommen. Dann wurde sie ihm genommen. Fünfundzwanzig gemeinsame Jahre mit dieser wunderbaren Frau, und er schämte sich, daß er sie oft gar nicht bemerkt hatte, wie sie so einen Haushaltsgegenstand einfach gebrauchte, ohne an sie zu denken, ihr das zu geben, was sie auch brauchte, nämlich Liebe.

Sie war einfach da gewesen, doch nun wurde ihm deutlich, daß er ohne sie nur ein halber Mensch war, wenn nicht weniger. Sie war ihm einfach wie eine Hälfte weggerissen worden. Nun spürte er, wie wenig er eigentlich ohne sie war.

Sie hatte ihm ermöglicht, ein Leben zu leben, wie er es mochte, auch noch, als er so beschädigt war. Dafür hatte sie ihr Leben und ihre Träume, die sie bestimmt auch gehabt hatte, geopfert.

Das wurde Johannes erst deutlich, als Ruth nicht mehr da war, und er weinte bitterlich vor Scham, aber wußte dann auch nicht, wohin er seine Dankbarkeit bringen sollte.

Alle halfen ihm, aber nach einigen Monaten merkte er, wie diese Hilfe nachließ. Die Menschen hatten ihre eigenen Familien und Probleme.

Nach drei Jahren, als Johannes nicht mehr wußte, wie er allein weiterleben sollte, in seiner Taubheit und immer stärker werdenden Einsamkeit, die Kinder waren nun alle aus dem Haus, fand er eine Frau.

Jünger als er. Eine kluge Frau. Es war für ihn ein herrliches Geschenk. Er zögerte zunächst, dieses Geschenk anzunehmen. Er fühlte sich so alt neben Margret. Sie war auch soviel klüger als er, die studierte Studienrätin, fand er. Aber sie sagte zu ihm: »Ich kann ja auch nichts daran machen, lieber Hannes, auch wenn ich wollte. Du bist in mein Herz hineingesprungen, und ich in deins.«

Sie heirateten, und nun haben sie ein kleines Kind, um das sich Johannes sehr kümmern kann. Neben seinen erwachsenen Kindern jetzt dieses Kleine, über das sich auch die Großen freuen.

Johannes fragt sich manchmal: Wohin werden die Schritte der kleinen Esther führen?

Hauptsache mit Ihm, hofft er.

Vom gleichen Autor:

Der Chef hieß Mexiko
Geschichten vom anderen Ende der Welt
176 Seiten, R. Brockhaus Taschenbuch, Bestell-Nr. 20365

Fritz Pawelzik erzählt von Begegnungen in vielen Ländern der Erde, mit Straßenverkäufern, Zollbeamten, Parking Boys, Boatpeople, Vätern, Müttern und Schülern. An Hüttenfeuern, in Wolkenkratzern, auf wackeligen Booten, in einsamen Dörfern oder auf Flughäfen. Er erzählt von Menschen, die seine Freunde geworden sind. Viele von ihnen haben nicht die äußeren Sicherheiten, wie wir sie in Mitteleuropa kennen. Um so beeindruckender ist es, wie einige von ihnen ihren christlichen Glauben leben.

Gesucht wird Mann mit Phantasie
192 Seiten, R. Brockhaus Taschenbuch, Bestell-Nr. 20804

In Kenia, wo die Armut alltäglich ist, wurde Karanga in einem Slum geboren. Es war vorauszusehen, daß er schon als kleiner Junge seinen Lebensunterhalt aus Abfallkübeln und durch Diebstahl bestreiten würde. Was man nicht ahnen konnte: Er hatte eine nie versiegende Phantasie und fand immer neue »Arbeit«, von der er sich halbwegs ernährte. Eines Tages stellte sich heraus, daß ihn zum ersten Mal in seinem Leben jemand brauchte...

Wieviel Liebe braucht der Mensch
192 Seiten, R. Brockhaus Taschenbuch, Bestell-Nr. 20807

Ein rumänischer Arzt, Dr. Constantin Radencu, kommt nach dem zweiten Weltkrieg ins Gefängnis: Er hat in einer christlichen Organisation mitgearbeitet. Man beschuldigt ihn der Spionage und des Hochverrats. Durch strenge Isolationshaft soll er dazu gebracht werden, das zuzugeben.
Wie lange kann ein Mensch ohne Gemeinschaft, Gespräche und Liebe auskommen? Trotz der unmenschlichen Haftbedingungen wird diese Zeit zur wichtigsten in seinem Leben. Er wird ein neuer Mensch. In der Gemeinschaft mit anderen Gefangenen erlebt er eine Liebe, die er vorher nie gekannt hat.

Die fröhliche Blechkirche

160 Seiten, R. Brockhaus Taschenbuch, Bestell-Nr. 20814

Fritz Pawelzik beschreibt das Leben in einer afrikanischen Gemeinde, die sich aus kleinen Anfängen entwickelt. Als der Versammlungsraum zu eng ist, wird aus weggeworfenen Kanistern ein Hasus, die fröhliche Blechkirche.

Auszüge aus diesem Buch erzählt der Autor auf einer

Ton-Cassette

In Koproduktion mit dem Evangeliums-Rundfunk, Wetzlar
Bestell-Nr. 95243

Hören Sie auch Sendungen von Fritz Pawelzik
im Evangeliums-Rundfunk, Wetzlar:

$5^{45} + 21^{30}$ h	**MW 1467 kHz**
$10^{05} + 12^{05} + 15^{30}$ h	**KW 6230 kHz 49 m Band**
	KW 7205 kHz 41 m Band

Täglich im Radio.
Zu hören in ganz Europa.
Hören Sie doch mal rein!